TOUT PEUT ARRIVER

(OU PRESQUE)

Pour Jessica

SONIA DAGOTOR

Dans la vie,

TOUT PEUT ARRIVER

(OU PRESQUE)

surtout le meilleur !

Bon voyage -

Sonia Dagotor.

Du même auteur :
Épouse, mère et working girl – Tome 1 / juillet 2013
Épouse, mère et working girl – Tome 2 / juin 2014
Épouse, mère et working girl – Tome 3 / mai 2015
Un anniversaire au poil ! – juillet 2016 / Plume Francophone de Bronze 2016

ISBN 978-2954583846

À toutes les femmes qui (re)cherchent un nouveau souffle,
À tous les hommes qui nous poussent à respirer !

1.

C'est étrange comme notre inconscient nous conduit à faire de drôles de choses. Enfin libéré d'un énième entretien d'embauche, passé dans une entreprise de trading, située dans un quartier très particulier de Paris, mon inconscient me guide vers une rue spéciale. Je lorgne les vitrines des boutiques de la rue du Faubourg-Poissonnière. Vous connaissez ? Oui, non ? Vous allez vite comprendre.

Je suis heureuse, le ciel est bleu et les oiseaux chantent. Bon, j'avoue, c'est faux ! Il pleut des cordes en ce début de soirée de fin janvier. Je suis trempée mais je m'en fiche. Rien, pas même cette pluie battante, ne pourra entacher mon moral. Je ne me suis jamais sentie aussi bien. En voyant ces robes magnifiques, je viens de prendre une décision importante. Il suffit de peu de chose, n'est-ce pas ? Je vais me marier. C'est clair comme de l'eau de roche. Je n'ai jamais été aussi sûre de moi. Je suis éperdument amoureuse de lui depuis le début. C'est l'homme de ma vie, alors pourquoi attendre plus longtemps ?

Bon, il ne le sait pas encore. Disons que je pourrais lui faire une petite surprise pour la Saint-Valentin, par exemple. Je vous vois venir. Vous pensez que ce serait plutôt à lui de faire sa demande, n'est-ce pas ? Taratata ! Qu'importe les traditions ! C'est moi qui lui ferai ma demande en mariage. On n'est jamais mieux servi que par soi-même. Je ne veux plus attendre. Pour lui, je pourrais tout plaquer. Tout quitter pour le suivre jusqu'au bout d'où il aura envie d'aller !

Lui, c'est David. Et moi, pardon… Je m'appelle Élisa.

Mes yeux sont happés par une vitrine étincelante. Une robe exposée me fait de l'œil. On dirait qu'elle m'appelle. Blanche, immaculée, elle me susurre des mots doux, presque des mots d'amour : « Élisa… Viens me voir… Prends-moi ! Je suis à toi ! Je t'appartiens… Nous ne faisons qu'un. »

C'est le flash. C'est elle. Je regarde la petite pancarte positionnée à ses pieds, sur laquelle est écrit son joli nom : *Confiance*. Waouh, je l'adopte avant même de l'avoir essayée. Elle m'ira comme un gant, c'est certain. Il faudra probablement que je perde quelques kilos, mais comme cela fait partie de mes résolutions de la nouvelle année, c'est du tout cuit. Bon, j'avoue, comme l'année dernière, puis la précédente et encore celle d'avant. OK, au lieu de perdre, j'ai à chaque fois un peu pris mais rien de grave, il me fallait un objectif. Je viens de le trouver. L'année prochaine, je serai une magnifique mariée. Et David, que mon embonpoint agace, sera fier de moi, à tous les niveaux. Je serai une sirène… rien que pour lui. À lui !

Je pose une main tremblante et glacée sur la poignée lorsque le store s'abaisse d'un coup sec et les lumières s'éteignent.

— Hey, oh ! Je voulais entrer ! crié-je.

— C'est fermé ! Ça se voit, non ? hurle une pimbêche de derrière le store. Vous n'aviez qu'à prendre rendez-vous, mademoiselle.

— Hein ? Mais vous plaisantez ? Justement, je voulais entrer pour ça !

— Il est 19 h et on ferme à 19 h ! Téléphonez demain ! ajoute-t-elle, en s'en allant vers l'arrière-boutique.

— Je rêve ! dis-je bien fort. C'est ballot, vous venez de perdre une future cliente ! crié-je de toutes mes forces.

— Une de perdue, dix de retrouvées ! Bon vent ! Vous ne l'auriez pas achetée, cette robe ! Je le sais.

Oh, la sorcière ! On dirait qu'elle me jette un sort. Une bourrasque m'emporte, tentant de m'éloigner de *Confiance*.

— Reste bien là sagement, *Confiance*. Quant à toi, vilaine sorcière, tu ne perds rien pour attendre ! marmonné-je à l'attention de la vendeuse.

Je prends *Confiance* en photo avec mon téléphone et la regarde un dernier moment avant de voir apparaître le visage de mon cher et tendre sur l'écran. Simultanément, le téléphone se met à vibrer. Il m'appelle sûrement pour prendre de mes nouvelles. Qu'il est chou !

— Allô, bébé ! dis-je en décrochant, enthousiaste, le cœur battant, les yeux rivés sur *Confiance*, plongée dans la pénombre.

— Ne m'appelle pas comme ça, tu sais que j'ai horreur de ça. Tous tes petits noms, là… c'est fatigant.

— Désolée mon chat, je suis d'humeur romantique, tu sais… Oh pardon, mon chat. Je ne devrais pas dire mon chat… hi hi, dis-je en riant nerveusement.

Je l'entends soupirer au bout du fil. Je le connais, il dit qu'il n'aime pas ça parce qu'il est hyper fier et probablement entouré de ses collègues aux oreilles qui traînent mais au fond, il adore.

— Super, Élisa ! Bon, je voulais juste te dire qu'on a décidé de sortir avec quelques collègues de la boîte.

— Sortir ? Un lundi ?

— Ouais, la journée a été rude, tu comprends. On a besoin de se changer les idées. Je risque de rentrer tard... Ne fais pas à manger pour moi, hein ? On va se faire un petit resto avant, avec les collègues... Enfin, je suppose que ça ne te dérange pas.

— ...

Il ne laisse même pas le temps à mon cerveau de réceptionner la demande et d'émettre un avis.

— Super ! À plus tard ! dit-il avant de raccrocher sans que je puisse en placer une.

Même pas un « Bisou » ni un « Je t'aime » ! Je reste interdite, moi qui aime monopoliser la conversation. Moi aussi, j'ai eu une rude journée. Bon, je ne travaille pas en ce moment, d'accord ! Mais je recherche et activement, en plus ! Je sortais justement d'un entretien. Il aurait pu au moins me demander comment ça s'était passé. En plus, cette fois, j'ai l'intime conviction que ça va le faire. J'étais au meilleur de ma forme.

Le bon mec, le bon job et là, je me retrouve seule pour la soirée. Pfff... Allez ! La vie est un long fleuve tranquille...

2.

Complètement trempée, je n'ai pas d'autre choix que de retourner chez moi, seule, abandonnée pour la soirée. Mais qu'importe, j'emporte *Confiance* avec moi.

David et moi habitons un petit appartement dans le dixième arrondissement depuis un an, dix mois, douze jours, bientôt treize. Je m'excuse, hein. Je fais partie de ceux ou plutôt de celles (c'est un symptôme plutôt féminin, il faut l'avouer) qui comptent. Je compte tout. Je mémorise tout. Je conserve tout. Par exemple, j'ai un album avec tous les tickets de cinéma des films que j'ai vus depuis que je suis en âge de fréquenter les salles obscures. Il se trouve que la plupart sont complètement effacés car les encres ne tiennent pas la route avec les années, mais je les garde quand même. Je vous vois venir. Vous vous demandez quel est mon âge, n'est-ce pas ? Alors, à votre avis, quel âge peut avoir une fille qui s'apprête à se marier ?

— Vingt-deux ? dites-vous.

— Non ! Plus !

— Trente ?

— Wow wow wow ! Moins que ça, quand même !

— Alors vingt-huit ?

— Oh non, moins !

Bon, je vous le dis. Vous m'avez agacée avec vos propositions d'âge avancé. Je n'ai que vingt-quatre ans. L'idée d'être une catherinette m'effraie, au point de vouloir me marier dès que possible. Je mesure un mètre soixante-huit, je suis blonde, à forte poitrine. Non, c'est faux, je suis presque blonde, aidée par le spray blondeur de Garnier et quant à ma poitrine, elle a grossi grâce à ma légère prise de poids. Donc, du poids, on n'en parle pas. Cela ne se fait pas. C'est impoli. Disons que depuis que nous sommes installés avec David, j'ai décrété que l'usage de la balance était inutile. Le souci est que David est un vrai scanner humain et qu'il a parfaitement deviné qu'un minimum de cinq était venu s'ajouter au nombre du départ. Maintenant que vous savez à qui vous avez affaire, du moins physiquement, voici une rapide description de mon futur mari. Préparez-vous ! C'est du lourd ! Grand, il mesure un mètre quatre-vingt-huit, brun, doté de six carrés de chocolat sur le ventre et un V qui fait rêver. Musclé et bien bâti, donc, il a du style. Toujours à l'affût des dernières tendances vestimentaires sur le net, il est l'homme que toute femme rêverait d'avoir à son bras le jour J. Au niveau de la personnalité, il est sympa, drôle, un brin râleur, mais qui ne l'est pas ? Et puis, ce ne serait pas vivant sinon. On s'entend super bien. On est (presque) toujours sur la même longueur d'onde. On est faits l'un pour l'autre, je vous le dis ! Même nos signes astrologiques sont hyper compatibles. Je suis Balance, il est Gémeaux. Il va avoir trente ans, cette année. L'âge idéal pour un homme qui va se marier, non ?

David et moi avons eu un vrai coup de foudre. Sans doute plus moi que lui, mais les hommes n'avouent que rarement ce genre de chose. J'étais hôtesse d'accueil dans une entreprise lambda et il est arrivé, beau comme un dieu dans un costume sombre magnifique. Il avait rendez-vous avec je ne sais plus qui. Pendant trente secondes, j'ai été incapable de dire un seul mot. Et lorsqu'enfin j'ai retrouvé l'usage de la parole, ce fut pour bégayer un minable :

— Bonbonjour, monmonsieur, vous avez rendez-vous avec...

Amusé, il ne put s'empêcher de saisir la perche que je lui tendais.

— Avec... vous ? tenta-t-il.

— Euh, bah... je ne crois pas. Attendez un instant, je vérifie dans mon agenda, dis-je en tapotant sur mon téléphone portable qui n'était même pas censé se trouver là où il se trouvait, c'est-à-dire sur mon plan de travail. Peut-être que, si vous me donniez votre nom, il me serait plus aisé de vous identifier.

Jamais je n'avais été si troublée et si résolue à récupérer les coordonnées de quelqu'un.

— Bien entendu. Vous avez parfaitement raison. Que suis-je bête. Je suis David Chevon. J'attends votre appel, dit-il en chuchotant pour ne pas être entendu de ma collègue qui avait déjà tout saisi, tout en me donnant une carte de visite de sa main gauche dont l'annulaire était totalement dépourvu d'un quelconque anneau.

Je le sus de suite. Cet homme serait le mien.

— Je vais réfléchir, dis-je en rougissant.

Il fit volte-face et s'apprêtait à s'en aller lorsqu'en bonne future assistante, je lui rappelai ce pour quoi il était venu.

— Monsieur Chevon, et votre rendez-vous ?

— Ah oui, où avais-je la tête ?

— Moi, je sais... murmura ma collègue dont le prénom m'échappe.

Il fit marche arrière, tout penaud, et revint vers l'accueil.

— Vous m'avez troublé, Élisa, dit-il en fixant mon badge sur ma poitrine. J'ai rendez-vous avec monsieur Tubireau, à 11 h. Je suis un peu en avance.

— Très bien, monsieur, je préviens son assistante de votre arrivée. Est-ce votre première visite ? Sans doute, sinon, je vous aurais remarqué avant, ajoutai-je avant qu'il ne puisse lui-même répondre à ma question. Allez-y, c'est au douzième étage.

— Je vous remercie. J'espère vous revoir tout à l'heure et peut-être pourrions-nous déjeuner ensemble ?

— Je ne bouge pas d'ici, dis-je en guise d'acquiescement.

Et voilà comment notre histoire a démarré. Lorsqu'il redescendit du rendez-vous, je m'étais débrouillée pour me libérer un peu plus tôt qu'à l'accoutumée. Ma collègue, dont le prénom m'échappe toujours, avait mangé plus tôt pour que je puisse m'absenter à son retour. Je me rappelle qu'elle était encore plus excitée que moi à l'idée de la tournure que pouvait prendre ce déjeuner improvisé.

Pendant son rendez-vous avec monsieur Tubireau, le directeur commercial de la société, je m'étais documentée sur David Chevon afin de m'assurer qu'il n'était ni recherché par la police, ni déjà casé, ni père de famille. Toutes les informations accessibles mettaient en exergue un jeune cadre dynamique, célibataire, sorti d'une école de commerce renommée, bref, une personne on ne peut plus normale, autrement dit : la bonne pioche. Je ne pouvais pas louper cette opportunité, au risque même de passer pour une fille facile. Rien à faire !

Je me mis d'accord avec Perl, l'assistante de monsieur Tubireau, que je connaissais bien, pour qu'elle me prévienne lorsque David Chevon quitterait le bureau de son patron. Elle comprit de suite que j'avais eu le béguin pour lui et je ne cherchai pas non plus à le dissimuler.

Et les choses se passèrent ainsi. Lorsque son rendez-vous fut fini et qu'il sortit du bureau du dir co en refusant même une invitation à déjeuner de sa part, Perl me prévint. Je reçus les encouragements de ma collègue dont le nom ne me reviendra sans doute jamais et mis mon manteau. Il paraît que David fut déçu de ne pas me voir à l'accueil, une fois sorti de l'ascenseur, mais la surprise l'attendait sur le trottoir.

Un SMS m'avertit qu'il arrivait.

— Salut ! dis-je en recrachant sensuellement la fumée de ma cigarette.

Depuis, je ne fume plus. David n'aime pas ça, alors j'ai très vite cessé. Bref, je continue.

— La proposition de déjeuner tient-elle toujours ? demandai-je.

— Avec plaisir, Élisa.

— Et où comptez-vous m'emmener, monsieur David ?

— Alors, soit au Paradis, soit au Septième Ciel. Comme vous voulez !

Je le trouvai un peu gonflé d'aller droit au but, mais il se trouvait justement que l'un des restaurants s'appelait Le Paradis, puisqu'il se situait dans une rue du même nom et que l'autre se trouvait en dernier étage, au septième, vous l'aviez deviné, avec une vue imprenable sur les toits de Paris, d'où le Septième Ciel. Bref... je m'emballais toute seule. Pour être honnête, je me serais bien rendue de suite à l'hôtel avec cet inconnu charmant mais, ne serait-ce que par principe, il fallait bien qu'on fasse un peu connaissance. Nous choisîmes la brasserie rue de Paradis.

Le déjeuner fut exquis. Le moment fut, comme depuis le matin, 10 h 42, heure à laquelle il avait traversé le hall d'accueil pour son rencart avec le dir co, complètement magique. On parla de tout et de rien et bien qu'il fût un peu plus âgé que moi, plus cultivé, plus expérimenté, à aucun moment je ne fus mal à l'aise. Je n'avais plus aucune envie de retourner travailler. Il en était visiblement de même pour lui, puisque vers 13 h 30, il appela sa secrétaire pour lui délivrer un message très clair :

— Sophie, s'il vous plaît, annulez tous mes rendez-vous ! Je ne vais pas très bien. J'ai dû faire une intoxication alimentaire. Je vais rentrer chez moi. Je vous dis à demain !... Oui, merci beaucoup, dit-il en levant les yeux au ciel, trahissant son impatience. C'est ça, Sophie ! Au revoir, Sophie.

Il me regarda d'un air coquin. Alors, je pris mon téléphone et fis la même chose que lui, j'appelai ma collègue en prétextant une subite intoxication alimentaire. Elle jubilait au téléphone :

— Tu sais que t'es une sacrée veinarde ! Putain, il est canon, ce mec ! J'aurais fait pareil ! Éclate-toi bien ! On se voit demain et t'as intérêt à tout me raconter dans les moindres détails, sinon je te balance à la direction !

— OK, Delphine. Promis !

Voilà, c'est Delphine ! J'ai enfin retrouvé son prénom. Ouf, je suis soulagée. Alzheimer n'est pas pour tout de suite.

Ensuite, lorsqu'il eut payé l'addition, sur le pas de porte du resto, je lui demandai :

— Et maintenant, qu'est-ce qu'on fait ?

— Il ne nous reste plus qu'à nous rendre au septième ciel, dit-il le plus normalement du monde.

— Bah, on vient de sortir de table ! dis-je, naïvement.

— Ce n'est pas pour déjeuner, cette fois, dit-il en rougissant.

— Ah ? Peu importe ! Je vous suis.

— Élisa, on pourrait peut-être se tutoyer ?

Pour toute réponse, je lui souris. Il me prit la main et se mit à marcher, plutôt rapidement. Il s'arrêta devant une pharmacie en me demandant de patienter. Il devait probablement avoir besoin de s'approvisionner en préservatifs. Cela eut un double effet positif sur moi : un, je me sentis rassurée de savoir que nous aurions un, voire plusieurs, rapports protégés et deux, qu'il n'en eut pas sur lui signifiait aussi que ce n'était pas dans ses habitudes. Je me sentis exclusive mais aussi légèrement honteuse, car je n'avais encore jamais fait ça en plein après-midi, avec un presque parfait inconnu, et j'espérais très sincèrement que ce fût une première pour lui aussi. Ce qui devait arriver arriva. Nous passâmes tout l'après-midi dans un hôtel proche de la gare de l'Est où nous fîmes l'amour à plusieurs reprises comme deux adolescents assoiffés de désir et de découvertes sexuelles. Je l'avais dévoré des yeux durant tout le déjeuner. C'était un excellent dessert. J'étais enfin rassasiée de sa peau, déjà accro à son odeur et à chaque centimètre carré de son corps. Je serais bien restée là indéfiniment mais à l'époque, je vivais chez mes parents et ils m'attendaient toujours pour dîner.

La suite est simple. Ne pouvant plus justifier mes absences répétées, je fus congédiée. Je m'en fichais. Ce n'était pas le job de ma vie. Encouragée par David, je repris mes études et obtins brillamment mon diplôme de techniques de commercialisation. Depuis, j'enchaîne les missions de courte durée. Et justement aujourd'hui, je passais un entretien pour décrocher enfin un CDI. Et cette fois, j'ai un bon feeling. Le gars que j'ai rencontré était super sympa et hyper professionnel et beau gosse aussi, mais ça, on s'en fiche complètement puisque je vais me marier. Il cherche une assistante commerciale. La sienne s'est mariée ou elle a voulu reprendre ses études, je ne sais plus très bien, mais quoi qu'il en soit, le poste est à pourvoir rapidement. L'activité y est hyper dynamique et c'est très motivant. Tout se goupille bien.

Je m'engouffre dans le premier métro, je ne calcule personne, perdue dans mes pensées. J'imagine mon mariage, le déroulé de la journée idéale, les musiques que je choisirai pour la cérémonie, mes témoins, l'ambiance de rêve, le soleil invité d'honneur pour égayer la journée, le costume de David, joliment assorti à *Confiance* et les dizaines de convives ébahis par l'organisation si parfaite d'une si belle journée.

J'ai froid. Je m'aperçois que mon manteau est trempé. Je redescends de mon nuage et jauge l'atmosphère de la rame. Nous sommes tous agglutinés les uns aux autres, fatigués de notre quotidien respectif. Je sens la lassitude des autres m'envahir. J'essaie de me ressaisir et de retrouver mes pensées positives : amour, mariage, bonheur, emploi… Mais oui, la vie est un long fleuve tranquille.

3.

À peine rentrée dans notre cocon, je me dirige vers le placard des conserves qu'il appelle « les boîtes de cancer ». Contrairement à moi, David aime bien cuisiner. Il adore tout ce qui est bio et déteste le « tout prêt ». Encore une qualité supplémentaire qu'il a et que je n'ai pas, puisque je suis carrément nulle aux fourneaux. Cet homme est merveilleux ! Une perle !

Je réchauffe le contenu d'une boîte de raviolis au four à micro-ondes en chantonnant « Le lundi, c'est raviolis ! » Un peu comme s'il s'agissait d'une vengeance parce qu'il m'a laissée seule, ce soir. Lui n'aurait pas apprécié que je lui serve des raviolis en boîte mais lui, il n'est pas là et justement, miam, je vais me régaler. À la cantine, c'était mon plat préféré. On nous les servait avec une tranche de jambon blanc. C'était le menu du jeudi midi. Une semaine sur deux. Allez savoir pourquoi je me rappelle ce genre de détails si insignifiants. C'est un peu comme les tickets de cinéma effacés, bref... Le « bing » retentit, mon plat est prêt à être dégusté.

Tout en mangeant, je me demande ce que David est en train de faire, ce qu'il a commandé, s'il a bu quelques verres... Je meurs d'envie de lui téléphoner mais je me maîtrise. Il a le droit d'avoir une soirée à lui de temps à autre. Il ne m'aimerait pas si j'étais envahissante.

Je m'ennuie. Je suis tentée d'engloutir une tablette de chocolat fourré au caramel fondant, mon préféré. Fort heureusement pour moi, je ne trouve rien de calorique qui puisse me remonter le moral. J'ai loupé mon tour des courses et c'est la loose dans les placards. J'enfile un pyjama sans même passer par la case douche. Sans doute encore une vengeance vis-à-vis de David qui ne supporte pas l'idée qu'on puisse se coucher sans se laver, surtout lorsqu'on a pris les transports en commun. Encore mon inconscient. Na !

Je tourne en rond dans mon appart comme une lionne dans sa cage. Je me jette sur mon téléphone et *Confiance* apparaît lorsque je le déverrouille.

À qui pourrais-je raconter ma découverte ? À maman ? Oui... mais non ! Elle serait en panique de savoir que son bébé a décidé de se marier. Autant repousser ce moment. David n'est pas un inconnu et elle a plutôt une bonne opinion de lui, mais disons que depuis que papa s'est fait la malle avec une fille qui pourrait être ma sœur, elle ne supporte que moyennement les hommes, quel que soit leur âge. Elle se méfie d'eux comme de la peste. Je suis aussi très fâchée contre papa. Je ne comprends pas qu'il ait pu ainsi trahir maman. Il essaie souvent de renouer le dialogue avec moi, mais la solidarité féminine l'a toujours emporté dans notre foyer. Comme je suis fille unique, on était deux contre un. Il n'avait pas forcément son mot à dire et peut-être, avec un peu de recul, que l'attitude de maman, cumulée à mon soutien inconditionnel, l'a poussé vers une crise de la cinquantaine sans précédent. Il s'est remis au sport, sort comme s'il avait vingt ans de moins, s'affiche sur les réseaux sociaux, ce qui a tendance à exaspérer encore davantage maman, qui crève de jalousie dans la maison familiale où elle vit toute seule depuis son départ. Mon dernier échange avec papa remonte au 1er janvier. Il me souhaitait ses meilleurs vœux pour la nouvelle année avec, pour principale résolution, de me voir plus régulièrement. Ouais… J'en doute.

Dommage que je ne puisse partager ce moment avec Debbie. Déborah est ma meilleure amie. Elle fait actuellement un *road trip* en Australie avec son copain Joffrey et ne sera de retour qu'au printemps. Je suis son voyage via son blog mis à jour quotidiennement.

Il y a aussi Sarah, notre meilleure amie commune. Fin octobre, elle a donné naissance à Ryan, un bon gros bébé qui pesait près de quatre kilos et mesurait cinquante-trois centimètres. Je peux vous dire qu'elle ne risque pas d'oublier son épisio. C'est la première fille de la clique à être devenue maman sauf que, à chaque fois que je l'appelle, elle se met à pleurer. Son baby blues dure plus longtemps que prévu et par conséquent, je n'ai pas forcément envie qu'elle ruine mon moral avec ses tirades pleines de paradoxes. J'imagine mot à mot ce qu'elle me dira : « Non, mais tu ne peux pas te marier maintenant, t'es trop jeune ! Ne fais pas comme moi ! Regarde ! Je me suis mariée, j'ai pris dix kilos avant même de tomber enceinte et maintenant, non seulement j'ai vingt kilos à perdre mais en plus, Ryan pleure tout le temps. Si c'était à refaire, eh ben… eh ben… je referais tout pareil, ouinnnn ouinnn… » Qui pleure ? Ryan ou elle ? Ou bien les deux ? Sarah est en pleine dépression postnatale. Elle est capable de passer du rire aux larmes dans la même phrase. La pauvre, en plus d'être déprimée, elle n'est pas très soutenue par son époux, Adrien, cadre junior dans une multinationale, et par conséquent, souvent absent. Et avec le bol qu'elle a, je suis certaine qu'elle ne se rendra pas compte de son retour de couches et qu'entre deux déplacements de son homme, elle tombera de nouveau enceinte, si elle ne l'est pas déjà. Bref... je garde ma découverte pour moi. Je n'ai plus longtemps à tenir de toute façon, la Saint-Valentin n'est pas très loin. Je vous vois soupirer. Je sais ce que vous pensez. Faire sa demande à la Saint-Valentin n'a rien d'original. C'est même cliché ! Vous avez raison, mais on ne se refait pas et je suis une éternelle romantique.

Sur ces belles pensées, je ne tarde pas à m'endormir malgré l'absence de David qui a décidé de se faire désirer. Je suis épuisée.

4.

Je me réveille en sursaut, trempée de sueur. Quel cauchemar ! J'ai rêvé que David me trompait. Il faisait la fête et enchaînait les baisers langoureux avec des strip-teaseuses d'une boîte de nuit lambda. Pfff... Vraiment n'importe quoi ! Pas du tout son genre ! En attendant, son côté du lit est toujours vide et froid. Il n'est pas rentré.

Quelle heure est-il ? Quoi ? Mon smartphone, que j'avais collé contre moi au cas où il téléphonerait, affiche un beau 5 h passé. Cinq heures, Paris s'éveille ! Et lui, il ne s'est même pas couché.

Allez, je n'en peux plus, je lui téléphone et tant pis si je passe pour une emmerdeuse ! Malheureusement, c'est la voix de son répondeur au bout du fil : *« Vous êtes bien sur le portable de David Chevon. Je ne peux vous répondre pour le moment, laissez-moi un message, je ne manquerai pas de vous recontacter. À bientôt. BIIIIPPP. »*

— David, c'est moi. Je suis morte d'inquiétude. Rappelle-moi s'il te plaît. Je t'aime, bébé.

Je raccroche, sachant pertinemment que mon message ne sera pas écouté. Mais qu'est-ce qu'il fout ? Je ne dois pas céder à la panique. Du calme. Analysons la situation. Soit il n'a plus de batterie, soit... il n'a plus de batterie ! Cela ne peut pas être autrement. Je commence à stresser. Pourvu qu'il ne lui soit rien arrivé. Je pourrais appeler un de ses collègues sauf que je ne sais même pas avec qui il est. Oh là là, l'angoisse.

Je décide d'aller prendre une douche. Le stress me fait transpirer. Je sens carrément le bouc. Il n'est pas question qu'il me trouve dans cet état lorsqu'il rentrera. Il aura peut-être envie de faire un câlin. Qui sait ? Je dois me tenir fraîche et disposée.

Ma grand-mère paternelle, mamie Jeanne, disait toujours : « Lorsque tu auras trouvé ton homme, ma chérie, si tu veux le garder, tu ne dois jamais refuser de lui donner "la petite", même si tu n'en as pas envie. Dis-toi que l'appétit vient en mangeant, ma chérie. Ça marche à tous les coups. »

Mamie Jeanne est morte peu de temps avant que papa ne quitte maman. Peut-être avait-il attendu son départ pour lui épargner la tristesse de sa séparation à venir. Connaissant mamie, elle doit pester là-haut. Même si ses relations avec maman étaient particulièrement tendues, elle n'aurait pas aimé que son fils maltraite ainsi sa belle-fille. Vous connaissez le dicton : « Qui aime bien, châtie bien ! » Je sais qu'elle aimait beaucoup ma mère.

Même sous la douche, je ne parviens pas à me détendre. Pourquoi David ne m'a-t-il pas prévenue ? Et s'il lui était arrivé quelque chose ? Bah non, j'aurais été informée par la police. Un frisson me parcourt. J'essaie de focaliser mon attention sur l'eau chaude qui coule sur ma nuque. Il me semble entendre un bruit, ce qui m'incite à stopper cette déferlante. Je m'essuie rapidement, enfile mon peignoir tout chaud et enroule mes cheveux dans une serviette.

Ah, ouf ! David est rentré. Ses chaussures sont abandonnées dans l'entrée. Par contre, c'est étonnant de sa part qu'il soit allé se coucher directement sans se laver, ne serait-ce que les dents. Tiens, tiens, étrange. Cela ne lui ressemble pas.

Tout doucement pour ne pas le brusquer, je m'approche de lui. Une odeur me saute au nez. Beurk, il empeste carrément ! Mon odeur de bouc, à côté, c'est du parfum. Il dégage de multiples odeurs d'alcool qui, mélangées, sentent vraiment fort. Mon David, beau et digne d'habitude, est une épave. Je regarde son visage et malgré la pénombre, j'arrive à distinguer des traces de rouge à lèvres qui encadrent sa bouche délicate. Punaise, je dors encore, mon cauchemar se poursuit. Je me gifle en espérant me réveiller. Aïe ! Bordel ! Les traces sont toujours là, me dis-je en collant ma main sur ma joue endolorie. Une larme roule sur ma joue. Je ne me suis pas loupée mais pire, je ne rêve pas.

David reste imperturbable. Rien ne le réveille. Serait-il venu décéder dans le lit conjugal ? Un ronflement de gorge vient me rassurer. Il n'est pas mort.

Mais d'où viennent ses traces de rouge à lèvres ? J'entreprends d'y voir plus clair. Je le pivote tant bien que mal. Il ne bronche pas. Sa chemise est déboutonnée et les traces de rouge à lèvres continuent sur son torse, autour de ses tétons, autour de son nombril et visiblement, un peu plus bas… Oh my God !

— David, tu dors ? dis-je, sentant la colère monter en moi.

— Mmmm…

— Réveille-toi !

— Mmmm… dit-il en se remettant sur le ventre.

— David, tu étais où ? Vous avez fait quoi ?

— Chuuut, tu wois pas que je dors, articule-t-il difficilement.

— David, s'il te plaît, il faut qu'on parle.

— Laisse-moi ! Va-t'en ! Fous-moi la paix une bonne fois pour toutes ! trouve-t-il la force de dire en une seule tirade.

— Pardon ? dis-je, effarée.

— Ça suffit maintenant, dégage ! J'ai assez perdu de temps. Casse-toi ! Ne me touche pas !

Le message me fouette le visage. J'ai une violente nausée. J'ignore si elle est due à son haleine de pochtron, à son odeur tout court, ou bien à la violence de ses paroles. Toujours est-il qu'il a demandé que je m'en aille.

Je reste figée quelques secondes près du lit. Que dois-je faire ? Je n'arrive pas à réfléchir. Il m'a dit de partir ! Il a demandé que je m'en aille. Cette phrase tourne en boucle. Il veut que je parte. Quoi ? Mais ce n'est pas à moi de partir ! Bon, c'est son appart, c'est vrai, mais tout de même, on ne me met pas à la porte, moi ! Non, pas question qu'il me mette dehors, c'est moi qui pars !

De toute évidence, il s'est passé quelque chose cette nuit. Je regarde autour de moi, tout se met à tourner très vite. La colère me submerge. J'attrape mon sac à dos. Je rassemble quelques affaires de rechange que je fourre dedans. Je constitue une petite trousse de toilette avec le minimum vital lorsqu'on est une nana. Je m'habille en quatrième vitesse, attache mes cheveux encore humides en queue de cheval, chausse mes Stan Smith et enfile mon anorak de ski. Inutile de préciser que je ne ressemble à rien, vous l'aurez compris. L'heure n'est pas à la coquetterie. Je jette un dernier regard sur la masse jetée sur le lit, tout en étouffant un sanglot d'incompréhension et de désarroi. Je prends ma pièce d'identité, ma carte bleue et un peu d'argent liquide, récolté à Noël, que j'avais prévu d'investir dans les soldes et fourre le tout dans la poche intérieure de mon anorak. J'enfile mon bonnet et mes gants et claque la porte sans me retourner en prenant bien soin d'oublier mes clés et mon téléphone portable.

Il est 6 h 30. Il fait nuit noire. Tout est calme. Au moins, la pluie a cessé de tomber. Je marche seule.

5.

Ça alors ! Si j'avais su que je me retrouverais à la rue, alors même que j'étais en pleine préparation de nos noces. La vie tient à peu de chose. Et maintenant ? Où vais-je ?

Je me laisse porter par mes jambes. Elles vont. Mon esprit suit. Il y a quelques minutes, j'étais dans un lit douillet et j'attendais que mon futur mari rentre de soirée et maintenant, je suis à la rue. Je m'arrête devant un distributeur automatique de billets et retire deux cents euros. J'en aurai peut-être besoin. Je tape le code, prends les billets qui sortent de la fente, les arrache sans les recompter et les mets dans ma poche. Tout se fait machinalement. Les émotions m'ont abandonnée temporairement.

Il y a quelques passants, aussi cernés que moi, qui me doublent d'un pas énergique et pressé. Ils se rendent probablement à leur travail. Ils ont de la chance, eux, ils en ont un. Moi, je n'ai ni travail, ni appart et peut-être même plus de mec. Comment en suis-je arrivée là ?

Plus ça va et plus il y a du monde. Je suis quelques personnes qui vont dans la même direction, sacoche professionnelle à la main. Je pénètre dans un hall de gare. Et maintenant ?

Il y a un guichet dans lequel un homme somnole à moitié. Je m'approche sans trop savoir quoi lui dire :

— Bonjour !

— Ah, bonjour, mademoiselle, dit-il, surpris d'avoir quelqu'un qui s'adresse à lui. Que puis-je pour vous ?

— Je ne sais pas trop, en fait.

— Elle est bien bonne, celle-là, dit-il, un brin moqueur. Vous êtes dans une gare, j'imagine que vous voulez acheter un billet, n'est-ce pas ?

— Un billet ?

— Oui. Un billet. Parce que si vous voulez un café, ce n'est pas ici mais un peu plus loin. Alors ? Que puis-je pour vous ?

— Un billet.

— Ah, en voilà une bonne nouvelle. Et où va-t-on ?

— Euh... Je ne sais pas trop, en fait.

— Vous êtes certaine que vous allez bien ? me demande-t-il.

— Ça pourrait aller mieux. Un petit voyage me fera le plus grand bien, dis-je d'une voix monocorde et sans entrain. Vous iriez où, vous ?

— Bah, je ne sais pas. On ne me pose jamais la question. Généralement, ce n'est pas moi qui pars.

Il pianote sur son écran.

— Le prochain train part pour Orléans dans cinq minutes. Orléans ? Ça vous dit ?

— Euh, vous n'avez pas plus loin, comme destination ?

— Si, Nice, dans huit minutes. Bon, je ne veux pas vous presser mais il va falloir vous décider.

— Prenez le moins cher, s'il vous plaît.

— C'est-à-dire ? Entre quoi et quoi ?

— Le moins cher de tous les billets que vous avez en vente pour un départ imminent.

— Certaine ?

— Oui !

— Eh ben, on me l'avait jamais faite celle-là, dit-il pour lui-même. Ce sera Bruxelles. J'espère que ça vous va ?

— Parfait !

— Très bien. Tenez, voici votre billet. Cela vous fera cinquante euros.

Je tends un billet neuf fraîchement sorti du distributeur.

— Par contre, dépêchez-vous ! Le train ne va pas tarder à partir, c'est à deux cents mètres, sur la gauche, allée B04, voiture 14. J'aimerais autant que vous ne loupiez pas le train. Bon voyage !

— Merci, monsieur.

Je fonce vers mon train, tout en réalisant mon inconscience. Mais qu'est-ce que je vais foutre en Belgique ? Je viens de laisser un parfait inconnu gérer ma destinée. Il aurait pu aussi bien m'envoyer en Tanzanie, j'y serais allée sans sourciller, quoiqu'il m'aurait sans doute fallu faire quelques vaccins. Je divague... Je cours comme une dératée, bousculant ceux qui se trouvent sur mon passage.

— Pardon ! Excusez-moi... Désolée, je dois trouver la voiture 14.

— Bah monte au lieu de pousser tout le monde ! Tu trouveras ta place à l'intérieur.

Je stoppe net. J'ignore qui a parlé, mais cette réflexion n'est pas conne du tout. Je monte par la première porte qui s'offre à moi. La sonnerie retentit. Les portes se ferment. Eh bé, c'était moins une ! Merci au passant mécontent.

Alors que le paysage urbain défile déjà côté fenêtre, je remonte les wagons jusqu'à la voiture 14. Nous y sommes. J'arrive devant ce qui semble être ma place, pourtant occupée.

— Euh, je crois que c'est ma place, dis-je à un monsieur d'un certain âge.

— Et bonjour, c'est pour les chiens ? grogne-t-il, mécontent.

— Pardon, monsieur. Bonjour. Je suis désolée de vous déranger. Je pense que vous êtes assis à ma place.

— Faites voir ! dit-il, en m'arrachant le billet des mains.

Je n'ai pas le cœur à me défendre. Il lit toutes les infos, sort son propre billet, lève les yeux pour me jauger. Avec mon air de Calimero, je dois lui faire de la peine. Au bout de quelques secondes qui me semblent durer une éternité, il me dit :

— J'ai le regret de vous annoncer que vous vous êtes trompée de train, mademoiselle. Bruxelles, c'était le train d'à côté, celui-ci s'arrête à Lille.

— Quoi ? Que dites-vous ?

— Vous partez pour Lille. Est-ce si grave ?

— Euh... non... mais...

— Voilà, c'est donc réglé, je suis bien à la bonne place et vous, dans l'infraction la plus totale.

— Ah... désolée... je...

Je suis désemparée, complètement paumée. Mon périple improvisé commence mal. Voilà que je me trompe de train. Quelle gourde !

Alors que je peste dans ma tête, figée dans le couloir du wagon bondé, un bras levé attire mon attention.

Instinctivement, je marche vers la main qui me fait signe et arrive au niveau d'une dame plutôt souriante. Un enfant dort dans ses bras.

— Prenez sa place ! dit-elle en pointant le petit. De toute façon, il ne me lâchera pas, je lui paye toujours un billet pour rien, dit-elle en lui caressant les cheveux.

— C'est très aimable à vous ! Vous êtes certaine ? Je trouverai peut-être une place libre ailleurs, vous savez.

— Sûre ! Vous me ferez de la compagnie.

— OK ! Merci, c'est cool.

Je cale mon sac et mon anorak au-dessus d'elle. Son petit dort profondément. Elle me regarde avec bienveillance, me rappelant le regard de ma propre mère quand elle était plus jeune. Je lui souris.

— Ça va ? me demande-t-elle, visiblement inquiète.

— Bof... dis-je.

C'est comme si le monde me tombait sur les épaules. Ces dernières heures défilent dans ma tête et pour la première vraie fois depuis que David m'a virée, je pleure toutes les larmes de mon corps, silencieusement.

— Tiens ! dit-elle en me tendant un paquet de kleenex. Ma grand-mère me disait toujours : « Les personnes qui pleurent le plus ne sont pas toujours celles qui se souviennent le plus longtemps de l'objet de leurs larmes. » Ça va s'arranger.

6.

— Et voilà comment je me retrouve assise à côté de vous, dis-je dans un long soupir, après lui avoir raconté toute l'histoire depuis le début.

Elle me regarde avec tendresse, avant de lâcher :

— J'aimerais bien que tu me tutoies, parce que ton vous, là, me donne l'impression d'avoir cinquante ans.

— Ce n'est pas le cas ? dis-je pour plaisanter.

Elle éclate de rire.

— Je te préfère sous cet angle. Tu as beaucoup d'humour quand tu n'es pas triste. Je m'appelle Céline. Je vais avoir trente-huit ans. Je suis juste assez vieille pour être ta grande sœur, en fait. Et toi, tu t'appelles comment ?

— Élisa. Ravie de t'avoir rencontrée et merci de m'avoir écoutée. Je suis navrée, je ne suis pas comme ça d'habitude. Je ne me confie pas au premier venu. Oups ! Pardon. Je ne voulais pas vraiment dire ça… Les mots sont sortis tout seuls.

— Oui, je me doute, dit-elle, compréhensive.

— Et puis, merci aussi pour les mouchoirs, dis-je en triturant le paquet. J'ai oublié d'en mettre dans mon sac et pourtant, je sens bien que je vais en faire une grosse consommation les jours à venir.

— Ça ne m'a pas dérangée. Je te trouve touchante. Tu me fais penser à… dit-elle, sans finir sa phrase. Et maintenant, qu'est-ce que tu vas faire à Lille ?

— Je n'en sais rien. Je n'y connais personne. Je suppose que je vais reprendre un train. Pour aller où ? Je ne sais pas...

Un petit silence s'installe lorsqu'un gars en uniforme s'avance vers nous. Punaise, il est canon, ce mec ! C'est un Chippendale, ma parole ! Je suis sûre que c'est une caméra cachée et qu'il va commencer à faire son strip-tease d'une seconde à l'autre. Je me sens vachement mieux tout d'un coup. Au moment où je commence à imaginer ses pectoraux, la triste réalité refait surface. Il dit :

— Bonjour, mesdames, contrôle des billets, s'il vous plaît.

Mince, je suis en panique. Mon sourire s'efface. Il a un mouvement de recul lorsqu'enfin son regard croise mes yeux rougis d'avoir trop pleuré.

— Aïe ! Vous avez une sacrée conjonctivite, dites donc ! dit-il.

— Euh... non... c'est que...

— Mais dites donc ! Vous savez que vous n'êtes pas dans le bon train ? ajoute-t-il plus sévèrement, en découvrant mon billet.

— Oui, elle sait ! rétorque Céline. Écoutez, monsieur, faut pas lui en vouloir. Elle ne l'a pas fait exprès. Je lui ai donné la place de mon fils, il dort depuis qu'on a quitté Paris. S'il vous plaît, ne la verbalisez pas ! Elle n'a franchement pas besoin de ça !

— Vous êtes qui, vous, d'abord ? Sa mère ?

— Là, vous êtes vexant, me permets-je de dire, le doigt levé.

— Je rigolais. Ah ah ! dit-il sans un trait d'humour dans la voix. Comment vous avez pu vous tromper de train, mademoiselle ? demande-t-il, en me regardant droit dans les yeux.

S'il savait ! Il me suffit de penser à David et aux traces de rouge à lèvres sur ses abdos pour provoquer un nouveau cataclysme. Les larmes ne sont pas loin. Le contrôleur s'en aperçoit.

— OK, OK ! J'ai saisi ! Ce ne serait pas une histoire de rupture ? lance-t-il, sûr de lui.

— Bingo ! Vous êtes perspicace pour un homme ! lance Céline, fière de pouvoir lui rendre la pareille suite à sa précédente vanne sur son âge. Je rigole, hein ! ajoute-t-elle, ironique à son tour.

Il me semble qu'il sourit. Je baisse les yeux pour l'apitoyer. Il se penche vers moi, sa bouche se trouve à quelques centimètres de mon oreille droite. Je me fige.

— OK, ça ira pour cette fois-ci mais faites attention la prochaine fois. Si vous étiez tombée sur un de mes collègues, il n'aurait pas laissé passer ça. On a des quotas à atteindre, vous savez.

Il se relève. Je me détends à peine lorsqu'il replonge vers moi pour ne pas être entendu des autres voyageurs.

— Tenez, ma carte ! On ne sait jamais, si votre mec ne revient pas, n'hésitez pas... Visiblement, il ne savait pas la chance qu'il avait. Au revoir et bon séjour à Lille, dit-il en nous rendant nos billets.

Je me sens rougir. Céline, qui n'a pas perdu une miette de la tirade, pouffe littéralement de rire à côté de moi, réveillant son gamin qui s'étire.

— Oh, salut, mon prince. Bien dormi ?

— Oh oui, maman ! Trop bien ! baragouine-t-il en me découvrant.

— Je te présente Élisa, elle est super sympa et elle va passer quelques jours avec nous. Tu es d'accord ?

Je réalise à peine ce qu'elle vient de dire, troublée par la carte de visite du contrôleur sexy glissée entre mon index et mon majeur. Jérôme Levers – 06...

— Allô Élisa ! Ici, la Terre ? dit-elle en riant. On dirait qu'il t'a fait de l'effet, le petit contrôleur ! Comment s'appelle ton futur mari, déjà ?

— Hein, quoi ? Non, mais j'hallucine, dis-je en me retournant pour mater son derrière. Quoique, tout bien réfléchi... Pourquoi pas...

Céline explose de rire. Son fils la questionne :

— Maman, pourquoi tu rigoles ?

— C'est une histoire de grandes personnes, mon chou ! Bon et alors, ça te dit ? dit-elle à mon attention.

— Non, mais ça va pas la tête ! Je ne suis pas ce genre de fille. Je vais pas... hum hum... avec le premier venu sous prétexte que mon futur mari ne veut plus de moi !

Céline rit toujours.

— Je ne te parlais pas de ça. Si tu ne sais pas où aller, je t'héberge quelques jours. C'est assez petit chez moi. Je vis seule avec Loris, mais on te fera une petite place, si tu es à la rue. Je ne voudrais pas avoir ça sur la conscience. Te savoir dehors. Pas question !

Elle vit seule avec son fils. Pourquoi ? Les larmes menacent à nouveau. Mon émotivité est à son comble. Et moi qui me plains de mon triste sort... On ignore ce que vivent les autres.

— Elle va pleurer la dame, m'man ? C'est encore une histoire de grandes personnes ?

— Oui, tout à fait mon loulou.

Elle est émue.

— Est-ce que ça veut dire que tu es d'accord, Élisa ? me demande-t-elle.

— OK, mais vraiment pas longtemps. Je dois poursuivre mon voyage.

— OK ! On va bien s'amuser. Regardez, le train entre en gare.

— Tchou tchou !!! crie le petit Loris.

Il y a bien longtemps que les trains ne font plus tchou tchou. Allez, faut y croire ! On va bien s'amuser. Après la pluie vient toujours le beau temps. Non ?

7.

Lorsque je pose les pieds sur le quai de la gare de Lille, je regarde si « la vieille » n'est pas dans les parages. C'est un vieux réflexe qui me vient de mes ancêtres.

Je vous explique. Du sang italien coule dans mes veines. Jusque-là, rien de bizarre, ce sont des choses qui arrivent. L'une de mes arrière-grand-mères, une Française pure souche prénommée Anne, avait succombé au charme d'un réfugié italien : Giovanni. Malgré la barrière de la langue, ils se comprirent très vite. La Première Guerre mondiale avait causé d'importantes pertes humaines et il fallait songer à se reproduire, vite. Ils étaient jeunes, beaux et en bonne santé. Elle était vierge et lui, il avait vraiment envie de... Inutile de vous faire un dessin. Après seulement quelques regards appuyés et malgré les contestations de la famille, ils se marièrent. Quelques mois après leur union, la *Mamma* de Giovanni et ses trois enfants plus jeunes vinrent rejoindre le jeune couple. L'Italie, alors sacrément saccagée par la guerre, ne pouvait plus nourrir les bouches. Ils ne se firent pas prier lorsque Giovanni leur proposa de venir se mettre à l'abri en France. Lorsqu'ils arrivèrent enfin sur la place du village, il paraît que sa mère cherchait la vieille à qui il fallait embrasser le derrière. Anne crut alors que sa belle-mère était dérangée, mais son mari lui expliqua dans un français approximatif, tout en roulant exagérément les « R » que c'était de l'h[ou]mour : « Chez nous, quand on va quelqué part per la prémière fois, on dit qu'il faut embrasser les fesses dé la pi[ou] vieille femme d[ou] village. Ça porté bonheur. »

Leur fille, qui n'est autre que mamie Jeanne et qui avait grandi dans ce bouillon de culture, aimait me raconter toutes ces histoires. Du coup, à chaque fois que j'arrive quelque part où je ne suis jamais allée, je regarde si une vieille dame ne se trouve pas dans les alentours. C'est idiot, je sais, mais je ne peux pas m'en empêcher.

Je jette un coup d'œil vers le ciel en espérant que mamie me guide. Je ne suis pas spécialement croyante, mais j'aime penser qu'il existe quelque chose après la mort et que mes ancêtres veillent sur moi.

Je souris malgré cette triste pensée. Je suis tentée de raconter cette histoire de vieille dame à Céline et Loris, mais je crains de les effrayer. Je ne peux pas me permettre de leur faire peur avec mes histoires à dormir debout. J'ignore combien de temps durera mon voyage et il ne fait que commencer.

— Tu es bien silencieuse... me dit Céline, pendant qu'elle attache Loris dans la poussette canne qu'elle vient de déplier.

— Oh... Je pensais à ma grand-mère.

— Tu veux la contacter peut-être ? Tu as son numéro ?

— Non... Là où elle est, elle n'est pas joignable.

— Ah bon, tu es sûre ?

— Oui ! Certaine ! dis-je en lui indiquant le ciel.

— Ah... pardon. Je n'avais pas compris. Moi non plus, je n'ai plus mes grands-parents. Mes parents m'ont eue sur le tard. Ma dernière mamie, Alice, est partie avant que je tombe enceinte de Loris. Je l'adorais. Nous étions très proches, elle et moi. Elle me manque beaucoup. Il n'y a pas un jour sans que je pense à elle. Elle est partie subitement. Sans doute une crise cardiaque. C'est comme ça. On ne maîtrise pas ce genre de chose.

— Oui, tu as raison. Il y a tant de choses qu'on ne maîtrise pas... dis-je en pensant à ma nuit.

Céline ne répond pas. De toute façon, il n'y a rien à dire.

En longeant le train, je suis éblouie par la toiture de verre de la gare. Elle est magnifique. Quelle prouesse architecturale ! Je m'arrête quelques instants pour admirer ce plafond de verre à travers lequel percent les premiers rayons de soleil du matin.

— C'est joli, n'est-ce pas ? m'interrompt Céline.

— Oui, très chouette !

C'est la cohue sur le quai. Les attachés-cases valsent au bout des bras de gens pressés. Je ne savais pas cette ville si mouvementée, si dynamique. Céline me regarde, amusée. Elle lit dans mes pensées.

— Avoue, tu pensais que c'était une ville de ploucs ?

— Je n'avais aucun a priori. Je n'avais pas imaginé un seul instant que je me retrouverais ici, dans le ch'nord ! Tout ce que je vis depuis ce matin est surréaliste.

— Bon, ne restons pas là. J'habite à quelques centaines de mètres de la gare. On peut, soit prendre un bus, soit marcher. Qu'est-ce que tu préfères ? Tu es notre invitée. À toi de choisir.

— Marchons, s'il te plaît. J'ai envie de me dégourdir les jambes.

Nous quittons la gare. Mes pensées s'égarent. David a dû se réveiller maintenant. Il a peut-être découvert la place vide à ses côtés. Peut-être se demande-t-il où je suis ? Mais il s'imaginait quoi, au juste ? Que je lui ferais des papouilles au réveil ? Après ce qu'il m'a fait ! Mais qu'est-ce qu'il a fait, au juste ? Et si j'étais partie trop vite ? Je suis paumée, complètement désorientée. Je marche à l'allure de Céline sans forcément prêter attention à ce qui m'entoure. Je lève les yeux. La ville est jolie, un peu grise mais charmante. La cohue de la gare a laissé place à des ruelles plus tranquilles.

Céline me jette de petits regards interrogateurs. Elle lit en moi et lâche :

— Et si tu appelais ton copain ?

— Non, hors de question ! Il y a sûrement une raison pour laquelle je suis ici. Faut que je découvre pourquoi. Et puis, pour être honnête avec toi, je n'ai pas pris mon téléphone.

— Quoi ? Mais t'es folle ? hurle-t-elle, faisant se retourner Loris, visiblement surpris.

— ...

— Excuse-moi, mais sincèrement... Comment peut-on se passer d'un téléphone portable de nos jours ? Tu es inconsciente !

— Je sais... Je suis partie super vite. J'ai voulu tout laisser derrière moi. J'avoue que je me sens légèrement à poil.

— J'imagine, dit-elle en souriant. Bon, ce n'est pas si grave, j'imagine que tu connais son numéro par cœur, n'est-ce pas ? Tu vas lui téléphoner avec le mien. Tiens ! dit-elle en me tendant son mobile.

— Euh… bah… en fait, non. Je ne connais aucun numéro par cœur, ni même le mien, pour être honnête. Je ne m'appelle jamais ! Le seul numéro que je connaisse est le téléphone fixe de ma mère et autant te dire que je n'ai aucune intention de l'appeler.

— Pourquoi ? T'es fâchée avec ta mère ?

— Non, mais je n'ai pas envie d'entendre son petit discours, du genre : « Ah, je te l'avais dit ! Je connais les hommes ! C'était sûr ! Ils finissent toujours par tromper leur femme ! Je t'avais dit de te méfier ! Bla bla bla… » Tu vois le topo…

— Bah, elle n'aurait pas tout à fait tort à en croire ce que tu m'as raconté.

— Ouais, bah justement ! dis-je sur un ton désinvolte d'adolescente mal lunée. Je n'ai pas envie d'entendre ça !

Agacée, je me ferme comme une huître. Je regarde les devantures de commerces, tous déserts. Eh ben, y'a pas foule, ici. Qu'est-ce que je fous là ? Sérieux !

— Est-ce que c'est encore loin ? demandé-je, après quelques minutes de silence.

— On est presque arrivés. Après, j'irai à la supérette, acheter quelques bricoles.

— D'accord, mais c'est moi qui paye les courses, pour te remercier de ton hospitalité.

— Bah attends, t'as même pas vu mon taudis. Si ça se trouve, tu n'auras qu'une envie, prendre tes jambes à ton cou et repartir fissa rejoindre ton futur ex-mari.

— C'est vrai, ça ! Tu vis peut-être dans une porcherie ?

— Mais dis-moi… Tu dis toujours les choses comme elles te viennent ?

— Presque toujours ! Allez, rassure-moi ! Tu n'es pas une psychopathe, au moins ?

— C'est quoi une pistochate, maman ? demande Loris.

Céline et moi éclatons de rire, incapables de donner au petit garçon la définition du mot qui convient le mieux.

— Oh mon trésor, tu es mon rayon de soleil ! parvient-elle à dire, en tentant de maîtriser son fou rire.

— Ah, ça fait du bien de rire un peu ! dis-je. Merci, petit !

— Avec lui, c'est tous les jours comme ça. Heureusement qu'il est là ! dit-elle sur un ton mi-enjoué, mi-tristounet.

Un petit silence s'installe à nouveau. Si Céline connaît ma vie sur le bout des doigts, je ne peux pas en dire autant de la sienne. Comment se fait-il qu'elle rentre de Paris un mardi matin et de si bonne heure, de surcroît ? A-t-elle de la famille ici ? Travaille-t-elle ? Qui garde son fils ? Où est son homme ?

Pendant tout ce temps que nous avons partagé dans le train, je n'ai fait que parler de moi. À aucun moment, je ne me suis intéressée à elle. Une once de culpabilité m'envahit. Il y a forcément une raison à notre rencontre. Je dois me fier à mon instinct, suivre mon destin.

8.

Les routes et les trottoirs sont pavés et je suis très satisfaite d'avoir choisi de chausser des baskets plutôt qu'une paire de talons ou même de bottines. Je n'ai à plaire à personne ici. Et vu mon look, personne ne se retournera sur mon chemin.

Loin de la cohue et de mes problèmes parisiens, dans ce vieux quartier lillois, charmant au demeurant, je commence à apprécier cette escapade improvisée. J'en oublierais presque David. Disons que j'isole dans un coin de ma tête l'épreuve qu'il m'inflige, cette sortie de route incontrôlable.

Céline ralentit sa marche en arrivant devant une maison en pierre. Loris s'agite dans la poussette. J'en conclus qu'il a identifié son habitation. Effectivement, elle s'arrête devant une petite porte et tapote sur le digicode. La porte se déverrouille. Elle m'invite à pénétrer dans le petit couloir où six boîtes aux lettres me font déduire le nombre de ménages habitant le petit immeuble de trois étages.

— Je suis au premier. Je suis désolée, il n'y a pas d'ascenseur.

— J'espère que tes voisins sont sympas, dis-je en fixant les boîtes aux lettres.

Céline ne relève pas mon hors-sujet. Elle s'occupe de son fils et replie la poussette qu'elle range dans un petit cagibi derrière l'escalier en colimaçon. Pour ma part, j'essaye d'imaginer la tête des voisins en déchiffrant leur nom sur les boîtes aux lettres. Je fais une vraie fixette sur les bons rapports de voisinage. Lorsque j'étais enfant, nous avions des voisins adorables. D'un côté, il y avait une mamie qui dépannait souvent ma mère lorsqu'elle avait besoin qu'on jette un œil sur moi. Elle se prénommait Augustine. De l'autre, il y avait une famille normale. Un couple marié avec deux enfants, un garçon et une fille, plus ou moins de mon âge. Une famille modèle telle qu'on les voit dans les publicités télévisées. J'allais souvent chez eux car, étant fille unique, je m'ennuyais chez moi et je cherchais de la compagnie. Et puis, dès qu'ils me saoulaient avec leurs chamailleries fraternelles, je retournais dans mon humble demeure, toujours calme. Aucun voisin ne s'est jamais plaint que je fasse du bruit et puis, fatalement, la mamie mourut et la famille déménagea. Un jeune couple, plutôt fêtard, remplaça la vieille dame. Quant à la famille, une autre arriva, beaucoup plus bruyante que la précédente. Les voisins du dessous venaient souvent frapper chez nous pour faire cesser les bruits qui émanaient de part et d'autre, avec la ferme intention de me faire porter le chapeau. Un jour, mon père, d'ordinaire plutôt calme, faillit péter un plomb et taper sur le râleur récidiviste. Ma mère intervint à temps. Quelques mois plus tard, ils m'annoncèrent que l'appartement était vendu et qu'ils avaient trouvé une maison en banlieue lyonnaise, une jolie demeure d'une centaine de mètres carrés entourée d'un immense jardin. Nous ne fûmes jamais embêtés par le voisinage. Sur ces belles pensées, Céline me tire de ma rêverie.

— L'escalier est assez étroit. Tu vas y arriver avec ton sac à dos ?

— Bien sûr ! Tu n'es qu'au premier. À Paris, j'habite au quatrième et je n'ai pas non plus d'ascenseur. Tu ne remarques pas à quel point mes fesses sont fermes ? dis-je avant de me souvenir qu'un petit bonhomme nous écoute.

— Non, on ne voit rien, mais on te croit sur parole. Loris, je sens qu'on va bien s'amuser avec Élisa, dit-elle à l'attention de son fils.

Arrivant sur le palier, Céline déverrouille la porte d'entrée de son appartement.

— Nous y sommes ! lance-t-elle, en entrant dans l'appart plongé dans le noir.

Je ne sais pas à quoi m'attendre. J'imagine assez bien un intérieur désordonné, peu d'espace à elle, plutôt une surface envahie par les jouets de son fils. Déjà, ce qui me saute au visage avant tout, c'est l'odeur. Ça sent bon ! Une réelle invitation à entrer.

— Mmm, quelle odeur délicieuse ici ! dis-je.

— Tu trouves aussi ? Hum, ça fait du bien d'être chez soi. Quand on a emménagé ici, il y avait toujours une odeur bizarre, dit-elle en déposant ses clés sur une petite console sur laquelle s'entasse une pile de courriers. On aurait dit de la poussière, continue-t-elle. Et puis, j'ai acheté ce pot-pourri que je recharge avec des huiles essentielles et depuis, exit les mauvaises odeurs ! dit-elle en ouvrant le volet. J'avoue que j'en suis particulièrement contente, poursuit-elle. Je t'en prie, ne reste pas là, entre ! Bienvenue chez moi. C'est assez petit, mais on y est bien.

Loris a déjà filé dans ce qui doit être sa chambre. Comme dans mon imagination sur le pas de la porte, l'espace est plutôt étroit mais n'en est pas moins cosy. À droite, nous avons les toilettes et la salle d'eau, à gauche la cuisine ouverte sur un mini séjour. Et puis, la chambre. Contrairement à l'idée que je me faisais, c'est très bien rangé.

— Inutile de te faire visiter, tout est là ! Tu ne risques pas de te perdre.

— C'est chouette chez toi. Vous vivez ici depuis longtemps ?

— Quelques années. Tu peux poser ton sac près du canapé. Tu dormiras là ce soir, c'est un canapé-lit. Mais pour l'avoir testé en mode non déplié, on y dort très bien. C'est comme tu préfères. Si tu veux, tu peux aller te rafraîchir. Looooris ! Lave-toi les mains ! hurle-t-elle alors qu'il ne se trouve qu'à quelques mètres.

— OK. Merci, dis-je, déjà à l'affût des moindres détails qui pourraient m'en dire plus sur sa situation personnelle.

— Et tu vas à Paris souvent ? dis-je en me dirigeant vers la salle de bains.

— De temps en temps.

— Ah. Et tu n'as pas de télé ?

— Si ! Mais elle est planquée dans la bibliothèque. J'évite de l'allumer car Loris est complètement accro. Je ne l'allume que lorsqu'il dort et puis, parfois, pour avoir la paix un petit moment, ça m'arrive de le mettre devant l'écran. Je sais ce que tu penses... Ce n'est pas bien, hein ?

— Je ne me permettrais pas d'émettre une opinion, je n'ai pas d'enfant, je ne sais donc pas ce que c'est ! Et je ne suis pas non plus pressée de le savoir, dis-je en chuchotant.

J'ai retiré mes chaussures et me mets à l'aise. Loris vient me montrer ses jouets. J'ignore d'où il sort tous ces jeux mais la pièce d'à côté doit être pleine de trésors pour un petit gars de son âge. Céline est affairée à ranger je ne sais quoi.

— Je peux t'aider à faire quelque chose ?

— Non, je te remercie, ça va aller. Bon, aujourd'hui, je ne travaille pas, est-ce que tu as envie de faire quelque chose de particulier ? Visiter la ville par exemple, faire du shopping, ou bien appeler un ami ?

— Euh, n'essaie pas de m'influencer ! Pour l'instant, je n'appelle personne. Tu ne devais pas aller à la supérette ?

— Si, mais j'irai plus tard. C'est à deux pas d'ici. J'ai assez confiance pour te laisser seule dans mon appartement avec mon fils, dit-elle en me faisant un clin d'œil.

— Cool ! C'est adorable !

— Et puis, je n'ai rien à prendre ! ajoute-t-elle en s'esclaffant.

Enfin, elle se pose un instant sur le canapé près de moi. Les yeux dans le vague, elle pousse un long soupir. Loris lève les yeux, la regarde un court instant avant de poser son jouet et de venir se lover contre elle. C'est trop émouvant. J'ai envie de les serrer dans mes bras tous les deux comme s'ils avaient toujours été de ma famille. Je n'en fais rien mais la scène me touche et je sens mes poils de bras se hérisser sous mon pull.

9.

Des milliers de questions me viennent à l'esprit. Ce n'est pas ma situation personnelle qui me préoccupe, mais bel et bien celle de cette maman célibataire et de ce petit bonhomme qui a l'air bien plus mûr que son âge. Je n'y connais pas grand-chose en gamin mais celui-là est spécial. Il parle comme un grand et se comporte comme l'homme de la maison. Sa maman et lui sont hyper fusionnels. Ces deux-là vivent quelque chose de particulier, de très fort. J'aimerais que Céline me raconte son histoire. Mais comment l'inviter à me parler ? Je ne suis qu'une inconnue pour elle. Qui se confierait comme j'ai pu le faire ce matin dans le train ? Bref.

Céline est en train de déballer son petit bagage. Je feuillette un bouquin qui trône sur sa table basse. Il est corné à la page 275.

— Il a l'air sympa ton livre.

— Lequel ? dit-elle sans relever la tête.

— *Le jour où j'ai su*. C'est un joli titre.

— Ah, lui ? Ouais. C'est une belle histoire. J'adore. Mais je n'aime pas parler des livres. Tu n'auras qu'à l'emporter, si tu veux. Il t'aidera peut-être, même. Il permet d'y voir plus clair.

— Bah non, tu ne l'as même pas fini. Je ne veux pas te priver de ta lecture.

— Comme tu veux. Bon, je vais aller faire deux ou trois courses. Le frigo crie famine. Tu veux bien rester avec Loris ? Il doit être épuisé. Je préfère qu'il reste sagement ici. Je n'en ai pas pour longtemps. Cela ne te dérange pas ?

— Non, absolument pas. Je te remercie de ta confiance. Vraiment. Il y a quelques heures, tu ne me connaissais pas et là, tu me laisses chez toi avec ton petit garçon...

— Ne cherche pas à comprendre ! C'est une question de feeling. J'ai tout de suite vu que tu étais quelqu'un de bien lorsque ce monsieur t'a mal parlé dans le wagon. Tu as un bon karma. Je le sens. Et ce, malgré tes problèmes.

— Ah bon ? Tu sens tout ça ? dis-je, peu convaincue.

— Oui ! Bon, j'y vais. À tout de suite. Loris ? Tu es sage avec Élisa ! OK, mon chaton ?

— Oui, maman !

À peine a-t-elle le dos tourné que je lance mes investigations dans l'appartement. Sans rien toucher, bien sûr. Je ne suis pas une fouineuse. Je cherche juste à savoir s'il y a un homme dans sa vie, un père pour son enfant.

Je ne trouve rien qui laisse supposer une présence masculine dans cet appartement. Peut-être Loris sera-t-il plus bavard que sa maman ?

Je n'ai pas une minute à perdre, dans quelques minutes, elle sera de retour. Je me rends dans la chambre et m'assois sur le lit.

— Ça va, bonhomme ?

— Oui. Très bien, dit-il en faisant un puzzle.

— Dis-moi, Loris. Est-ce que tu vois ton papa de temps en temps ?

Il stoppe net son activité et plante son regard bleu dans le mien. Je n'ose plus bouger et il ne pipe mot. On dirait un cow-boy qui s'apprête à dégainer. Pour détendre l'atmosphère, je lui dis :

— Si tu n'as pas envie de causer, ce n'est pas grave, tu sais.

Loris regarde à droite et à gauche, se lève, quitte la pièce et revient. Je ne comprends pas bien son manège. Ah, ces gosses, de vrais acteurs.

— Si je te dis un secret, tu ne le répètes pas, hein ? me demande-t-il.

— Promis, juré, craché ! dis-je, pressée d'être mise dans la confidence.

— J'ai une photo de mon papa mais maman le sait pas.

— Ah bon ? Pourquoi ne le dis-tu pas à ta maman ?

— Parce que ! Elle voudra pas. Papa est parti. Maman dit qu'il reviendra plus.

— Ah. Et cela te rend triste ?

— Oui. Mais moi, je sais que papa va revenir.

— Il est où, ton papa ?

— Derrière la frontière.

— Une frontière ? Tu veux dire qu'il n'est plus en France ?

Malgré le sérieux de sa confidence, je ne peux m'empêcher de sourire. Ce gamin est surprenant.

— Oui, maman a dit ça. Il est parti.

— Moi, je suis certaine que ton papa t'aime. Les grandes personnes ont parfois des problèmes que les petits ne peuvent pas comprendre. Mais tu as raison de penser qu'il reviendra. Je vais parler à ta maman et on va faire revenir ton papa.

— Surtout pas ! crie-t-il.

— Mais pourquoi ?

— Maman sera fâchée contre moi. Tu dois pas dire que j'ai parlé de lui, dit-il les larmes au bord des yeux.

— D'accord, Loris, ne t'inquiète pas. Je t'ai fait une promesse. Ça restera entre toi et moi. Je peux te demander comment s'appelle ton papa ?

— Oui. Il s'appelle Franck, mon papa.

— Et ça fait longtemps que tu ne l'as pas vu ?

— Je sais pas.

— OK, ce n'est pas grave.

Loris ne bouge plus. Il triture une pièce du puzzle de ses petits doigts délicats. Il me regarde puis détourne le regard. Il réfléchit, cela paraît évident.

— Je t'aide pour faire ton puzzle ? dis-je pour débloquer la situation.

— Je te montre quelque chose, mais tu dois pas dire à maman. Tu promets ?

— Promis ! Juré ! Craché, mon bonhomme.

Loris se lève, se dirige vers sa bibliothèque, prend un livre de contes et en sort un marque-page spécial. C'est la photo dont il a parlé au début de cette conversation. Il lui fait un bisou et me la tend. Mon cœur se crispe dans ma poitrine.

— C'est lui, mon papa.

Les larmes sont montées sans prévenir et coulent sur mes joues. Le plus discrètement du monde, d'un revers de manche, je les essuie. J'observe le cliché. C'est une photo d'eux trois, réunis et visiblement heureux. Au dos, d'une écriture masculine, il est écrit : « Je t'aime, mon fils. Pour toujours. » Ainsi que la date du 12 août.

— Il est très beau, ton papa.

Ce sont les seuls mots qui me viennent.

— Maman, elle disait toujours ça, avant. Maintenant, elle ne parle plus de lui. Comme s'il existe plus.

— Tiens, remets-la vite à sa place, dis-je, complètement stressée à l'idée que Céline puisse nous surprendre.

C'est au-delà de ce que je pensais. Cet enfant est particulier. Jamais je n'avais eu de conversation aussi importante avec un petit môme. Bon, je n'ai pas beaucoup l'occasion de discuter avec des gamins. Ryan, le fils de Debbie n'a que quelques mois, c'est à peine s'il gazouille. Et à part les magnifiques enfants que j'avais construits dans mon imaginaire et que j'étais censée fabriquer avec David, je n'en côtoie jamais. Mais lui, Loris, il compromet tout ce que je pensais de ces petits êtres que j'imaginais dénués d'intelligence et de sentiments.

Subitement fatiguée, je m'allonge sur la moquette aux motifs de circuit de voitures et ferme les paupières.

10.

Après un moment indéterminé, je finis par me réveiller. Un plaid à l'effigie de Spiderman est étendu sur moi. Je mets quelques secondes à réaliser où je suis. Je suis un peu gênée d'avoir fait cette sieste improvisée, mais je ne bouge pas pour autant, tellement la chaleur du plaid me réconforte.

Des bruits me tirent peu à peu de mon état de somnolence. Je me demande quelle heure il est. Je prends conscience que je me suis endormie alors que Céline m'avait confié la surveillance de son fils. Au lieu de cela, il semblerait que ce soit plutôt lui qui a pris soin de moi. Je ferais une piètre baby-sitter, pire, une bien mauvaise mère. Un frisson me parcourt.

Je n'ose pas sortir de la pièce, tant je me sens honteuse. La porte est presque close et à côté, tout paraît calme. C'est à se demander si le petit est toujours là. Je lève la tête et une chose reste collée à ma joue avant de se décoller toute seule. C'est un Playmobil. Je frotte ma joue. Je sens son empreinte sur ma mâchoire. Je devais être vraiment crevée pour m'assoupir par terre et sur un Playmobil, qui plus est !

Pfff... Dans quelle galère je me suis mise ? Partir de la maison sans prévenir, loger chez une inconnue et décider de lui changer la vie. Et le pire, c'est que lorsque j'ai une idée en tête, je ne l'ai pas ailleurs. Il est hors de question que je quitte cette maison sans avoir découvert la raison du départ de Franck et, c'est ambitieux, je l'avoue, sans avoir réussi à les faire renouer.

Requinquée par mes projets, je me lève enfin et tout doucement, j'avance dans la pièce voisine.

— Oh ! s'exclame Céline, en sursautant. J'avais presque oublié que tu étais là.

— Je suis désolée, je ne voulais pas te faire peur. Et surtout, je m'excuse. Je me suis endormie alors que j'étais censée veiller sur ton fils, dis-je tout en me frottant le visage des deux mains.

— Oh, t'inquiète ! Je me suis absentée trente minutes à tout casser. Cette maison, même si elle n'en a pas l'air, est une vraie forteresse. Jamais personne n'a réussi à s'y introduire. Je ne t'en veux pas. Tu as eu une nuit agitée.

— Je ne te le fais pas dire !

— Tu as mérité un peu de repos, et puis tes ronflements m'ont fait comprendre que tu dormais très profondément. Loris a bien ri. Sois pas étonnée qu'il t'appelle le tracteur !

— Ah bon, je ronfle tant que ça ?

— Juste un chouïa ! dit-elle, tout sourire.

Céline est une jolie femme. Je viens de me rendre compte de sa beauté. Si je devais la comparer à une personnalité connue, je dirais qu'elle ressemble à Eva Longoria, en moins tape-à-l'œil, cela dit. Plus pâlotte, moins maquillée, les cheveux moins brushés. Elle est simple, ni grosse, ni maigre. À vue de nez, je dirais qu'elle fait un petit 38. Elle semble plus petite que moi mais elle est bien proportionnée. Elle porte un jean slim et une chemise cintrée à carreaux. Si j'étais un homme, je serais forcément séduit. Mais je suis une nana. Sa bonne humeur est contagieuse. Je souris à mon tour.

— OK. Je ronfle. Je ne le savais pas. David ne me l'a jamais dit.

Prononcer ce prénom me fiche le bourdon.

— C'est sans doute ta position inconfortable…

— C'est cela, oui ! N'essaie pas de me trouver des excuses. Je ronfle et j'assume. Je n'ai rien compris, je me suis effondrée comme une…

— Tss tss tss ! m'interrompt-elle, en m'indiquant son fils qui regarde un livre sur le canapé. Il y a des oreilles qui traînent !

— Il est toujours sage comme ça, ton fils ? chuchoté-je pour ne pas le déconcentrer.

— Pas toujours mais globalement, je n'ai pas à me plaindre. Bon, alors, qu'est-ce qu'on fait ? Tu veux visiter la ville ?

— Oui, avec plaisir. Maintenant que je suis ici, j'ai besoin de ne pas trop penser, si tu vois ce que je veux dire ?

— Je vois bien.

— Tu es certaine que tu es disponible ? Je tombe comme un cheveu sur la soupe. J'apparais dans ta vie comme ça, à l'improviste. Tu n'as peut-être pas que ça à faire ?

— Ne t'inquiète pas pour ça. Je te vois plutôt comme une vieille amie que je n'ai plus revue depuis un moment. Ça me fait plaisir. Tu me fais penser à autre chose aussi. Allez, on bouge ! On va se promener. En plus, on a de la chance, il fait beau ! Profitons-en ! Loris, mets tes chaussures, s'il te plaît, et montre à Élisa de quelle façon tu enfiles ton manteau tout seul. Je suis sûre qu'elle ne connaît pas cette technique.

Le petit bonhomme obéit à sa maman. Il enfile ses baskets tout seul grâce à des scratchs sans se tromper de pied. Ensuite, il jette son manteau à ses pieds. J'émets un petit « Oh » d'étonnement, pensant qu'une soufflante ne va pas tarder à sortir de la bouche de sa maman. Au lieu de cela, elle le regarde avec fierté, les mains sur la taille comme un inspecteur des travaux finis. Il se met de l'autre côté, enfile ses bras dans les manches, fait passer sa doudoune par-dessus sa tête et hop, le tour est joué ou plutôt le manteau est enfilé !

— Waouh ! dis-je véritablement stupéfaite. C'est génial !

— Les enfants apprennent ça à la crèche. C'est top, non ?

— Carrément ! Bravo, Loris, tu viens de m'apprendre un truc ! Attends, je vais m'entraîner aussi. Pour ne pas oublier.

Je fais comme lui et je trouve ça très drôle. Je viens de perdre vingt ans. Cela amuse beaucoup Céline et Loris qui pouffent de rire. Leur complicité me réchauffe le cœur. Je n'ai pas souvenir d'avoir vécu des moments d'une telle simplicité avec mes parents, lorsque j'étais enfant. Peut-être ai-je oublié ? La nostalgie me gagne lorsque pour la deuxième fois depuis que je suis ici, mon regard vient s'attarder sur le tas de lettres posé sur la petite console de l'entrée. Elles sont toutes du même format, bien empilées. Il y en a au moins sept, si ce n'est plus. Mais ce qui me surprend le plus, c'est qu'elles ne me semblent pas avoir été décachetées. C'est étrange. Je saisis l'occasion, avant qu'on ne sorte de l'appartement.

— Dis-moi, Céline, tu n'ouvres jamais ton courrier ?

— Ah ça... Ce n'est pas pour moi.

— Ah bon ? C'est pourtant bien ton prénom qui est inscrit sur l'enveloppe. Et puis, celle-ci aussi et puis... dis-je en me permettant de les toucher.

— Bon, ça va ! dit-elle en m'arrachant le paquet de lettres des mains. Tu es inspecteur de police ? s'agace-t-elle.

— Non, je suis sans emploi mais je cherche et je suis prête à accepter n'importe quel boulot, dis-je pour désamorcer la crise qui s'annonce.

— Ah oui ? Et comment pourrais-tu l'accepter, ce job si tu pars de chez toi sans même prendre ton téléphone portable ? Mademoiselle « je sais tout » !

— Ah, là, j'avoue, tu marques un point !

— Voilà ! Merci ! dit-elle en reposant le tas, exactement là où il était.

— Peut-être pourrais-tu m'en parler, du contenu de ces lettres ? Étant donné que je t'ai raconté ma vie, rien ne t'empêche de me raconter la tienne ?

— Comment veux-tu que je sache ce qu'elles disent puisque je ne les ai pas ouvertes, dit-elle en souriant. Je te trouve bien curieuse, Élisa.

— Tu as raison, je m'excuse. C'est un défaut qu'on me reproche souvent. Et pourtant, je te jure, j'essaie de faire des efforts.

— Si tu le dis ! Tu es prête ? On peut y aller ?

— Oui, *go* !

11.

Cette balade m'a épuisée. À plusieurs reprises, j'ai eu envie de prendre la place de Loris dans sa poussette, que je trouve d'ailleurs un peu petite pour lui, soit dit en passant. Alors vous imaginez pour moi ? Je pense que je n'y rentre même pas une fesse, dans cette poussette !

Bref, nous avons marché pendant une bonne partie de la matinée. Nous avons traversé le quartier qu'on appelle le Vieux-Lille. C'était très sympa.

Je viens d'une ville de banlieue qui n'a aucun charme historique. Depuis que je vis à Paris, je me prends pour une bobo parisienne, snobant mes origines et imaginant que toute la beauté de la France se résume à une ville, la seule et l'unique, Paris. Que l'on peut devenir hautain, je vous jure ! J'ai passé le nez en l'air dans ces charmantes rues dont je n'ai retenu aucun nom, évidemment. De temps en temps, Céline tentait de m'expliquer des trucs en rapport avec l'histoire. Je sais qu'il y a un bras en or accroché à l'une des bâtisses emblématiques de la ville. Le bras servait de signalétique dans le temps. Pour le reste, rien. Déjà à l'école, je n'étais pas douée pour l'histoire. J'ignore même comment j'ai pu réussir l'épreuve au baccalauréat. Il est donc inutile de préciser que toute l'histoire de France et d'ailleurs est entrée par une oreille et ressortie par l'autre, immédiatement après l'examen. J'ai même une crainte immense de devoir me replonger dans tout ça lorsqu'il faudra faire les devoirs avec les enfants… Oui, parce que tout de même, j'en veux, des gosses.

Ah, si ! J'ai retenu le nom de la Grand-Place, par laquelle nous avons fini notre périple. Elle est magnifique, époustouflante. Encouragés par une météo clémente, nous y avons flâné, puis, affamés, nous avons décidé de nous arrêter manger un bout. Malgré les tarifs davantage appropriés à une clientèle touristique, j'ai offert le déjeuner à mes hôtes. C'était la moindre des choses puisque j'avais initialement promis de payer les courses. Et puis, cela ne m'a pas coûté grand-chose. Céline a un appétit de moineau, quant à Loris, son menu ne coûtait que neuf euros. J'ai fini ses frites, lesquelles, sans doute à cause de la culpabilité, me sont restées sur l'estomac.

C'est donc épuisée et barbouillée que je rentre dans l'appartement de Céline, suivie d'un petit Loris ensommeillé dans les bras de sa mère. Elle va le déposer dans son lit et ferme la porte.

— Il est très fatigué, me dit Céline, d'un air inquiet.

— C'est normal, non ? Vous avez voyagé tôt. Et puis, cette promenade… J'avoue que je suis HS aussi. Pour quelles raisons étiez-vous à Paris ?

— Ah non, tu ne vas pas recommencer avec tes questions ?

— Mais pourquoi refuses-tu de m'en parler ? Je ne risque pas de le répéter à qui que ce soit… On se connaît à peine.

— Bah justement. Ce ne sont pas des choses faciles à dire.

— Oh. Tu me fais peur, là, tu sais.

— Je ne sais pas combien de temps tu resteras parmi nous, mais ce n'est pas nécessaire de t'inquiéter pour nous. On s'en sortira. Je m'en suis toujours sortie et maintenant que Loris est là, je suis encore plus forte.

— Waouh… Si tu espérais me rassurer avec de tels propos, c'est raté !

— Allez, aide-moi, on va faire des bricoles pour ce soir.

Elle me parle de manger alors que je peine à digérer. Je ne dis rien et la rejoins derrière son petit plan de travail. Nous confectionnons des feuilletés de saucisses, des verrines avocat-crevette, des cakes au thon et aux olives. Je réalise qu'il y en a pour un régiment. Elle prépare peut-être ses rations pour la semaine.

— Tu crois vraiment que nous allons manger tout ça ce soir ? Ou bien tu prépares ma gamelle pour mon départ ? finis-je par demander.

— Non. Je ne t'ai rien dit, mais j'ai invité mes deux meilleures amies, ce soir. En ton honneur.

— En mon honneur ? Mais c'est trop !

— Une soirée filles te fera le plus grand bien.

— Et Loris ? dis-je en pointant la chambre dans mon dos.

— J'ai tout prévu. Loris ira dormir chez sa tati. Elle me dépanne lorsque je travaille de nuit.

— Et toi, tu ne travailles pas, demain ?

— Si. Mais ce n'est pas grave. On peut bien s'amuser de temps à autre. Je ne sais pas combien de temps tu resteras, je voudrais que ton passage à Lille te laisse un bon souvenir.

— C'est déjà le cas. Je te remercie. Mes amies me manquent. David aussi, même si je suis extrêmement fâchée contre lui. Mes parents sont à des milliers d'années-lumière de mes problèmes. De toute façon, ils ne me comprendraient pas. Toi, tu ne me juges pas. Ça me fait vraiment plaisir. Je suis enchantée par ton initiative. Une soirée filles ! Je ne me rappelle même pas quand c'était la dernière fois que j'en ai fait une avec mes copines. Sarah n'avait pas eu Ryan et Debbie n'était pas encore partie en Australie. Autant te dire que ça fait un bail ! Je vais aller à la supérette, je suis une pro des mojitos. Vous aimez ça ?

— Tu plaisantes, j'espère ! On adore ça, même !

— Super ! Je reviens vite, dis-je en enfilant mon anorak et en jetant un énième regard sur les lettres qui m'intriguent avant de quitter l'appartement.

12.

C’est un réel plaisir de faire ses courses ici. Le peu de gens que je croise est calme, trop calme même par rapport à ceux que je vois sur Paris, toujours pressés, le menton dans le col du manteau, la ride du « non » imprimée sur le haut du nez. Je serais presque tentée de dire bonjour à tout le monde, sauf que, bah, il n’y a pas grand monde, justement. J’ai l’impression qu’ils ont ouvert la supérette rien que pour moi. Il n’y a personne dans les rayons. Au loin, j’entends vaguement les bips émis par la caisse enregistreuse qui scanne les achats d’un client. Même les bips sont zen.

Arrivée dans le rayon fruits et légumes, je constate qu’il n’y a pas de menthe. Bah oui, j’aurais dû m’en douter. Ce n’est pas évident de trouver de la menthe en janvier ! Mince alors. Encore une mission improbable !

Je parcours les rayons à la recherche d’un vendeur. Peut-être saura-t-il me renseigner ? J’ai promis à Céline de leur faire des mojitos, alors je ferai des mojitos ! Des vrais !

Je trouve enfin quelqu’un qui est en train de ranger des boîtes de conserve.

— Bonjour, monsieur, lui dis-je pour attirer son attention.

Le monsieur se tourne et il s’avère que c’est une dame. Et mince… C’est tout moi, ça !

— Oui ? dit-elle en se tournant.

— Euh, pardon, madame. Je cherchais de la menthe. Savez-vous s’il y en a ?

Elle se lève au ralenti, me donnant le sentiment de mesurer deux mètres et de peser une tonne. Lorsqu'elle s'est complètement déroulée, elle me dépasse d'une bonne tête. Je ne suis pourtant pas petite. Elle est charpentée comme un bonhomme. Elle doit lire en moi car elle me lance :

— Ouais, je sais, je suis balaise. Vous désiriez de la menthe, si j'ai bien compris ?

— Euh, oui... dis-je, intimidée.

— Bon, pour être honnête, on n'en a pas en rayon. Mais j'en ai un stock personnel dans la réserve. Vous avez l'air sympathique et je pense que vous en ferez bon usage. N'est-ce pas ?

— Euh, oui. C'est pour une soirée filles. Je voulais faire des mojitos à mes copines.

— J'en étais sûre ! J'ai lu dans vos yeux que c'était une soirée de la *loose*.

— De la quoi ?

— Bah oui, quoi, une soirée de la *loose*. Une soirée où chacune de vous racontera ses déboires et patati et patata. J'ai connu... C'est pour ça que je suis devenue... hum hum.

— Hum hum ?

— Rooh, tu piges pas vite, toi ! Que je suis devenue lesbienne, ajoute-t-elle en jetant de petits regards aux alentours.

— Ah, d'accord, dis-je, surprise d'avoir cette conversation avec une parfaite inconnue dans un supermarché.

— Suis-moi ! me lance-t-elle.

Je ne suis pas sûre de vouloir la suivre mais après réflexion, que pourrait-il bien m'arriver dans une supérette ? Elle ne va quand même pas me violer, hein ?

Je m'en veux de penser comme ça. C'est limite homophobe, ce que je suis à mille lieues d'être ! Elle a l'air adorable et en plus, elle va me filer de la menthe. C'était inespéré, quand on y pense. Mais son sens du service va au-delà. Elle s'arrête au rayon des alcools et me tend une bouteille de rhum et du sirop de sucre de canne, placé là stratégiquement. Au rayon des softs, elle attrape une bouteille d'eau gazeuse. Elle réfléchit un instant avant de foncer vers le petit étalage de fruits et légumes. Elle en fait le tour et s'adresse directement aux filets de citron verts, comme s'ils pouvaient se défendre.

— Ça va être vot' fête, ce soir ! Je crois que vous avez tout, me dit-elle.

— Euh... Sauf la menthe, si vous me permettez.

— Mais oui, pardon ! s'esclaffe-t-elle. Où avais-je la tête ? Suis une grosse nulle !

— Euh, n'exagérez pas, tout de même. Vous êtes dure avec vous !

— Mouais. Si vous avez fini vos courses, allez en caisse. Je vous y rejoins avec la menthe.

— OK. Merci.

Je suis comme attirée par le rayon des confiseries. Je lorgne les paquets de M&M's qui me rappellent immédiatement David. C'est son péché mignon. Le mien, c'est le chocolat tout court. Blanc, noir, au lait, je les adore tous. Il ne vaut mieux pas que je tombe sur une tablette car d'un carré à l'autre, je me sens comme obligée de la terminer une fois qu'elle est entamée.

J'attrape la tablette des grandes crises : chocolat au lait fourré au caramel coulant. Miam, rien que de la tenir dans mes mains, j'en ai l'eau à la bouche. Je saisis une boîte de bonbons pour Loris et puis tant qu'à bien faire, une boîte de rochers pour les filles.

Lorsque j'arrive à la caisse, la dame qui vient justement de m'aider est en train de feuilleter un magazine télé.

— Vous êtes déjà là ? dis-je.

— Euh… pardon. C'est à moi que vous causez ?

— Euh, j'ai comme un doute, en fait…

— Je n'ai pas bougé d'une semelle. Ah, je vois ! dit-elle en ayant une lumière. Vous devez me confondre avec Christelle.

— Christelle ?

— Oui, c'est ma collègue, c'est elle que vous avez croisée dans les rayons. Tout le monde dit qu'on se ressemble, dit-elle en rougissant. Tenez ! La voilà qui arrive, ajoute-t-elle toute souriante.

Je comprends assez vite que Christelle et elle sont plus que des collègues. Parfaitement assorties, cela ne fait pas l'ombre d'un doute. C'est même sûrement sa moitié.

— Voilà, c'est pour vous. Et pas d'abus, hein ? L'abus d'alcool est dangereux pour la santé. J'espère que vous êtes majeure.

— Bah quand même…

— Je rigolais. Hein, Pascale, je suis drôle comme meuf ?

— C'est clair, trop, Bibiche ! dit-elle en lui mimant un cœur avec ses mains.

Pascale lui envoie un baiser. Christelle me tend des branches de menthe fraîche. Je paie mon dû et enfin, je quitte la supérette, frissonnant en imaginant les deux nanas dans le même lit en train de faire vous savez quoi.

13.

Dès mon retour, je raconte ma mésaventure à Céline qui s'esclaffe sans fin. A priori, tout le monde connaît Christelle et Pascale, qui ont repris la gestion de ce commerce depuis quelques années et qui font l'animation du quartier.

Céline m'explique qu'elle prend autant de plaisir à aller à la supérette qu'à se rendre au cinéma ou au théâtre. C'est *Plus belle la vie* dans les rayons. À chaque visite, une anecdote. Que ce soit entre elles ou avec les clients. Céline m'en raconte quelques-unes.

Un jour, Christelle avait fait une crise de jalousie à Pascale parce que cette dernière s'était fait draguer par un homme. Il avait fallu pas moins de trois personnes pour bloquer la femme dont le gabarit hors norme nécessite d'avoir pratiqué le rugby au poste de défenseur pour l'empêcher de foncer dans le pauvre monsieur qui ne faisait qu'être poli. Une autre fois, Pascale avait fait un petit malaise vagal. Christelle la pensait morte et avait alerté tout le voisinage. Lorsqu'elle revint à ses côtés, une mamie lui faisait sucer un sucre. Pascale semblait ravie. Christelle un peu moins. Là aussi s'en était suivie une petite crise de jalousie. La suivante m'a fait beaucoup rire. Il y a quelques mois, un cambrioleur encagoulé et doté d'un faux pistolet tenta de piquer le maigre butin de la caisse. Il ne fallut pas moins de douze secondes à Christelle pour plaquer au sol le malotru. Au final, le môme se mit à pleurer, la supplia de le lâcher, promit de ne plus recommencer avant de déguerpir, choqué. Les autres clients, surpris par le revirement de situation, ne tardèrent pas à applaudir et à acclamer le courage et la force de Christelle. Et a priori, des histoires telles que celles-ci, elles en ont des tas. Elles pourraient presque écrire un roman, *La gazette des Nénettes*. Apparemment, le voisinage se marre bien. Force est de constater qu'on ne s'ennuie pas à Lille.

Bien que je me sois absentée de Paris depuis douze heures, j'ai le sentiment de m'être éloignée depuis un bail. Peut-être avais-je besoin d'un break. Comme ça, sans raison particulière. Il faut savoir prendre de la distance de temps en temps. J'allais peut-être faire une bêtise en demandant David en mariage. Après tout, je n'ai que vingt-quatre ans. Pas de quoi s'affoler. Il est loin, le temps où il fallait impérativement être mariée et avoir des enfants avant la trentaine. J'ai lu quelque part que l'âge moyen pour avoir son premier enfant est de trente et un ans. Et même qu'une majorité de femmes découvrait la maternité sur le tard, vers quarante.

Ce n'est pas parce que je suis folle amoureuse de David que je ne pourrais pas aimer quelqu'un d'autre. Après tout, j'ai bien aimé d'autres hommes avant lui. Certes pas aussi intensément, pas aussi longtemps, pas aussi passionnément, mais bon, j'ai toute la vie devant moi et d'autres hommes se présenteront sans aucun doute. Je m'égare un petit moment dans mes pensées lorsque Loris qui a fini sa sieste vient me rappeler mon devoir. Il faut que j'en sache plus sur le départ de son père. Et j'ai comme le sentiment que ce petit gars a décidé de me donner un coup de pouce. Il attrape son bib d'une main et de l'autre m'entraîne dans sa chambre en me tirant par la manche pendant que sa maman finit les derniers préparatifs pour notre petite beuverie du soir.

— Que se passe-t-il mon petit chou ? lui demandé-je en arrivant dans sa chambre.

— J'ai fait un dessin pour mon papa, chuchote-t-il. Tu vas lui apporter pour moi.

— Pardon ? Mais je ne sais même pas où il vit ton papa, dis-je tout bas afin de ne pas être entendue par Céline, qui chantonne dans la pièce voisine.

— Bah, t'as qu'à prendre une lettre. Maman les ouvre pas, de toute façon. Elle me dit que c'est la banque mais moi, je vois bien que c'est pas ça. C'est papa qui écrit. Je le sais et il y a sûrement l'adresse dessus, suggère-t-il.

Ce gosse est loin d'être bête. Toutefois, ce n'est pas moral. Je ne peux décemment pas faire ça. Si Céline s'en aperçoit, elle sera furieuse. Je le serais aussi si j'étais à sa place. Alors que je me torture les méninges, le petit revient en dissimulant quelque chose sous son pull. Je n'ai pas le temps de réfléchir davantage qu'il dégaine une lettre.

— Tiens, Zaza ! Maman saura pas.

— Oh mon Dieu, mon chat. On ne peut pas !

— Si. C'est ta mission, Zaza.

Je reste figée. À la fois touchée par le fait que ce bout de chou vienne de m'appeler Zaza, par deux fois (c'est ainsi que me surnommait ma maman lorsque j'étais petite) et tellement surprise par sa maturité, comment pourrais-je ne pas tenter ? Juste essayer. Pour lui faire plaisir. Il ne mérite pas d'être privé de son papa. Les yeux rivés sur l'expéditeur, je lis : Franck D. Adresse : Bruxelles. Je relis son adresse plusieurs fois pour la mémoriser. Mes mains tremblent. Bruxelles, ma destination initiale. J'y vois comme un signe. Je commence à avoir chaud. Je transpire sous les bras et me sens rougir.

— Va remettre cette lettre où tu l'as prise, s'il te plaît ! Et fais en sorte que ta maman ne te voie pas.

— D'accord. Mais tu as retenu l'adresse, hein ? Hein, Zaza ? C'est bon ?

— Oui, ne t'inquiète pas ! J'irai voir ton papa. Promis.

— Oh, merci Zaza. T'es trop gentille ! dit-il en me sautant au cou.

— Tout va bien, vous deux ? hurle Céline depuis la cuisine.

— Oui ! On joue ! dis-je, comme prise en flagrant délit.

Loris s'enfuit mais revient aussi sec.

— Loris, rassemble tes doudous ! Tati ne va pas tarder, hurle Céline après le petit.

— Je veux pas aller chez tati. Je veux rester ici, avec vous !

— Oh, tu ne vas pas commencer… À chaque fois, c'est la même chose ! lance Céline.

Je me mets à sa hauteur pour lui proposer un *deal*.

— Écoute, Loris, si tu vas chez tati, je pourrai discuter avec ta maman et ses copines. Demain ou après-demain, enfin, dans les jours qui viennent, j'irai voir ton papa et bientôt, il viendra te voir. D'accord ?

— D'accord, soupire-t-il, capitulant sous l'emprise du chantage.

Loris s'exécute. Je m'assois par terre un moment pour le regarder faire. Il cherche parmi les peluches disposées sur le lit celles qu'il emportera chez sa nounou. Il les prend une par une, les sniffe et les repose. Cet enfant a quelque chose de particulier. Je suis bien incapable de dire quoi exactement, ainsi que de lui donner un âge. Haut comme trois pommes, il me paraît tout jeune, trois ans, peut-être quatre, mais dans l'action et ses propos, il paraît bien plus grand. J'ai envie de le questionner, mais je me sens abattue et lui semble si concentré dans sa tâche. Plus aucun son ne sort de ma bouche, ni de la sienne. J'observe son petit rituel en silence.

14.

Loris part au moment même où l'une des amies de Céline arrive. Il me serre de ses petits bras avec tendresse. Cela signifie clairement « Je compte sur toi, ne me déçois pas ». Ensuite, il embrasse sa mère en lui soufflant dans le creux de l'oreille :

— Ne t'inquiète pas pour moi, M'man. Je suis grand et fort. Sois sage avec tata Cricri, tata Sosso et tata Zaza.

Oh, trop chou, il vient de m'appeler « tata ». C'est trop mignon, j'en suis tout attendrie, limite la larme à l'œil. Je dis bien « limite » car mon stock lacrymal semble momentanément en rupture, d'avoir trop pleuré dans le train ce matin. Céline, soudain pleine de culpabilité, se mordille la lèvre inférieure.

Loris me jette un ultime regard et s'en va en saisissant la main de sa nounou, celle chez qui il va passer la nuit pendant que nous tenterons de refaire le monde.

Lorsque la porte se referme derrière le petit, tata Cricri se jette littéralement sur moi en m'embrassant très fort. Elle parle très vite comme si on se connaissait depuis toujours. Ces premiers mots sont :

— Alors, c'est toi ? Ma pauvre... Je m'appelle Christina. Enchantée !

— Euh... Enchantée. Moi, c'est Élisa.

— Ouais, je sais. Céline m'a raconté pour ton épreuve nocturne. C'est moche ! Vraiment moche !

Je le prends bien : au moins, je n'aurai pas à répéter toute l'histoire. Ses amies savent déjà tout.

— C'est dans l'air du temps. Il fallait bien que ça arrive, dis-je d'un revers de main en prenant un air détaché.

— Bah, nan, justement ! Ça ne devrait pas arriver ! Je ne pige pas ces hommes qui nous en font baver ! Qu'est-ce qu'on boit ? Il faut boire pour oublier ! enchaîne-t-elle.

Je sens qu'on va se marrer. Christina a de l'énergie à revendre. Elle contourne le plan de travail, claque une bise sonore sur la joue de Céline, lorgne tous les apéros que nous avons préparés et lâche :

— Bon, qu'est-ce qu'elle fout, la grosse ? J'ai la dalle grave, moi ! Et j'ai soif ! Toujours en retard, celle-là ! C'est relou, tout de même !

Je suis légèrement choquée par son vocabulaire, même si, je dois l'avouer, mes amies et moi sommes capables d'adopter le même langage entre nous. Mais bon, elles sont vieilles quand même, enfin je veux dire, elles sont plus vieilles que moi. À leur âge, on ne devrait pas parler comme ça, surtout devant la jeunesse que je représente. Elles devraient plutôt me donner l'exemple.

Céline, qui commence à bien me cerner, sourit. Elle me dit :

— Élisa... Ce n'est pas parce qu'elle appelle Sophie la grosse qu'elle l'est ! Au contraire, elle est plutôt maigrichonne. Mais toutes les trois, on s'est toujours appelées comme ça, depuis qu'on se connaît. C'est amical. Tu comprends ?

— Ah, OK, dis-je, faussement soulagée.

— Et puis, elle est toujours à la bourre, la grosse. Bon, c'est juste que... J'ai à peine bouffé ce midi et que j'ai une dalle de ouf ! poursuit Christina.

— Bon, on a compris, Chris. Elle va arriver d'une minute à l'autre. Tu vas pouvoir patienter ou bien tu vas continuer à faire l'aigrie de service et couper l'envie à notre invitée de passer la soirée avec nous ?

— OK, je me calme, promis. Mais je grignoterais bien un petit quelque chose, quand même... Oh, c'est bon, je rigole ! ajoute-t-elle fissa en voyant nos mines déconfites.

— Allez, tiens ! Tu me fais pitié, lui lance Céline en lui tendant un bol de cacahuètes.

— Des cacahuètes ? Tu es trop bonne ! dit-elle ironiquement. Ce n'est pas bon pour mon taux de cholestérol, tu le sais ! Mais de toute façon, rien n'est bon pour le cholestérol. Et je ne vous parle même pas des triglycérides. Je suis foutue, je vous dis !

Cholestéquoi ? Triglycine ? Je n'ai jamais entendu parler de ces deux trucs-là. Qu'est-ce que ça peut bien être ?

— Tu as fait des analyses de sang, dernièrement ? lui demande Céline, tout en piochant dans son bol.

OK. Je viens de piger. C'est médical. Les préoccupations des dames d'un certain âge sont bien différentes de celles de ma génération. Bientôt, elles vont se mettre à parler de la retraite. Christina répond :

— Ouais ! Pas plus tard que la semaine dernière et les résultats ne sont pas bons du tout. Je suis censée être au régime, dit-elle en engloutissant une poignée de cacahuètes. Quant à l'alcool, n'en parlons même pas !

Mais tu comprends, c'est dur. Déjà que j'ai arrêté de fumer ! Je ne peux quand même pas arrêter de bouffer ? Mince alors ! dit-elle, la bouche pleine. Tu sais à quel point je tiens aux 3 B !

Voyant mon air interrogatif, elle ajoute comme si c'était une évidence :

— Bah oui, quoi ! Bouffer, boire et baiser !

Je manque de m'étouffer avec ma propre salive, mais elle me tapote dans le dos tout en continuant de parler :

— Et le petit, ça a été ? bafouille-t-elle, la bouche pleine de cacahuètes.

— Je te raconterai.

Je vois clairement la mimique de Céline qui signifie qu'elle ne souhaite pas évoquer le sujet. Ce n'est pas un problème en soi. J'espère simplement que Loris n'a rien de méchant. Il est attachant, ce gamin, et je n'aimerais pas qu'il lui arrive quoi que ce soit.

Pour savoir ce qu'il se trame, je dois les faire boire. Je décide que nous n'attendrons pas le troisième maillon de la chaîne, Sophie qui, comme par hasard, sonne à l'interphone au moment où je m'apprête à servir les premiers verres de mojito à mes copines d'un soir.

Céline ne se lève pas pour accueillir Sophie. Quelques secondes plus tard, cette dernière ouvre la porte d'entrée de l'appartement, droite comme un i, à la Patrick Chirac dans *Camping* et nous dit, le plus sérieusement du monde :

— Bah alors ? On n'attend pas Sophie ?

Nous éclatons de rire. Christina s'étouffe à cause d'une cacahuète qui fait fausse route. Elle me prend un verre des mains et sans se soucier de son contenant, aspire son contenu cul sec à la paille. Lorsqu'elle réalise qu'elle vient d'avaler un mojito mal mélangé et bien corsé, elle me regarde et finit par bredouiller, le souffle court :

— Un autre, s'il te plaît ! Il est sûrement très bon mais je ne l'ai même pas senti passer.

— Ça va mieux, au moins ? lui dis-je. Quelle descente ! Je ne pensais pas qu'on pouvait boire si vite à votre âge.

Toutes les trois me regardent, surprises par la franchise de mes propos. Tandis que Céline et Sophie éclatent de rire après coup, Christina, elle, ne rit pas du tout. Je vais prendre cher, je le sens.

— Dis donc, mademoiselle ! C'est moi que tu vouvoies, là ? Je ne suis pas une grand-mère ! D'abord, tu me tutoies ! OK ? Nan, mais oh ! T'as cru qu'on avait quel âge ? me demande-t-elle le plus sérieusement du monde.

— Euh... Bah je ne sais pas, moi ! dis-je naïvement.

— Allez, quoi, vas-y ! Quel âge tu nous donnes ? Et fais gaffe à ce que tu vas dire si tu ne veux pas dormir sous un pont cette nuit, ajoute-t-elle avec un index menaçant.

— Euh...

J'ai plombé l'ambiance. Je ne sais pas quoi répondre. Soit je vise juste et j'aurai, au mieux, sa reconnaissance éternelle, soit je me trompe et je suis bonne pour dormir sur le trottoir. Heureusement, Céline prend ma défense :

— Oh, Christina, lâche-la un peu. Elle disait ça pour rire. Pas vrai, Élisa ?

— C'est ça... C'était pour rire.

— Moi aussi, je voudrais savoir l'âge qu'on nous donne, insiste Sophie qui n'avait plus dit un mot depuis son entrée théâtrale. Juste par curiosité. Alors ?

Elle s'avance pour faire la bise à ses copines. Elle m'embrasse aussi. Elle sent divinement bon. Si je la complimente sur son parfum, cela fera diversion. Elles oublieront peut-être la question à laquelle je suis censée répondre. Je tente :

— Hum, tu sens bon ! C'est quoi ton parfum ? dis-je en insistant sur le « tu » et le « ton ».

— C'est *La Petite Robe noire* de Guerlain. Mais ne crois pas si bien t'en sortir ! Et donc ? Tu as bien un avis sur la question. Notre âge ? Ça m'intéresse !

— Oui, ce n'est pas compliqué, ajoute Christina.

Céline lève les yeux au ciel.

— Désolée... Tu ferais mieux de répondre, sinon elles ne te lâcheront pas la grappe. Elles sont vraiment lourdes parfois.

Comme dans un jeu télévisé, je me lance dans un petit exercice de logique mentale qui me mettra peut-être sur la bonne voie. Ma mère approche de la cinquantaine. Elles sont plus jeunes, c'est évident. Elles ont de petites ridules au coin des yeux, mais ce sont surtout des rides d'expression. Si je me rappelle bien, Céline m'a dit qu'elle avait trente-huit ans. Je vais jouer la sécurité en faisant une estimation à la baisse :

— Je dirais trente-cinq... dis-je, en pesant bien chaque syllabe.

— Oooooh ! Qu'elle est charmante ! Tu es adorable tout compte fait ! Je l'adore, cette petite, lance Christina à l'attention de Céline. Tu as bien fait de l'héberger chez toi.

— C'est donc ça ? dis-je, soulagée.

— Presque, précise Céline. Sophie est la plus jeune de nous trois et va avoir trente-sept. Elle a sauté une classe quand elle était gosse. Pas vrai, la surdouée ?

Sophie acquiesce.

— On s'est retrouvées toutes les trois au lycée, poursuit Céline. Christina avait redoublé sa seconde. Tu vas sur tes quarante, Chris ?

— Hey, oh, pas si vite ! Il y a les trente-neuf d'abord, grognasse !

— Mais oui... je te charriais. Je sais très bien quel âge tu as. Tu nous le répètes bien assez souvent. On se connaît depuis plus de vingt ans. Tu te rends compte ? Toi, tu étais un tout petit bébé lorsqu'on s'est connues, ajoute-t-elle à mon intention.

— Waouh ! Je n'avais jamais fait attention. Plus de vingt piges... My God ! s'exclame Sophie, nostalgique.

— C'est chouette d'être restées amies si longtemps, dis-je, émue par leur situation.

— On essaye de se voir le plus régulièrement possible. Mais ce n'est pas simple. On a toutes des vies de folie. Heureusement, on habite toutes sur Lille, ça aide tout de même !

Sophie se met à l'aise. Elle s'assoit par terre sur le tapis. Je lui sers un verre sans même lui demander ce qu'elle désire boire. Je joue la maîtresse de maison, ce qui semble ne pas déplaire à Céline, confortablement installée dans son canapé, enroulée d'un plaid, détendue et sereine aux côtés de son amie Christina.

15.

L'ambiance est super sympa. J'ai disposé tous les amuse-gueules sur la table basse ainsi que des bouteilles d'alcools pour fille, très légers, très fruités, qui se laissent boire sans aucune modération. Confortablement installées, on n'a plus à bouger, juste à profiter de ce moment de répit improvisé entre femmes.

Cela ressemble à une réunion des alcooliques anonymes, sans les tensions, les dos crispés, les dents serrées d'avoir à confier ses petits malheurs à de parfaits inconnus. C'est comme si j'avais toujours fait partie de leur bande. Malgré mon jeune âge, elles m'adoptent immédiatement et pourtant, je n'ai encore rien dit. Chacune se présente sans que j'aie à poser de questions, hormis Céline qui reste spectatrice pour l'instant.

Bien que j'enchaîne les verres, je ne perds pas de vue ma mission. J'ai bien l'intention de lui tirer les vers du nez. Je veux savoir pourquoi Franck a quitté le nid qu'il semble pourtant regretter au vu des nombreuses lettres qu'il envoie à son ex-femme et aussi, quel mystère se cache derrière la petite phrase : « Ça a été, le petit ? » lancée par Christina tout à l'heure.

J'aimerais beaucoup que Céline soit prise d'une subite envie de faire pipi. Cela me permettrait de disposer de quelques minutes pour questionner ses amies dans son dos. Mais pour l'instant, et malgré le fait que je la resserve dès qu'elle avale une gorgée, elle reste pelotonnée dans son plaid et ne semble pas prête à en bouger. Dommage. En attendant que le liquide fasse son chemin jusque dans sa vessie, nous écoutons Sophie nous raconter sa vie. Ou plutôt me raconter sa vie puisque Christina et Céline la connaissent déjà par cœur. Je bois ses paroles en essayant de capter et de mémoriser chaque détail.

Sophie s'est mariée jeune. Son mari, Fabrice, est son tout premier amoureux. Waouh, respect ! ai-je envie de crier en l'apprenant. Ensemble, ils ont eu deux filles, Sarah, dix ans et Léa, sept ans. Même si Fabrice fait de son mieux pour être un mari aimant et un papa impliqué, Sophie est au bout du rouleau. Malgré ses airs guillerets, je perçois une certaine fragilité. Visiblement, elle souffre d'avoir mis sa carrière de côté pour s'occuper de ses filles. Maintenant qu'elles sont plus grandes, elle peine à faire reconnaître ses compétences. Elle travaille dans le domaine hospitalier. A priori, lui travaille beaucoup et s'absente souvent et avec leurs horaires respectifs, ce n'est pas simple de générer des moments heureux. Visiblement, elle a sacrifié sa carrière pour qu'il puisse se consacrer à la sienne et maintenant que les filles ont grandi, elle se rend compte que son avenir professionnel est compromis. Elle aimerait reprendre ses études pour espérer évoluer mais n'ose pas en parler à Fabrice qui est plutôt du genre à penser que la place d'une femme est à la maison à élever les gosses. D'ailleurs, il est persuadé que la meilleure solution est d'avoir un troisième enfant, ce dont Sophie n'a pas du tout envie.

Il y a encore des hommes qui pensent comme ça ? me dis-je.

— Et si tu lui disais tout simplement que tu aspires à autre chose ? dis-je.

— On voit bien que tu ne connais pas Fabrice ! me lance Christina.

— Fabrice est un macho, insiste Céline.

— Et alors ? La communication n'est-elle pas la meilleure façon de préserver son couple ? observé-je.

Toutes les trois me regardent avec des yeux ronds, stupéfaites par l'évidence de ma tirade.

— C'est vrai... soupire Sophie. Pour être honnête avec vous, il voudrait un troisième enfant : un garçon. Et moi, je suis convaincue que je n'aurai que des filles.

— Et comment peux-tu en être si sûre ? questionne Christina.

— Bon... Vous moquez pas, s'il vous plaît !... Je suis allée voir une voyante, dit-elle après une courte pause.

Nous explosons de rire toutes les trois, si bien que Céline nous demande de baisser d'un ton afin de ménager son voisin fraîchement divorcé, déprimé et fâché contre tous les êtres humains dotés d'un vagin, ce qui a pour effet immédiat de nous faire rire encore plus fort.

— Comment se fait-il que tu ne nous en aies pas parlé ? demande Céline en essayant de reprendre son souffle.

— Bah, j'ai eu honte après coup. Je t'aurais consultée toi que cela aurait été la même. Sauf qu'avec toi, ça aurait été gratuit !

Nous repartons dans un fou rire. Céline se tient le ventre et se lève en vue de la petite commission. Ah, enfin ! ai-je envie de crier. C'est le moment de faire parler ses copines.

— Désolée, les filles, de vous interrompre dans cette franche partie de rigolade et désolée de vous paraître indiscrète, mais j'ai besoin de savoir pourquoi son chéri et elle sont séparés ? dis-je à voix basse.

Sophie et Christina se regardent un moment sans pour autant me répondre. Le message met un certain temps pour atteindre leur cerveau, ralenti par une surconsommation d'alcool et de rires. A priori, les mots sont coincés dans leur bouche.

— Vite ! Elle va revenir…

— C'est franchement compliqué à t'expliquer en quelques secondes, chuchote Christina.

— J'ai promis à Loris…

— Qu'as-tu promis à mon fils ? questionne Céline en remontant la braguette de son jean.

— Hey, j'espère que tu t'es lavé les mains, grognasse !

Je comprends clairement que Sophie vient à ma rescousse pour faire diversion avec son histoire de mains. Céline s'avance vers elle, les mains encore humides et donc lavées et lui frotte le visage en disant :

— Bah nan ! Beurkkkk ! Je me suis même mis les doigts dans le…

Elle ne finit pas sa phrase, fort heureusement pour mes chastes oreilles de post-adolescente. Et nous voilà reparties dans un nouveau fou rire. Après un petit moment où chacune de nous essaie de retrouver son souffle, Céline revient à la charge.

— Donc… Tu disais, Élisa, à propos de mon fils ?

— Eh bien, je lui ai promis de vous recevoir quand vous viendrez à Paris la prochaine fois. Enfin… si j'ai toujours un chez-moi.

— Allez, courage ! Et si tu parlais tout simplement à ton copain ? suggère Céline pour la deuxième fois de la journée.

— Ce n'est pas toi qui disais que d'avoir une bonne communication dans son couple était primordial ? remarque Sophie.

— Roooh ! dis-je en soupirant. On verra plus tard ! Je suis à peine barrée. Je ne compte pas revenir si vite en rampant ! dis-je, soudain agacée.

— Surveille ton langage, jeune fille ! lance la doyenne du groupe. Ce n'est pas ce qu'on dit. On pense juste que ce n'est pas très raisonnable d'être partie comme ça. Quand même ! Tu n'as prévenu personne ?

— Non, même pas ma mère. Ni mes meilleures copines. Hey… mais lâchez-moi un peu. Je ne suis partie que depuis ce matin. Ils ne vont quand même pas lancer un avis de recherche tout de suite. Laissez-moi respirer un peu ! On était en train de parler du mari macho de Sophie. Alors ? Et toi Sophie, tu vas faire quoi ? dis-je pour couper court au sujet qui me concerne.

— Je vais t'écouter et lui parler. De toute façon, je n'ai pas le choix. J'ai demandé à faire une formation.

— Ah bon ?! s'étonnent en chœur Céline et Christina.

— Oui, j'ai envie de me mettre à mon compte. En tant qu'infirmière libérale.

— Ah bon ?! claironnent-elles à tue-tête.

— Eh oui ! Moi, la gentille exécutante du service. J'ai envie de me prendre en main. Mais ne mettons pas la charrue avant les bœufs. D'abord, j'en parle à Fabrice et puis, après, je vous dirai ce qu'il en est. Ce qui est certain, voyante ou pas, c'est qu'il n'y aura pas de troisième ! dit-elle toute joyeuse, en aspirant bruyamment le fond de son verre vide.

Nous rions de plus belle. De plus en plus à l'aise, j'enlève mes chaussettes. Christina, très en forme d'après ce que je comprends (ou alors elle est toujours comme ça), se met à vanner mes pieds qui, je dois l'avouer, ne sont pas très soignés en cette période de l'année. Je vous rassure, il n'y a ni cors, ni autre chose dégoûtante mais bon, pour une jeune future mariée, mes ongles des orteils pourraient, a minima, être vernis, même en hiver. Victime de leurs moqueries et l'alcool aidant, je les somme de me montrer les leurs, même si je n'affectionne pas particulièrement cette partie du corps humain. Prise d'une subite envie de faire la chipie, je leur arrache les chaussettes les unes après les autres. Mis à nu, nous en venons à comparer nos petons, comme quatre gamines, serrées sur le canapé deux places de la maîtresse de maison. Il faut vraiment que je sois saoule pour passer autant de temps à contempler quelque chose que je déteste. Et la conclusion, c'est que des pieds restent des pieds et qu'ils ne sont pas plus beaux, ni plus soignés, à vingt-quatre ans qu'à l'approche de la quarantaine.

— Attendez ! Ne bougez pas ! Je vais les prendre en photo ! lance Christina.

— Mais pour quoi faire ? Tu balances pas ça sur Facebook, sinon ça va mal aller ! la menace Céline, tout en rigolant.

— Trop tard ! riposte Sophie. C'est déjà fait, on dirait ! dit-elle en nous montrant son smartphone.

— Mesdames, je suis désolée de vous dire ça, mais Facebook, c'est has been. Maintenant, il faut être sur Snap', dis-je.

— Quoi ? disent-elles ensemble.

— Ne me dites pas que vous ne connaissez pas Snapchat ?

Elles se regardent un moment, s'interrogeant mutuellement avant que Christina ne lâche le plus normalement du monde :

— Moi, j'ai une chatte mais je ne connais pas Snapchat !

Et nous voilà reparties à rire. Je me demande bien qui est la plus jeune ici. Une vraie soirée pyjama, je vous dis ! Et il n'est que 21 h, ça promet !

16.

Après avoir longuement reluqué nos panards, Christina devient super sérieuse. Alors qu'une petite pause s'impose, picoler pour nous désaltérer et grignoter pour éponger, elle nous lance d'un air grave :

— Les filles… Je crois que je suis cocue.

L'euphorie s'estompe d'un coup. J'ai envie de dire : « Eh ben, comme ça, on est deux ! » mais je me tais, tellement son attitude a changé.

Elle nous raconte que son mari, Alain, est transformé depuis quelque temps. Elle est persuadée qu'il la trompe mais n'en a aucune preuve. Selon elle, seule une autre femme peut justifier son changement de comportement. Depuis quelques mois, il s'est mis au sport, se préoccupant de son physique comme jamais, passant des heures sur son téléphone, rentrant de plus en plus tard, prétextant des heures supplémentaires au travail. À la maison, c'est elle qui gère les enfants au quotidien : une fille de treize ans et un garçon de onze ans, eux aussi en pleine crise, d'un autre genre, l'adolescence.

Soudain fatiguée, les larmes au bord des yeux, elle attend notre point de vue.

— Oh, ma pauvre… Je suis certaine que tu te fais des idées, tente de la rassurer Sophie.

— C'est par période, tu sais. Il y a des hauts et des bas. C'est normal. Ça va aller mieux ! Sophie a raison, tu dois probablement te faire des idées.

— Je ne crois pas, malheureusement... dit-elle tristement. Vous savez que j'adore Alain mais je suis crevée. J'ai envie d'être heureuse et là, je ne le suis pas du tout. Je n'ai pas envie de retenir un homme qui n'a pas envie de rester. Je laisse le temps s'écouler en espérant que la raison lui revienne naturellement et en espérant surtout qu'il ne fasse pas trop de conneries que je ne puisse lui pardonner. Pour l'instant, je n'ai rien dit à personne. Vous êtes les premières à qui j'en parle. Les enfants non plus ne se doutent de rien. Enfin, je crois. Enfin, j'espère.

Je lui tends un kleenex. Malgré la situation, Céline me sourit en reconnaissant le paquet de mouchoirs qu'elle m'a donné dans le train. Décidément, il est d'une grande utilité aujourd'hui.

J'en prends un pour me moucher car je sens les larmes m'embuer les yeux. Non non non ! Je suis forte ! Je ne pleurerai pas ! Après l'euphorie, la tristesse, c'est ça aussi, les soirées pyjamas.

— Est-ce que tu veux que je lui parle ? propose Céline.

— Tu ferais ça, toi qui ne lui as plus adressé la parole depuis le départ de Franck ?

Céline se raidit en entendant ce prénom.

— Pardon, Céline ! s'excuse-t-elle. Je ne voulais pas remuer le couteau. Je suis désolée, je suis ingérable.

— Ça, on a vu ! laissé-je échapper en le regrettant immédiatement.

Mon sarcasme passe inaperçu. Tant mieux. Il va vraiment falloir que j'apprenne à gérer mes pensées.

— Euh, Franck, c'est qui ? profité-je de l'occasion, faisant mine de ne pas savoir.

— Personne ! répond du tac au tac Céline.

— C'est son conjoint, le papa du petit, chuchote Sophie, loin d'être discrète.

— Je n'ai pas envie d'en parler ! C'est clair ? nous assène Céline.

— Franck est aussi le meilleur ami d'Alain. En fait, très logiquement, nos hommes sont potes. Alain a eu la bonne idée d'intervenir lorsque Céline et Franck ont eu des soucis et cela a dérangé madame Céline. Et depuis, ils ne se parlent plus. Disons plutôt qu'il n'ose plus lui parler. De toute façon, on n'a plus eu l'occasion de se voir tous ensemble depuis des mois et comme mon mari se met aussi à déconner, ce n'est pas près de s'arranger, tout ça. Céline, arrête de faire la sourde oreille ! Tu sais très bien que Franck t'aime. Tout ne dépend que de toi.

— La la la la la la la ! chante Céline pour ne pas entendre les propos de son amie.

— Et c'est reparti, mon kiki ! constate Sophie, dépitée.

Euh… Comment peut-on faire pour revenir en arrière et se poiler à nouveau ? Oublier nos hommes qui nous font du mal ?

— Et si on dansait ? proposé-je.

Je mets le volume de l'enceinte un peu plus fort et choisis une station de radio dite Dancefloor. Je commence à danser, entraînant Sophie avec moi. Elle titube en se levant, ce qui a pour effet immédiat de redonner le sourire à ses deux copines. Grisées par l'alcool, Céline et Christina se tombent dans les bras, en riant et en pleurant en même temps. Elles viennent nous rejoindre sur la piste improvisée, au milieu des chaussettes dispatchées çà et là et des verres vides.

Malgré nos confessions intimes, la soirée n'a rien de mélodramatique. Même si parfois, l'émotion nous submerge, il y en a toujours une pour sortir la petite phrase qui va bien et qui fait rire les autres. Du coup, nos larmes de tristesse se muent en larmes de joie. Du bonheur. Presque...

17.

— Ce n'est pas bientôt fini, ce bordel ?

Il a fallu qu'une personne s'acharne sur la porte de l'appartement pour attirer notre attention. Nous pouffons de rire comme des gamines.

— Si vous continuez, j'appelle la police pour tapage nocturne ! Vous entendez, là-dedans ? poursuit-il en cognant de plus belle.

— C'est mon voisin, « le grincheux », annonce Céline. Il grogne mais ne fait pas de mal à une mouche. Il est même plutôt cool.

— Celui qui s'est fait larguer ? demande Sophie.

— Ouais ! Il est en déprime depuis que sa femme s'est fait la malle avec son prof de tennis.

— Bah, attendez... on va se marrer ! dis-je. Prêtes, les filles ?

Leur moue dubitative me laisse peu d'espoir de coopération, mais j'ai envie de m'amuser. J'ouvre la porte d'un coup, si bien qu'il bascule dans la pièce !

— Bonsoir, monsieur ! Et si vous veniez faire la fête avec nous ?

Il se relève et là... le choc. Je m'apprêtais à découvrir un quadra grabataire, crade et bedonnant, eh bien, détrompez-vous ! Le gars est plutôt pas mal, grand, les cheveux poivre et sel, il me fait penser à cet acteur américain... Attendez que je me rappelle son nom. Hyper connu ! Il a joué avec Julia Roberts dans plusieurs films... Ah, mince, j'ai son nom sur le bout des lèvres... Ma mère adore ce film ! Oui ! J'ai trouvé, c'est *Pretty Woman*.

Quoi ? Qui, dites-vous ? Mais bien sûr, vous avez raison. Richard Gere ! Désinhibée par l'alcool, je parviens à articuler :

— Hey Céline, mais tu aurais pu nous dire que ton voisin était une star américaine. Salut, Richard, ça gaze ? Tu es bien Richard Gere, n'est-ce pas ?

Les filles me regardent avec des yeux ronds. Elles s'imaginent que j'ai perdu la raison et j'avoue, elles n'ont pas tout à fait tort. Lui, par contre, semble parfaitement radouci. La comparaison est plutôt flatteuse. Richard Gere était plutôt beau gosse à l'époque de *Pretty Woman*. On ne l'a plus revu depuis des lustres. En attendant, son sosie est dans le salon rikiki de Céline.

— Entrez donc ! On avait besoin d'une présence masculine, justement. On a plein de trucs à vous demander.

— Ah oui... dit-il timidement.

Il ne sait plus où se mettre et n'ose pas broncher. Mon charisme naturel lui impose de s'assoir, je le poussotte légèrement vers le canapé sur lequel il tombe lourdement, chassant Christina, et m'installe près de lui, un bras autour du cou pour m'assurer qu'il ne s'en ira pas. Il sent bon, fraîchement douché, il espérait peut-être se coucher.

— Bon, on faisait une petite soirée entre filles. On essayait de se vider la tête, mais il y a toujours un homme qui vient briser le charme de la situation.

Je vous jure que je n'ai pas fait d'études de droit. Pourtant, au moment où je vous parle, j'ai l'impression d'être *Le juge est une femme*. Donc... Je continue ma plaidoirie sous les regards médusés de mes pairs, assises au sol.

— C'est quoi, vot' petit nom, Richard ?

— Euh... Emmanuel, mais tout le monde m'appelle Manu.

— Pour moi, vous serez Richard-Manu, OK ? C'est plus drôle et ça change !

— Mouais... dit-il, peu convaincu. De toute façon, je n'ai pas l'intention de vous contrarier.

Céline s'approche en lui tendant un whisky Coca avec des glaçons qu'il saisit volontiers.

— Merci, Céline, murmure-t-il. Elle a l'air en forme, ta copine !?

— Bah en fait, je la connais pas vraiment...

— Hey, la copine, elle a un nom. C'est Élisa, dis-je en ronchonnant d'avoir été interrompue.

— OK, je suis enchanté de faire votre connaissance, ajoute-t-il sur un ton expéditif.

— Et elles, c'est Sophie et Christina, dis-je d'une voix dérayant de plus en plus, en les montrant du doigt, de plus en plus pompette. Nan, en fait, elle, c'est Christina et elle, c'est Sophie, dis-je sans en être sûre, la voix de plus en plus caverneuse.

— C'est le contraire ! Mais ce n'est pas grave, Élisa, continue, il se fait tard ! m'encourage la vraie Sophie.

— Bon, c'est pas tout ça, mais je travaille demain et il faut que j'aille me coucher, dit-il, entreprenant de prendre congé.

— Ah non, non, non ! Vous restez là ! Qui vous a dit de bouger ? On a quelques questions à vous poser.

— Pfff... soupire-t-il.

— Tout d'abord, pourquoi les hommes éludent les conversations avec les femmes ?

— Éludent ? demande-t-il en se grattant la tête.

— Oui, rooooh ! Oh là là, on n'est pas sorti de l'auberge ! Il comprend rien, celui-là ! dis-je pour manifester mon impatience tandis que les filles se poilent en douce. Oui, bon ! En d'autres termes, pourquoi vous n'aimez pas les grandes conversations ? On vous écoute ! Les filles, on écoute, OK ?

Céline, Sophie et Christina sont confortablement assises et attendent les explications de l'homme qui a malencontreusement osé interrompre cette soirée féminine.

— Bah, je sais pas, moi !

Il fait une petite pause, inspire profondément avant de cracher le morceau d'un seul trait.

— Vous êtes trop dans la psychanalyse. Vous vous posez trop de questions. Vous voyez le mal partout. Vous attendez trop de nous et quoi qu'on dise ou quoi qu'on fasse, c'est jamais bien.

— Ah ?! dis-je, surprise qu'il ait réussi à déblatérer sa tirade sans respirer.

Il paraît presque soulagé.

— Donc, pour résumer, on dirait que vous avez été créées pour nous chercher des poux. Voilà tout ! Satisfaite, maintenant, mademoiselle Élisa ? Je peux rentrer chez moi ? dit-il en essayant de se relever.

Les filles commencent à fredonner la chanson de Serge Gainsbourg, ce qui a l'air de ravir notre invité masculin.

— Eh, oh ! Où allez-vous comme ça ? On se rassoit ! Je n'en ai pas fini avec vous, Richard-Manu. Votre chanteur était déjà mort que je n'étais pas née et pourtant qu'est-ce qu'on a pu me bassiner avec cette chanson. Bref. Retournons à nos brebis ! On en était où déjà ?

— Bon, bien que vous soyez très drôle et aussi très bourrée, ajoute-t-il en chuchotant, je vais y aller. Vous avez presque abusé de ma patience. Ça suffit, maintenant. Je vous ai dit ce que vous vouliez entendre, laissez-moi partir.

— Pas tout à fait encore.

— Bon sang ! C'est un interrogatoire, ma parole ! J'ai rien demandé à personne. Je voudrais juste un peu de tranquillité le soir quand je rentre du travail. Y'en a qui se lèvent tôt.

— T'es pas le seul, Manu ! précise Céline. C'était une soirée improvisée. On ne pensait pas se coucher tard. Demain, tout le monde bosse, sauf la jeune détective, là, dit-elle en me pointant du nez.

— Eh bien, ça va être beau, demain... ajoute-t-il en lorgnant les cadavres de bouteilles vides sur la table basse.

— Bon, Richard-Manu...

— Manu tout court, ce serait mieux, non ? suggère-t-il. S'il vous plaît. Un peu de bonté pour la victime que je suis.

— OK, Manu. On vous cherche des poux, je retiens. Deuxième question. Si on vous cherche des poux, alors pourquoi nous aimez-vous ?

— Bah, j'en sais rien, moi !

— Allez, un petit effort, Richard.

— Manu, on a dit !

— Oui, Manu ! Allez, quoi ? Jouez le jeu un peu !

— Ah, vous voulez jouer ? On va jouer, dans ce cas. Est-ce que je peux appeler un ami ? dit-il, subitement enthousiaste.

— Les filles, on fait quoi ? Est-ce qu'on le laisse appeler un ami ?

Les filles se mettent à applaudir ! J'en déduis qu'elles sont pour ! Je lui fais un signe de tête, l'invitant donc à passer un coup de fil à un ami. Il sort son téléphone de sa poche et après quelques tonalités étranges qu'on arrive à percevoir de loin, quelqu'un décroche :

— ...

— Salut ! Désolé de te déranger si tard mais il y a une petite fête chez la voisine et...

— ...

On n'entend pas son interlocuteur, je précise.

— C'est ça ! Elles sont quatre et me posent des questions bizarres auxquelles je ne sais pas répondre. Tu peux m'aider, s'il te plaît ?

— ...

— Exact.

Excédées de ne pas entendre la voix de celui qui est au bout du fil, nous nous mettons à scander en chœur : « Haut-parleur ! Haut-parleur ! Haut-parleur ! »

18.

Si j'avais su...

— Tu es prêt, mon pote ? Alors, la question à laquelle tu dois répondre est la suivante : pourquoi les hommes aiment les femmes ? Prends ton temps, surtout, ne te précipite pas ! dit-il avec un air satisfait.

Je m'attends à entendre un truc graveleux du genre : « Parce que vous êtes bonnes et que vous faites bien la bouffe. »

Ne perdez pas de vue que j'ai bu quelques verres et que mes pensées ne sont plus très claires.

Au lieu de cela, après un laps de temps indéterminé pendant lequel nous fixons le portable posé sur la jambe du voisin, une jolie voix finit par se faire entendre.

— Alors... par quoi commencer ? Un homme aime sincèrement une femme lorsqu'il a décidé qu'elle était son âme sœur. Il l'aime quand elle rit. Il l'aime quand elle pleure, même s'il ne sait pas toujours la consoler. Il l'aime lorsqu'elle boude. Il l'aime pour ce qu'elle est. Il la trouve merveilleuse lorsqu'elle se trouve hideuse. Il l'aime pour l'enfant qu'elle lui donnera. Il l'aime de tout son cœur, encore faut-il qu'elle le veuille aussi...

Alors que je bois chacune de ces magnifiques paroles, je ne vois pas que Céline se décompose. Sophie et Christina se jettent des regards inquiets. Manu opine du chef à chaque argument de son ami et moi, bien sûr, je ne comprends pas ce qu'il se passe, jusqu'à ce que Céline se lève d'un bond en hurlant :

— Punaise, Emmanuel, t'as pas fait ça ? crie-t-elle avant de s'enfermer dans les toilettes.

— Mais il se passe quoi, là, au juste ? dis-je, complètement à l'ouest.

Sophie et Christina murmurent entre elles.

— On dirait que c'est Franck ?

— Bah, je crois bien que c'est lui, justement.

Je lui prends le téléphone des mains et vois « F de C » sur le cadran. Je ne mets pas longtemps à comprendre, malgré mon état de fatigue pour ne pas dire d'ébriété.

— Franck de Céline ? Vous vous connaissez ? dis-je à l'attention d'Emmanuel.

— Pas plus que ça, mais comme il n'arrive pas à avoir de nouvelles de son épouse et de son fils, il m'appelle régulièrement pour en prendre. On avait échangé nos numéros quand j'ai emménagé ici.

Sophie et Christina sont devant la porte des toilettes et tentent d'en faire sortir Céline qui peste en boucle :

— J'y crois pas ! Trahie par le voisin et par une illustre inconnue ! Que je suis bête ! Emmanuel, tu dégages de chez moi !

— Avec plaisir ! lance ce dernier, déjà debout, content de son petit effet. Franck, je te rappelle ! dit-il à l'attention de son mobile.

— Tu dégages et tu l'emmènes avec toi ! ajoute-t-elle en hurlant.

— Euh... Elle parle de qui, là, au juste ? dis-je, subitement inquiète.

— Elle ! Élisa ! Dehors ! Avec Richard-Manu Gere, le traître ! Péütéaïène !

— Tu sais, Loris n'est pas là, tu peux te lâcher ! suggère Christina.

— Oui, t'as raison ! Putain ! Putain ! Putain ! beugle-t-elle sans interruption de l'autre côté de la porte.

— Mais maintenant, sors des toilettes, s'il te plaît ! lâche Sophie.

— Non, hors de question, pas tant qu'ils seront encore là tous les deux !

Je suis complètement abasourdie. Elle vient de me virer, elle, si douce, si gentille et compréhensive depuis l'aube. Je suis virée, chez le voisin. Non mais je ne vais pas aller dormir chez un inconnu, quand même ? Une petite voix me dit : « Ah bon, parce que Céline n'en était pas une, peut-être ? » Oh, la ferme, la voix !

— Tu prends ton sac et bon vent ! Heureuse vie avec ton mec ! Et maintenant, ouste ! dit-elle, toujours hors d'elle. Et que je ne vous revoie pas de sitôt !

— Il vaut mieux que tu y ailles. C'était super. Merci, tu es une chouette fille, Élisa, annonce Christina en déposant un baiser sur ma joue. Tout ira bien. Elle se calmera. Ne t'inquiète pas !

— Oui, faut la comprendre, surenchérit Sophie. Cela fait des mois qu'elle évite de causer avec Franck et là, toutes ces choses… Ça remue, tu comprends ? Comme vient de le dire Chris, tu as été une bulle d'air dans notre vie. Prends soin de toi ! Et surtout, rentre chez toi dès que possible. Il y a sans doute des personnes qui s'inquiètent pour toi, ajoute-t-elle en me serrant dans ses bras.

— Allez, venez avec moi, Élisa ! Vous n'allez quand même pas dormir dehors. C'est votre sac, cette chose ?

— Hum hum, fais-je d'un signe de tête à l'attention d'Emmanuel, qui soulève mon seul bien. Je suis tellement désolée, les filles. Excusez-moi auprès de Céline, dis-je en jetant un dernier regard à mes copines d'un soir avant que le voisin ne referme la porte.

19.

Je pénètre dans le deux-pièces du voisin en titubant. Entrer dans une cellule de dégrisement me ferait le même effet même si, je vous rassure de suite, je n'ai encore jamais été confrontée à une telle situation.

Ces dernières minutes viennent d'achever mon état déjà lamentable. J'ai soif, mais c'est surtout d'eau dont j'ai envie. J'ai besoin de purifier mon corps. J'ai bu plus que de raison. Ça m'apprendra à picoler, tiens !

J'observe la pièce principale, qui est plongée dans une ambiance tamisée. Rien ne laisse penser que je puisse me trouver au domicile d'un tueur en série. Céline n'aurait tout de même pas fait ça ! Me jeter dans la gueule du loup, si elle avait eu le moindre doute. Elle a dit qu'il était grincheux, pas dangereux ! Il faut que je me détende.

La décoration est minimaliste. La télévision est allumée mais il n'y a pas de son. Pas étonnant qu'il ait déboulé à côté en nous demandant du calme. Finalement, cette fin de soirée chaotique, c'est de sa faute à lui ! S'il n'avait pas rappliqué, on aurait fini la soirée à refaire le monde entre filles (ou plutôt devrais-je dire femmes, vu la moyenne d'âge) et je ne me serais pas retrouvée dehors à cause de mon jeu à la noix… J'ai voulu me la jouer avec mes questions de psychologie de comptoir, eh bien voilà où ça m'a menée ! Chez le voisin ! Continuons la visite. J'en étais à… la kitchenette. Elle est minuscule mais de ce que je vois, elle paraît plutôt bien entretenue. Dans le reste de la pièce, du côté de la porte-fenêtre, il y a une table à repasser dépliée et une panière remplie. J'en serais presque émue si je n'étais aussi saoule. Richard-Manu repasse son linge. Je me dis que les séparations ont du bon, ça oblige les hommes à effectuer leurs tâches ménagères, dont le repassage. À la maison, c'est moi qui fais tout. En même temps, je ne travaille pas, je serais gonflée de demander à David de participer, lui qui a quitté les jupes de sa mère pour s'installer avec moi. Ah, David… Il sera bien embêté demain matin lorsqu'il devra repasser sa chemise. Il doit pester en ce moment à cette idée. Enfin, en ce moment, il doit plutôt dormir, vu l'heure à laquelle il est rentré ce matin, il n'a pas dû être en grande forme aujourd'hui, le pauvre ! Quoi, le pauvre ?! Mais ça ne va pas, la tête ? lance la voix. Il ne manque plus que tu lui trouves des circonstances atténuantes. Il est rentré au petit matin couvert de traces de rouge à lèvres d'une provenance inconnue ! Comment oublier ça ?

Outre la table à repasser, il y a un canapé, d'une taille disproportionnée par rapport à celle du logement, certainement un bien récupéré de son trousseau. Enfin, sur la table basse traînent les vestiges de son repas du soir, une canette de bière, une assiette vide, des magazines de voitures et d'autres babioles. Au sol, sur un tapis qui ne date pas d'hier, il y a des claquettes et des chaussettes, visiblement sales… Je jette un coup d'œil furtif à mon hôte pour me rendre compte qu'il est pieds nus. J'ai un mouvement de recul mais le propriétaire des pieds en question ne s'en aperçoit pas. Je hais les pieds. Depuis toujours. Je me suis autoproclamée podophobe depuis que mon regard a croisé les pieds de ma correspondante anglaise, lors de mon premier voyage scolaire à Londres en cinquième. Avant, je n'y prêtais pas plus attention que ça, mais ses pieds étaient tellement particuliers, blanc laiteux. Le choc fut tellement violent qu'à l'époque, je crus que c'était une marque de fabrique locale. Pour moi, les pieds anglais étaient forcément bizarres. Imaginez un peu l'amalgame ! Depuis, j'ai beaucoup pris sur moi. Ceux de David sont plutôt réussis mais c'est une zone de son corps que j'évite de fréquenter. Dans la pénombre, ceux d'Emmanuel me semblent immenses, interminables. Il fait au moins du quarante-quatre, si ce n'est plus ! Eh bé ! Vous savez ce qu'on dit, grands pieds, grosse… Euh pardon, je m'égare. Ce sont les effets secondaires de l'alcool.

Je me concentre pour me rappeler les motifs de ma téléportation dans cette ville, chez des inconnus et j'éclate en sanglots. Manu réagit immédiatement. D'une main, il me tend un mouchoir, de l'autre, un verre.

— Tenez ! Buvez ça ! Ça ira mieux après.

— Merci.

L'eau frétille. Je fixe le contenu de mon verre en me demandant s'il n'essaie pas de me droguer pour abuser de moi.

— C'est juste une aspirine, ajoute-t-il en voyant mon air perplexe.

— Ah… Merci.

Après un petit moment durant lequel il me regarde laper mon breuvage comme une petite chatte, il annonce solennellement :

— Vous ne pourrez pas rester ici. Vous le savez ?

— Je m'en doute.

— Demain, je commence de bonne heure. Je serai contraint de vous mettre à la porte à 8 h grand max, dit-il posément, sans me brusquer. Au mieux, je vous dépose quelque part.

— Je comprends, arrivé-je à bredouiller. C'est déjà sympa de m'héberger pour la nuit.

— Comment se fait-il que vous vous retrouviez dans une telle situation ? Vous êtes si jeune.

— Pfff. C'est long à expliquer, dis-je en tombant sur le canapé.

— C'est comme vous voulez, mais n'allez pas vous plaindre après ! Vous l'avez dit vous-même tout à l'heure, les hommes ne causent pas beaucoup donc si on vous tend la perche, il vaut mieux la saisir. Sur ce, la salle de bains est là ! Vous avez peut-être besoin de prendre une douche, non ?

— J'ai pas de force, dis-je en posant ma tête sur un coussin.

Je perçois une drôle d'odeur. Je m'efforce de ne pas trop réfléchir, mais il se pourrait bien qu'il y pose parfois sa tête, ou pire, ses immenses panards. Allez ! Ce n'est pas le moment de faire fonctionner mon imagination. Je suis rincée et je n'ai plus la force de bouger. J'essaie de faire le vide dans ma tête lorsque la promesse que j'ai faite au petit me revient. Je rassemble mes ultimes forces pour bredouiller :

— Manu… Que savez-vous de la séparation de Franck et de Céline ?

Il se pose à mes côtés, à une distance qui respecte parfaitement mon espace personnel et comme un père qui s'adresse à sa fille, il entreprend de m'expliquer la vie.

Bercée par sa voix suave, je ne tarde pas à plonger dans un état de somnolence. J'ai parfaitement conscience qu'il me divulgue des informations d'une importance capitale, indispensables pour mener à bien ma mission. J'essaie de me concentrer, mais mes paupières sont de plus en plus lourdes. Je lutte. Certains mots me parviennent de loin, tels que mutation à Bruxelles, mi-chemin entre Paris et Bruxelles, Loris soins à Necker, déception, infirmière… Emmanuel est un vrai moulin à paroles, bien plus loquace que la plupart des hommes, à moins que ce soit moi qui ne sois plus du tout réceptive. Il ne s'arrête pas à l'histoire de ses voisins. Sans même que je l'y invite, il évoque son mariage foiré, justement à cause du manque de communication que nous leur reprochons tant, nous, les femmes. Ses erreurs, ses regrets. Il me dit qu'il aime sa femme et qu'il ne le lui a pas assez dit parce que dire ses sentiments, ce n'est pas viril. Il a merdé. Il l'a laissée s'éloigner, puis partir dans les bras d'un autre, soi-disant plus romantique et moins râleur et maintenant, il devient fou de constater à quel point elle est de nouveau heureuse sans lui… Ça le rend encore plus malade… et je commence à ronfler.

Le silence règne dans la pièce. Je sens qu'il soulève délicatement mes jambes pour les mettre en position allongée. Il pose un plaid douillet sur moi avant de s'enfermer dans sa chambre.

20.

La nuit est agitée. J'enchaîne les rêves bizarres. Tout le monde y fait une apparition : David, bien sûr, mes parents et tous ceux que j'ai croisés dans la journée y compris le guichetier de la gare qui veut me vendre un billet de train pour aller en Italie rendre visite à mon arrière-grand-mère décédée. C'est à n'y rien comprendre ! Ensuite, je me promène dans le Vieux-Lille et au lieu de l'emblématique bras en or suspendu au balcon, ce sont des panneaux indiquant la direction de Bruxelles qui sont accrochés aux fenêtres des vieilles maisons. S'ensuivent des rires, un enfant qui court dans les bras d'un homme. Visiblement de belles retrouvailles. Je me dis que c'est Loris mais lorsque le visage de l'enfant apparaît, c'est le mien et je suis dans les bras de mon propre père. C'est au tour de Christelle de la supérette de faire une apparition dans mon rêve. Elle embrasse David en lui mettant des traces de rouge à lèvres partout, sous le regard de Pascale qui fulmine. Cela me réveille. J'ai la bouche pâteuse, d'où se dégage une haleine mojitonienne qui déboucherait le nez de n'importe quel enrhumé.

Que pouvait bien vouloir dire ce rêve ? Je suis en nage et j'ai très envie d'aller aux toilettes. Depuis quand n'y suis-je pas allée ? Je me connaissais chameau mais là, j'excelle dans l'art de la retenue. Je me sens sale. Je réalise que je ne me suis ni douchée, ni brossé les dents depuis la nuit dernière. Beurk.

Je regarde l'heure sur l'écran digital du four à micro-ondes. Il est 4 h 15. Je ne pourrai pas me rendormir sans faire une pause pipi et une petite toilette. Très lentement, je saisis mon sac à dos et me rends dans la salle de bains. Je ne veux surtout pas réveiller mon hôte. Je m'enferme à double tour. Par prudence, comme si le double tour pouvait empêcher les sons de filtrer dans les pièces alentour. Par terre, sur les genoux, je fouille dans mon sac à la recherche de ma trousse de toilette, lorsque ma main rencontre un papier. J'extirpe une enveloppe.

— Bordel ! C'est la lettre de Franck ! dis-je tout haut sans contrôler le volume sonore de ma voix caverneuse.

Encore un peu sous les effets de l'alcool, je bredouille des « chut » qui me sont destinés. Je regarde l'enveloppe un bon moment sans trop savoir quoi faire. Cette lettre n'est pas là par hasard. Je réalise que c'est sûrement Loris qui l'a déposée volontairement dans mon sac au lieu de la remettre avec les autres comme je le lui avais demandé. Sacré coquin ! Il a dû penser que je n'honorerais pas ma promesse et que de trouver ce courrier me rappellerait à l'ordre. Il est futé, ce gamin, mais c'est mal me connaître ! Quand j'ai une idée derrière la tête, je ne l'ai pas ailleurs. Je vais retrouver son père. Je suis déjà sur une bonne piste. Demain, je pars pour Bruxelles. Une petite conversation avec Franck s'impose.

Je range la lettre dans le sac avec la ferme intention d'en découvrir le contenu plus tard, mais d'abord, il faut que je me douche. Encore un coup de chaud et je m'évapore.

Je regarde autour de moi pour m'organiser et découvre une serviette pliée qui sent bon la Soupline. J'en déduis qu'elle a été mise ici pour moi. Manu est décidément un homme à remarier. À part ses pieds immenses disproportionnés, pour le reste, physiquement, il est plutôt bel homme. Pas pour moi, hein… Que les choses soient claires ! Pour l'instant, je ne veux plus entendre parler de mariage !

Je me glisse sous l'eau fraîche en espérant que la bonne température ne tarde pas trop à arriver. Lorsque c'est enfin le cas, je sens tous mes muscles raidis se détendre peu à peu. Cela dure un certain temps. Sous la douche, mon cerveau s'active. Ma préoccupation numéro un, c'est David. Est-il en train de se préoccuper de ma disparition ? A-t-il informé mes parents ? Mes copines ? Je connais mon chéri par cœur et pourtant, je suis bien incapable de vous dire quelle est sa réaction face à mon absence prolongée. Je ne suis pas du genre à bouder. Partir comme ça, c'est une première et en y réfléchissant bien, cela ne me ressemble pas vraiment. On est parfois imprévisible. Mais qu'est-ce que j'aurais dû faire ? Lui mettre une bonne torgnole pour lui faire avouer son péché ? Ou bien ne rien faire du tout et attendre sagement le matin pour qu'il me fournisse des explications ? Pfff, quelle prise de tête ! Et moi, je n'ai rien trouvé de mieux à faire que de me barrer, monter dans un train, le mauvais d'ailleurs, et fuir. Bravo, Élisa !

Bref, je verrai ça plus tard. Pour l'instant, je suis là, dans la salle de bains d'un parfait inconnu et je n'ai pas l'intention de rentrer. J'ai des choses à faire. Pour une fois, je me sens utile. Même si Céline m'a jetée de chez elle, je ne lui en veux pas. On avait toutes un peu picolé et les mots ont dépassé ses pensées, j'en suis sûre. Cette fille est géniale. Le feeling a été immédiat. Si ça se trouve, elle regrette déjà ou au contraire, elle dort profondément et a déjà oublié mon existence, comme si je n'avais jamais fait intrusion dans sa vie.

Je perds la notion du temps. Je vais finir par vider son ballon d'eau chaude si je continue et je pourrai lui aussi l'ajouter à la liste de ceux qui veulent me voir disparaître de leur vie. Encore quelques minutes pour peaufiner mon plan et je sors. Donc, demain, Manu me conduira à la gare centrale, je prendrai un bus, ce sera plus convivial pour me rendre jusqu'à Bruxelles et ensuite, je me rendrai chez Franck. J'ai déjà son adresse et je demanderai à Manu de me transmettre son numéro de téléphone. Si besoin, je l'appellerai d'une cabine. Maintenant, reste à savoir ce que je vais lui dire. J'aurai tout le temps du trajet en bus pour réfléchir à mon petit discours. Pour l'instant, j'ai besoin de repos.

Je sors enfin de la cabine de douche et m'en veux un peu d'y être restée si longtemps. La petite pièce est remplie de vapeur, si bien que je ne perçois même pas mon reflet dans le miroir couvert de buée. Je me sèche rapidement et utilise la serviette pour essuyer ce miroir et découvrir mon visage épuisé. Si j'arrive devant Franck avec cette tête, il prendra sûrement peur. Je mets des vêtements propres afin d'être prête à partir lorsque Manu me réveillera.

Je réalise que j'ai pris trop peu d'affaires. J'ai même oublié mon parfum. La poisse ! Tant pis, je suis on ne peut plus naturelle. Ma peau aussi se repose. Je brosse mes dents énergiquement et vaporise sur mon cou un pschitt du parfum de Richard-Manu, frais et citronné.

Enfin prête, je déverrouille lentement la porte. Je n'entends aucun bruit dans l'appartement, la voie est libre. Je retourne m'allonger sur le canapé et je ferme les yeux, en espérant me rendormir vite.

21.

Lorsqu'Emmanuel vient me réveiller, j'ai l'impression de n'avoir dormi que dix minutes. D'ailleurs, je ne comprends pas de suite où je me trouve et lui marmonne un petit :

— David, laisse-moi dormir, il est encore trop tôt.

Phrase à laquelle mon hôte répond :

— Moi c'est Emmanuel, Manu, ou encore Richard-Manu selon votre imagination. Avec David, ça commence à faire beaucoup trop de prénoms différents pour un seul homme, vous ne trouvez pas ?

Je réalise que ce n'est pas la voix de David, que je ne suis pas dans mon lit et que j'ai découché. Tout me revient et je me retiens d'éclater en sanglots.

— Bien dormi ?

— Ouais, ça peut aller.

En réalité, ça n'a pas été du tout mais c'est beaucoup plus simple de répondre « Ça va », plutôt que « Non, ça ne va pas » et de devoir se lancer dans des explications fastidieuses.

Mentalement, j'essaie de calculer le nombre d'heures de sommeil dont j'ai bénéficié. Sur l'écran digital du four, il est 7 h 15. J'ai dû dormir cinq heures à tout casser. Pas de quoi faire disparaître les poches de dessous mes yeux. Si maman me voyait, elle m'enverrait immédiatement faire un soin du visage chez son esthéticienne favorite. Je m'assois mais mes yeux peinent à rester ouverts.

— Qu'est-ce que vous prenez au petit déj' ?

— Merci mais je me sens plutôt vaseuse. Je vais peut-être attendre un peu avant d'avaler quoi que ce soit.

— Vous avez eu une soirée arrosée. Au contraire, il vous faut un bon petit déj'. J'ai tout ce qu'il faut. Venez !

Il a mis la table. On se croirait à l'hôtel. Il y a du chocolat en poudre, un bol, du lait, des céréales pour enfants, de la pâte à tartiner, différentes confitures, du pain grillé, du beurre et une corbeille de fruits.

— Quand avez-vous préparé tout ça ? Je n'ai rien entendu, dis-je en soulevant la boîte de chocolat en poudre.

— Vous dormiez si profondément, je crois même vous avoir entendue ronfler.

— Ah non, c'est impossible ! Je ne ronfle pas. Si jamais vous avez entendu des bruits, c'est sans doute dû à ma position inconfortable sur votre canapé.

— Bien sûr ! dit-il en souriant.

— Dites ! Vous ne croyez pas que je suis un peu grande pour boire du lait avec du chocolat en poudre et manger des céréales ?

— Ah... Euh... bredouille-t-il, subitement penaud. J'ai fait comme pour mes gosses. Ils sont plus jeunes que vous, c'est vrai... Vous préférez du café ?

— Manu, on ne se sera pas fréquentés bien longtemps mais est-ce qu'on pourrait arrêter de se dire « vous » ? Qu'en pensez-vous ? Ou plutôt qu'en dirais-tu ?

— OK, tu as raison. Après tout, je ne vouvoie pas mes mômes. Et donc, café ?

— Puisque tu m'obliges à petit-déjeuner, allons-y pour un café. Merci !

— Bon, par contre, j'espère que tu ne seras pas trop longue dans la salle de bains car dans vingt minutes, nous devons partir, dit-il en me servant le liquide brun dans un bol immense.

— En fait, je suis déjà prête. Pour être honnête, je me suis réveillée cette nuit. Et comme je n'arrivais pas à dormir, je me suis permis d'utiliser ta salle de bains.

— Je t'ai entendue. J'ai très mal dormi aussi.

— Oh, pardon ! Tout est de ma faute.

— Non, ne t'excuse pas ! C'est juste que je n'ai pas l'habitude de recevoir des jeunes femmes à la maison. Les seuls qui viennent ici sont mes enfants, un week-end tous les quinze jours.

— Ah. Et ils ont quel âge ?

— Mon fils a quinze ans et ma fille treize, dit-il avec un voile de tristesse dans ses yeux clairs.

— OK, ce n'est pas un âge évident, je me trompe ?

— C'est sûr. En même temps, je ne les vois pas souvent. Les pères sont souvent privés de leurs gosses. Ce n'est pas juste. Comme Franck. C'est pire pour lui, même !

En entendant son prénom, ma mission me revient à l'esprit. J'ose :

— Tu l'as rappelé depuis hier soir ?

— Non, nous avons seulement échangé des SMS.

— Et comment il a pris la chose ? Je veux dire, est-ce que lui aussi m'en veut ?

— Non, du tout. Comment le pourrait-il ? Au contraire, grâce à toi, il a pu se faire entendre. Cela fait des mois qu'il essaie de rétablir la communication, mais Céline ne veut rien savoir. Elle est dure comme du roc !

— Ça va changer…

— Hein ? Tu dis ?

— Non, rien du tout. Est-ce que tu pourrais me donner son numéro de tél. ?

Manu me regarde de biais. Il comprend que j'ai une idée derrière la tête. Coopératif, il me répond :

— Attends, je vais chercher mon portable dans ma chambre, je te donne ça tout de suite.

— Cool ! dis-je en dévorant une tartine beurrée avec de la confiture de fraise.

— Je vois que l'appétit est revenu ! Tiens ! Voilà son numéro de portable, dit-il en me donnant un post-it jaune fluo.

— Top.

— Je ne te demande pas ce que tu vas en faire, dit-il, complice.

— Non, pour la bonne raison que je n'en sais encore rien. Mais j'ai promis à Loris de lui ramener son papa. Par contre, je te fais confiance. Motus et bouche cousue ! J'ai assez fait de dégâts hier soir. Céline ne doit rien savoir. Est-ce que je peux compter sur toi ?

— Est-ce que quelqu'un m'a parlé ? dit-il en regardant le plafond tout en souriant de toutes ses dents. Sur ce, tu es prête ? Je dois partir bosser.

— Je me brosse les dents et c'est bon.

— Top ! Pile-poil à l'heure !

Je fonce au petit coin, fais une toilette de chat, me lave les mains et le visage et brosse mes dents. En cinq minutes, je suis prête. Je suis fière de moi. Je rassemble mes affaires, referme mon sac à dos et enfile même mon anorak. Je débarrasse la table pour effacer toute trace de mon passage dans cette maison et mets les couverts dans le lave-vaisselle. Voilà, tout est nickel. Seul bémol, je ne trouve pas mes chaussures.

— Euh, tu aurais vu mes chaussures ? demandé-je.

— Non… Tu les avais bien aux pieds hier soir ?

— Bah…

Je réalise que justement non, je ne les avais pas aux pieds. Il y avait trois mètres à faire et dans la précipitation et surtout dans mon état, j'ai oublié de mettre mes godasses. Quelle nulle !

— Merde ! Putain ! J'ai le seum ! commencé-je à pester.

— Qu'est-ce qui se passe ? C'est quoi « seum » ?

— Comment ? Tu ne connais pas ? Tes enfants ne disent pas ça ?

— Non… Mes enfants ne disent pas ça ! répète-t-il.

— Ça signifie que je suis énervée. Mes chaussures, elles sont restées chez Céline.

— Ah oui, c'est énervant ! Surtout qu'en plus, à cette heure-ci, elle est déjà partie au travail.

— Quoi ? Mais je vais faire comment ? Je n'ai pas d'autre paire.

— Tu veux que je regarde s'il y a une paire de ma fille qui traîne dans les parages ?

— Si ta fille fait du trente-neuf à treize ans, c'est vraiment la loose pour elle.

— On a de grands pieds dans la famille.

— Ah ça, j'avais remarqué ! dis-je avec un léger haut-le-cœur.

— Tu as de la chance ! crie-t-il victorieux, la tête dans un placard. Il se trouve justement que ma fille chausse du trente-neuf. Tiens, il y a soit celles-ci, soit celles-ci ! dit-il en tenant une paire de bottes de pluie de sa main droite et une paire de ballerines de sa main gauche.

— J'espère que tu plaisantes !

— C'est ça ou rien ! Désolé pour toi mais il fallait faire attention !

Le message met un certain temps à arriver à mon cerveau. Il me semble que Manu reste ainsi de longues secondes pendant lesquelles mon regard bascule de l'une à l'autre paire.

— Il va falloir que tu choisisses, Élisa. Je suis en train de me mettre en retard.

— OK. Vu la météo, je serai mieux en bottes. Je pense que ta fille ne m'en voudra jamais de lui avoir piqué ses chaussures.

— Ce n'est pas gentil de dire ça. Elles sont très jolies.

— Je suis réaliste. Elles sont moches ! dis-je, contrariée de devoir mettre les chaussures déjà portées d'une gamine de treize ans. En plus, elles sont jaune pipi. J'ai l'air d'un clown !

— Voilà ! Parfaitement assorties à ton blouson ! dit-il en pouffant de rire.

— Super ! dis-je, le plus ironiquement possible.

— Allez ! Le ridicule ne tue pas.

— Génial...

— Tu n'as rien oublié ? On peut y aller, maintenant ?

— Hum... dis-je en boudant.

Manu ouvre la porte et s'arrête net.

— Élisa ! Tu vas être contente. Apparemment, la voisine n'est pas rancunière. Il y a quelque chose pour toi sur le palier !

— Oh, top ! m'écrié-je en découvrant mes chaussures.

J'ai envie de sauter au cou de Manu, comme dans la chanson de Gainsbourg, tellement je suis contente et soulagée. Je garde mes pensées pour moi. « Élisa, Élisa, Élisa, saute-moi au cou ! » Je suis ravie de retrouver mes baskets mais ce n'est pas tout, Céline y a ajouté ce livre qu'elle trouvait si bien et qu'elle voulait me prêter. Cela me fera de la lecture dans l'autocar.

Je retire les bottes de pluie, non sans plaisir, et les range soigneusement sur le paillasson qui se trouve dans l'entrée de l'appartement de Manu. Je saisis un post-il rose fluo cette fois et j'écris dessus :

« Merci et désolée. J'espère qu'on se reverra. Élisa. »

Je regarde cette pièce une dernière fois pour en mémoriser chaque détail.

— C'est bon ! On peut y aller ! dis-je, rassérénée, en collant le petit bout de papier sur la porte de sa voisine.

— Et où comptes-tu aller au juste ?

— Est-ce qu'il y a une gare routière sur ton trajet ?

— Tu as de la chance. Je passe justement devant. Allons-y !

22.

Ce que Manu a omis de me dire, c'est qu'il se déplace en scooter. Et moi, j'ai une peur bleue de tout ce qui n'a pas quatre roues minimum. J'ai l'air comme ça, mais je suis une vraie trouillarde, surtout lorsqu'il s'agit de vitesse. À maintes reprises, David m'a tannée pour passer son permis moto mais je me suis toujours débrouillée pour l'en dissuader. Pas étonnant qu'il soit allé voir ailleurs... Je suis tellement chiante, quand j'y pense.

Je me sens défaillir lorsque Manu me tend un casque. Oui, parce qu'après les bottes de sa fille, il me faut mettre le casque dans lequel quelqu'un d'autre a mis sa tête. C'est dégueu ! Avec le bol que j'ai, je vais attraper des poux. À force de mentionner des mots de la chanson de Gainsbourg, les paroles me trottent dans la tête. Il faut voir le côté positif de la chose, elles me donnent du courage.

— Tu es prête ?

— Mouais... Est-ce que c'est loin ?

— Non, c'est à quelques minutes. Accroche-toi bien !

« Enfonce bien tes ongles... »

— Euh... Tu me fais mal avec tes doigts. Tu as décidé de broyer mes poignées d'amour ? Relâche un peu la pression, tout va bien se passer.

— Oh pardon ! Je n'ai pas l'habitude. Je ne me rendais pas compte.

Je ferme les yeux pour éviter d'avoir peur et en même temps, j'ai envie de profiter du paysage. Alors, collée dans le dos de Manu, j'ouvre un seul œil pour voir défiler les quartiers lillois. Nous avons de la chance, il ne fait pas très froid et surtout il ne pleut pas.

La circulation se densifie par moments, mais cela n'a rien à voir avec la cohue parisienne. Lorsqu'on ralentit, c'est parce qu'il y a un feu tricolore. Manu slalome par moments, mais petit à petit, je commence à apprécier la balade. Et puis, effectivement, assez rapidement, il s'arrête sur une place de livraison.

— C'est là ! Ça va aller ? dit-il en ôtant ses gants.

— Je crois...

— Tiens, je t'ai préparé un petit en-cas, au cas où tu aurais faim.

— Oh, c'est gentil. Mais qu'est-ce que c'est ? dis-je en prenant ce quelque chose emballé dans du papier aluminium.

— Une part de moelleux au chocolat. Le meilleur de la ville. Si tu as un coup de mou. C'est plein de magnésium, il paraît !

— C'est chou ! Tu sais parler aux femmes, toi ! Elle ne sait pas ce qu'elle perd, ton ex ! dis-je en lui faisant un clin d'œil.

— T'es sympa ! dit-il en rougissant.

— Nan, c'est toi qui es sympa. Je te remercie de m'avoir hébergée. Je demanderai à Franck de te donner de mes nouvelles. D'accord ?

— OK ! Faisons comme ça. Bonne chance, Élisa.

— Merci ! Bonne chance à toi aussi. Tu le mérites, dis-je en lui rendant son casque.

Il ôte le sien pour me faire la bise et démarre. Je le regarde s'éloigner. Je prends une grande inspiration. J'ai rencontré des gens supers ces dernières vingt-quatre heures : Céline et son petit bout Loris, ses deux meilleures amies Sophie et Christina, Manu son voisin déprimé et bientôt, je vais rencontrer Franck, le papa du petit. Eh bien… Tout ça m'éloigne de mon propre quotidien. Je me demande comment ça se passe à Paris ? C'est étrange, mais comment vous dire ? Ma vie ne me manque pas. C'est difficile à expliquer, je me sens bien. Je me sens utile.

Les bus sont alignés et les gens s'amoncellent à l'extérieur pour fumer leur dernière cigarette avant le départ. J'espère ne pas tomber à côté de l'un d'eux. Depuis que j'ai arrêté de fumer (à la demande de David) je ne supporte plus l'odeur de la cigarette. Je me demande comment j'ai pu fumer par le passé. Sans doute une erreur de jeunesse.

Je m'approche des guichets. J'espère qu'il y aura un bus rapidement. Je n'ai pas envie de m'éterniser ici, surtout que je commence à avoir froid. Il n'y a pas grand monde. Les filles du comptoir, à peine plus âgées que moi, papotent entre elles. En bonne Parisienne pressée, je manifeste mon impatience en émettant de petits sons de gorge.

— Vous désirez, madame ? finit par dire l'une des filles qui me remarque enfin.

— Un ticket pour Bruxelles, s'il vous plaît !

— Vous pouviez l'acheter sur votre portable.

— Je n'ai pas de portable.

— Vous entendez, les filles ? Il y a encore des gens qui n'ont pas de portable à notre époque. On croit rêver ! Et vous réglez comment ? En francs ? ajoute-t-elle pour amuser la galerie.

— Ah ah ah ! Vous êtes sacrément drôle. Je règle en espèces.

— Bah, on n'est pas loin du franc. Ça vous fera treize euros, mais dépêchez-vous, le car est sur le point de partir.

Je lui donne l'appoint et récupère mon billet.

— Merci, dis-je par pure politesse.

— Ce sera à droite, le bus n° 1298. Ne vous trompez pas, hein ?! J'ai moyennement envie de vous revoir, ajoute-t-elle en ricanant.

Elle est sérieuse, là ? Dommage que le bus s'en aille bientôt, je lui aurais bien montré de quel bois je me chauffe à celle-là. La garce !

Une fois dehors, j'identifie le bus, relis son numéro dix fois de suite, y compris sa destination et avant de monter dedans, j'alpague un monsieur qui m'a tout l'air d'être le chauffeur. Il tire vigoureusement sur sa cigarette.

— C'est bien le bus n° 1298 qui va à Bruxelles ?

— Oui, m'zelle ! C'est écrit dessus, comme le Port-Salut !

— Ah... Oui, je vois bien, mais c'était pour être sûre !

Les gens sont bizarres, ici. Ils ont un drôle d'humour.

23.

Je monte dans le bus et jette un regard pour me faire une idée sur les usagers. La plupart des sièges sont déjà occupés. Il reste une place vide à côté d'une dame d'un certain âge. Son regard, qui croise le mien, est comme une invitation à la rejoindre. Je pense à la vieille dame à qui il faut embrasser les fesses et immanquablement, mamie Jeanne me vient à l'esprit.

— Bonjour ! La place est libre ?

— Oui, mon petit ! Asseyez-vous vite ! Le bus va partir. Vous risqueriez de tomber.

— Oh, vous avez raison, je suis tellement maladroite ! dis-je en fourrant mon sac sous le siège devant moi.

Le bus étant équipé de ceintures de sécurité, j'attache la mienne sous le regard bienveillant de ma voisine.

— Vous croyez vraiment que c'est nécessaire ? me demande la mamie.

— Je ne sais pas mais je suis très à cheval sur la sécurité. Si les ingénieurs les ont mises là, c'est qu'elles ont leur utilité.

— Je prends ce bus plusieurs fois par semaine depuis quinze ans et il ne m'est jamais rien arrivé !

— Touchez du bois ! dis-je en regardant partout en espérant trouver pour elle un bout de bois, le plus petit soit-il.

— Pardon ? dit-elle amusée.

— Bon, il n'y a pas de bois ici. Mince ! Touchez votre tête dans ce cas ! insisté-je.

— Mais pour quoi faire ? Ça fait belle lurette que je ne suis plus superstitieuse. Comment vous vous appelez, mon petit ?

— Élisa.

— Comme la chanson...

— Oui, en effet, comme la chanson de Gainsbourg, répété-je, légèrement blasée.

— Enchantée de faire votre connaissance, Élisa. Je m'appelle Évelyne.

— Tout le plaisir est pour moi.

J'adore les anciens. J'ai toujours eu une certaine fascination vis-à-vis d'eux. Je suis admirative face à tout ce qu'ils ont dû traverser et tout ce qu'ils peuvent nous transmettre. J'ai tellement aimé mamie Jeanne, elle me manque. Cela dit, j'espère qu'Évelyne me laissera un peu tranquille, il faut que je lise le courrier de Franck.

Comme par enchantement, elle ne prononce plus un mot. Ses petits yeux scrutent l'extérieur. À quoi peut-elle bien songer ?

Je profite de ce temps calme qui s'offre à moi pour récupérer la lettre de Franck dans le fin fond de mon sac à dos. Elle commence à être dans un sale état. J'ouvre doucement l'enveloppe à l'aide de mon index et en sors la lettre. Un bout de papier glisse par terre et je suis obligée de me détacher pour le ramasser. Il est face contre terre mais je devine qu'il s'agit d'un chèque. Je le retourne et manque de m'étouffer en voyant la somme de deux mille cinq cents euros. Il est évidemment à l'ordre de Céline ; je pense que vous l'aviez deviné.

Je déplie la lettre, inspire un bon coup et me lance dans la lecture. Elle est datée du 12 décembre.

Mon amour,
Je sais que tu détestes que je t'appelle comme ça, mais il n'y a que ce mot qui me vienne à l'esprit lorsque je pense à toi. Je ne suis pas sûr que tu lises mes courriers. Tu ne réponds plus à mes appels. Je suis inquiet. Chaque jour qui passe m'éloigne un peu plus de vous. Je ne suis pourtant pas si loin. Et j'ai tellement besoin de vous.
J'espère que Loris et toi allez bien. Vous me manquez à tel point, tu n'imagines même pas.
Je sais que je n'ai pas été l'homme que tu espérais que je sois, mais laisse-moi une chance. Je suis fou d'amour pour toi. Loris a besoin de moi. Laisse-moi revenir dans votre vie. Ensemble, nous pourrons surmonter cette épreuve. Laisse-moi t'en convaincre ! Appelle-moi, s'il te plaît ! Les fêtes approchent, il va de soi que c'est ensemble que nous devons les passer. À très vite.

Je t'aime. Je vous aime.
Je vous embrasse fort.
Franck

P.-S. J'ai constaté que les chèques que je t'ai envoyés n'avaient pas été encaissés alors en voici un plus gros. Tu peux tous les encaisser. Tout ce que je fais, c'est pour vous deux.

Pfiiiiou. J'en aurais presque la larme à l'œil, dis donc. Il est dingue d'elle. C'est hallucinant ! Si seulement David pouvait m'aimer comme ça… Tiens, que fait-il en ce moment ? A-t-il réalisé que je suis partie ? Comment réagit-il ? Bref… Là n'est pas la question. Revenons-en à

Franck. Je repense à son petit laïus hier soir, au téléphone, comme si son discours était prêt à être récité depuis un moment et maintenant ce courrier qui confirme ses sentiments. Et quand je pense au tas de lettres qui sont encore en attente de lecture sur la console de Céline, qui sont probablement toutes dans la même veine. Que s'est-il passé pour qu'ils en soient arrivés là ? Pourquoi a-t-elle coupé toute communication entre eux ?

Absorbée par la lettre, je ne me rends pas compte que ma voisine a les yeux rivés dessus.

— Cette lettre ne vous est pas adressée, n'est-ce pas ?

— Vous avez raison. Ne me demandez pas comment je me la suis procurée, ce serait trop long à vous expliquer.

— Eh bé, ce Franck-là, il n'en ferait pas un peu trop ? finit-elle par lâcher.

— Pardon ? dis-je, doublement surprise, premièrement parce qu'elle s'est permis de la lire par-dessus mon épaule, et deuxièmement, parce qu'elle émet un avis que je ne partage pas, mais alors pas du tout. Je ne suis pas d'accord avec vous. On voit qu'il l'aime, au contraire !

— Soit, mon petit ! Dans ce cas, pourquoi attend-il d'avoir son aval pour aller la retrouver ?

— C'est sûr… Moi non plus, je ne comprends pas.

— Vous permettez ? dit-elle en m'indiquant la lettre.

— Je vous en prie.

Évelyne saisit la lettre de ses mains fripées. Elle replace ses petites lunettes pour regarder le document de plus près. Elle émet des petits bruits bizarres. Dans son champ de vision, je dois lui paraître très perplexe car elle répond à ma question sous-entendue :

— Vous savez, mon petit, lorsqu'on n'a rien à faire, on s'intéresse à plein de choses, comme à la graphologie, par exemple.

— Aaah ! Je comprends. Et donc, qu'en pensez-vous ?

— Mmm. L'écriture de cet homme est plutôt petite, ce qui signifie qu'on a affaire à quelqu'un qui n'est pas obsédé par sa propre personne. Un altruiste. Mais son problème, c'est qu'il se place davantage dans l'observation que dans l'action.

— Ah bon ?

— Oui, et regardez, là ! Ses lettres sont très arrondies, dit-elle en pointant le mot « amour ». Il y a un côté féminin dans l'écriture de cet homme, très affectif. Pas étonnant qu'il écrive de belles choses.

— Waouh, et quoi d'autre ?

— Tss... Il est perturbé, c'est évident. Vous voyez, là, l'écriture est ascendante et puis plus bas, elle est descendante.

Voyant mon air dubitatif, elle ajoute :

— Ici, l'écriture est penchée vers l'avant, cela signifie qu'il est optimiste et plus bas, elle change de direction, regardez, elle est penchée vers l'arrière. Dans le cas d'une écriture descendante, cela signifie un certain découragement, de la fatigue. Savez-vous depuis quand ces deux-là ne se sont pas vus ?

— Je l'ignore. Par déduction, je dirais depuis plusieurs semaines. C'est Loris qui m'a demandé de lui ramener son père.

— Loris, c'est leur fils à tous les deux ?

— Bah oui ! dis-je, spontanément. Enfin, je crois...

— Bon, là, ça sort de mon domaine de compétence, ajoute-t-elle en me rendant le courrier. Il a quel âge, ce petiot ?

— J'avoue que je ne sais pas. J'ai du mal à donner un âge aux gens et aux mômes, encore plus ! Je dirais qu'il a moins de six ans car il ne sait pas encore lire. En revanche, il est d'une maturité déconcertante.

— Pauvre petiot, être privé de son papa, c'est moche ! Est-ce que vous savez ce qui s'est passé ?

— Non. Justement, je me rends à Bruxelles pour rencontrer ce monsieur. J'ai dit au petit que tout allait s'arranger et voilà où j'en suis. Je me suis mise dans de beaux draps.

— Ah. Eh bien, je vous souhaite sincèrement d'y parvenir.

— Merci. Et vous ? Pourquoi allez-vous à Bruxelles quasi tous les jours depuis quinze ans ? dis-je pour changer de sujet.

— Chaque personne a son histoire, mon petit. Et il n'est pas toujours glorieux de la connaître.

— Je suis désolée d'avoir été indiscrète.

— Ce n'est pas grave, mon petit. Souvenez-vous ! Ce qui ne vous tue pas vous rend plus fort, dit-elle en se fermant comme une huître, les yeux de nouveau rivés sur la vitre.

Mon imagination s'active. Si ça se trouve, son mari a commis un crime et est actuellement emprisonné dans la prison de Bruxelles. Il y a forcément une prison à Bruxelles, non ? Dès qu'elle peut, elle se rend au parloir en attendant qu'il exécute sa peine. À moins que ce soit son fils… Quoi qu'il en soit, cette femme fait preuve d'un grand courage. Cela se voit dans ses yeux.

J'ai dû tomber juste. Elle ne prononce plus un mot jusqu'à ce que nous arrivions à la gare centrale. Le trajet est passé en un éclair. Lille et Bruxelles sont tellement proches.

24.

J'aide Évelyne à descendre du bus et salue le chauffeur qui s'est empressé d'allumer sa cigarette, comme d'autres passagers d'ailleurs.

— Merci pour ce trajet très instructif, dis-je à l'attention de la vieille dame. Je vais m'intéresser de plus près à la graphologie. Je passe actuellement des entretiens d'embauche et je n'ai jamais pensé que mon écriture pouvait faire l'objet d'une analyse plus approfondie.

— C'était avec plaisir. J'espère que cela vous a aidé. J'aimerais beaucoup savoir comment se terminera cette histoire. Si je vous laisse mon adresse mail, vous voudrez bien me l'écrire ?

— Vous avez une adresse mail ? Waouh, chapeau ! À votre âge ! C'est loin d'être le cas pour tout le monde.

— Un peu de respect, jeune femme ! dit-elle en riant. J'ai même un téléphone portable ! Il faut vivre avec son temps, même si celui-ci commence à aller trop vite pour moi. Vous m'écrirez ?

— Avec joie ! Promis !

— Très bien, dit-elle en griffonnant son adresse sur un bout de papier, d'une écriture légère et saccadée.

Cela doit sûrement vouloir dire quelque chose.

— Et bon courage pour votre mari. J'espère que sa peine touche à sa fin, dis-je sans réfléchir.

— Pardon ? Pourquoi dites-vous cela ? dit-elle en se décomposant.

— Euh… Je n'en sais rien. Mes paroles ont dépassé ma pensée. Veuillez m'excuser !

— Est-ce que vous avez des dons de voyance, jeune femme ?

— Pas que je sache…

Évelyne baisse la tête, pensive. Au bout de quelques secondes où le temps semble suspendu, elle me confie :

— J'ignore quel don vous avez mais je ressens le besoin de vous dire ce qu'il en est. Je n'en parle jamais à personne. Cela devient pesant, à force. Il y a seize ans, notre fils unique, Georges, a été tué. C'était un accident de la route comme il en arrive tous les jours. Mon mari ne l'a pas supporté.

— Il a tué le chauffard pour se venger ? Il est en prison ! C'est donc ça ?

— Non, du tout. Mais c'est tout comme. De chagrin, il est tombé en dépression. Il a voulu en finir, mais, comment vous dire, il s'est loupé. Il est plongé dans le coma depuis quatorze ans, deux mois et treize jours.

— Mais c'est affreux ! dis-je, horrifiée. Quatorze ans, deux mois et treize jours, vous dites ? Comment peut-on surmonter cela ?

— Je surmonte, un point c'est tout. Cet accident m'a privé de ma famille. Si vous le voyiez, il dort comme un bébé. Le temps s'est arrêté pour lui. J'aimerais qu'il se réveille enfin pour que nous puissions partager quelques moments de vie ensemble, même si probablement, plus rien ne sera plus jamais comme avant. Les docteurs ne savent pas s'il est seulement possible qu'il puisse se réveiller, ni dans quel état seront ses muscles.

— Oh là là. Ma pauvre Évelyne. Quel malheur !

— C'est pour ça, mon petit, pour vos amis, tout est encore possible et quant à vous, vous avez la vie devant vous, ne la gâchez pas avec des broutilles.

— Bien, je tâcherai de m'en souvenir, dis-je en pensant à David et à son corps couvert de traces de rouge à lèvres. Je vais devoir y aller maintenant. Merci et bon courage. Et promis, je vous donne de mes nouvelles, dis-je en secouant la petite feuille de papier, sur laquelle est inscrite son adresse mail.

— Bonne chance et heureuse vie à vous, mon petit.

Une boule s'est formée dans ma gorge. Je secoue la tête pour la saluer. Je n'arrive plus à prononcer un seul mot. Son histoire m'a remuée. J'aurais aimé en savoir plus, qu'elle me rassure, qu'elle me dise que tout ira bien. Mais elle tourne les talons et part.

Je la regarde s'éloigner vers un autre abribus. Sans doute doit-elle encore prendre un bus pour atteindre l'hôpital où son mari est en sursis. Mon esprit se met à philosopher. Pourquoi la vie nous inflige-t-elle toutes ces épreuves ? Quels enseignements doit-on en tirer ? Lorsqu'on est enfant, on n'a qu'une seule envie : grandir. Devenir un adulte pour pouvoir faire ce que l'on veut. Et lorsqu'enfin on y est, on se rend compte qu'être un môme n'était pas si mal, mais on ne peut plus revenir en arrière. Est-ce dans la nature humaine de toujours devoir se remettre en question ? Quel est mon but ? Il y a deux jours, je voulais me marier avec David. Et pourtant, j'ai pris la fuite. Était-ce une étape dans mon chemin de vie ? Me marier avec lui, est-ce toujours ce que je désire le plus au monde ? Être à ses côtés dans les bons comme dans les mauvais moments ? Pour le meilleur et pour le pire, comme on dit.

— Hey, mademoiselle ! Vous allez prendre racine si vous restez plantée là ! me lance le conducteur du bus.

— Ah... euh... dis-je en sursautant.

— Désolé, je ne voulais pas vous faire peur. Tout le monde est parti sauf vous. Vous semblez perdue, vous avez besoin d'aide ?

— Peut-être bien. Je dois me rendre à cette adresse, dis-je en lui tendant le courrier de Franck. Peut-être pouvez-vous m'indiquer le chemin ?

— Bah, pourquoi ne regardez-vous pas sur votre téléphone ? Il y a des tonnes d'applis pour ça.

— Bon, laissez tomber. Je me débrouillerai, dis-je en regardant autour de moi.

— Vous, les Français, vous réagissez toujours au quart de tour ! dit-il avec un fort accent belge qui jusque-là m'avait semblé inexistant.

— Tout de suite, les généralités ! dis-je dans ma barbe.

— Ne me dites pas que vous n'avez pas de téléphone !

— Bah non, je n'ai pas de téléphone sur moi.

— Mais il est bien quelque part ? Rassurez-moi !

— Roooh. Oui, il est à Paris. Ça vous va comme réponse ? Vous voulez bien m'aider, oui ou non ?

— Perso, sans téléphone, je suis foutu. On va regarder vite fait.

Il tapote l'adresse de Franck dans son téléphone et le trajet apparaît.

— C'est à trois kilomètres d'ici.

— Ce n'est pas trop loin, je vais y aller à pied.

— Vous devez aller en direction du centre-ville, remonter l'allée principale en allant vers le musée Hergé, c'est dans ce coin-là. Juste à côté de la Polyclinique de Louvain-la-Neuve. Ça ira ? Vous ne notez rien ?

— Tout est dans ma tête... pour le moment.

— Alors, si c'est dans votre tête... Le bus nonante-deux peut vous y conduire. Vous irez plus vite et vous serez à l'abri. Le temps va se gâter, dit-il en regardant le ciel menaçant. Il est même prévu qu'il neige aujourd'hui.

— Vous avez bien dit « à côté de la clinique » ?

— Eh bien, il en a mis du temps, le message, pour arriver à votre cerveau ! Oui, mam'zelle, à la clinique ! Et vous feriez peut-être bien d'aller y faire un tour. Vous êtes étrange. Vous allez bien ? dit-il, suspicieux.

— Oui, je vais super ! Le bus nonante-deux, il part d'où exactement ?

— De là-bas ! dit-il en m'indiquant un abribus. La dame avec qui vous étiez en train de causer, elle le prend tout le temps. C'est une habituée.

— Ah, merci, monsieur ! Vous êtes trop cool ! Merci ! dis-je, hyper enthousiaste de retrouver ma copine de bus.

— Au plaisir ! Et merde ! Comme on dit par chez vous ! Vous avez l'air d'en avoir besoin !

— Vous avez raison ! Je ne vous dis pas... mais le cœur y est ! Au revoir ! dis-je en traversant.

— Attention ! hurle le chauffeur.

Oh putain ! C'était moins une ! J'étais en train de me jeter sous un bus. Je crie des excuses à l'attention de son conducteur qui peste derrière son volant, les deux mains à fond sur le klaxon, les deux pieds sur le frein. Tout le monde se retourne et je hurle :

— Ça va ! Je n'ai rien !

Ma mère m'a toujours reproché de ne pas regarder où je vais. Je ne vois pas le danger. Je pars toujours du principe que les autres feront attention pour moi. Il va vraiment falloir que je change. Ce serait idiot de mourir si jeune. J'ai toute la vie devant moi.

Je suis heureuse de rejoindre Évelyne qui ne comprend pas ce qui se passe.

— Est-ce que je peux venir avec vous ? dis-je à bout de souffle.

25.

Je lis la panique dans le regard d'Évelyne. Je dois vraiment faire peur à voir pour lui faire cet effet.

— Ça ne va pas bien, de traverser la route comme ça ! Vous vouliez vous faire tuer ? hurle-t-elle.

— Non. Ne me grondez pas, s'il vous plaît, dis-je, tel un enfant apeuré.

— Vous m'avez fait peur. Depuis que mon fils est mort, je suis sur le qui-vive. À chaque crissement de pneu ou de coup de klaxon, je fais des bonds. Que se passe-t-il, mon petit ? Je ne pensais pas avoir de vos nouvelles si vite.

— Je n'ai rien à faire avant ce soir, est-ce que je peux venir avec vous ?

— Si vous voulez, mais ce n'est pas très joyeux pour une jeune femme de votre âge. Vous pourriez visiter la ville, faire des musées ou que sais-je ? Il y a tant de choses à voir ici plutôt que d'accompagner une vieille femme qui va voir son mari inconscient, entre la vie et la mort.

— Je m'en doute bien mais je ne sais pas pour quelles raisons étranges, je sens que je dois vous accompagner.

— Comme vous voudrez mais je vous aurai prévenue.

— Je ne serai pas encombrante, c'est promis !

— Il ne s'agit pas de ça, bien au contraire. Vous êtes une bouffée d'oxygène dans mon quotidien bien lourd. Simplement, vos motivations m'échappent.

— Parfois, il ne faut pas chercher à comprendre. Je me surprends aussi en ce moment. Je suis imprévisible. Je suis mon feeling sans trop me poser de questions.

— Eh bien… Je suis honorée que vous m'ayez choisie comme partenaire du jour. Le bus arrive. Vous avez un ticket ?

— Euh, non, je n'avais pas vraiment prévu tous ces déplacements.

— Tenez, je vous dépanne. Il y a toujours des contrôleurs sur cette ligne. Ce serait dommage d'avoir une amende.

— Je vous remercie. En plus, je les attire, dis-je en me souvenant du contrôleur de train plutôt mignon qui m'a laissé sa carte, pas plus tard qu'hier.

Comment s'appelait-il déjà ? Ah oui, Jérôme.

Évelyne et moi montons dans le bus et saluons son chauffeur. Évelyne, c'est Moïse. La marée humaine s'ouvre devant elle. Autrement dit, plusieurs personnes s'écartent ou se lèvent sur son passage pour la laisser s'assoir, mais visiblement elle a ses habitudes. Elle s'assoit au milieu du bus, à côté de la barre où se trouve la sonnette pour demander l'arrêt au chauffeur. Je reste debout près d'elle, me tenant de toutes mes forces pour ne pas tomber. Personne ne me laisse sa place à moi. Tout de même, sans vouloir faire de généralités, les Bruxellois sont plus sympas que les Parisiens. À Paris, rares sont ceux qui lèvent, ne serait-ce que les yeux, lorsqu'une personne âgée ou même une femme enceinte s'approche d'une place assise. C'en est désolant. Pas étonnant que les Français aient une si mauvaise image auprès du reste du monde.

Évelyne entame une visite guidée. Je me croirais dans le Bus Tour, vous savez ce bus touristique que l'on voit dans toutes les grandes villes. Il ne me manque que les écouteurs. On atteint rapidement la Grand-Place et son hôtel de ville gothique, ensemble architectural classé par l'Unesco, m'indique ma guide privée.

— Le centre historique n'est pas loin, mais il est principalement piéton. C'est tout petit et très mignon. Il faut que vous alliez voir Manneken-Pis. C'est très touristique. Mais on ne peut pas venir à Bruxelles sans lui rendre visite, même si au final, on s'attend à ce que cette statuette soit bien plus grande en réalité. Au printemps, je viens souvent dans ce quartier déguster une bonne bière.

— De la bière ? dis-je, étonnée.

— Oui, mademoiselle. Vous avez bien entendu. Les vieux n'ont pas le droit de boire de la bière ?

— Si si, bien sûr !

— Ce serait quand même bien que vous y alliez faire un tour. C'est un comble de venir ici et de ne pas visiter les classiques. Combien de temps restez-vous ?

— Je ne sais pas. Je pense que Franck ne sera pas disponible avant ce soir. Selon l'heure à laquelle notre discussion se termine, j'irai chercher une petite chambre dans un hôtel. Et vous ?

— Mon autocar part à 18 h.

— Et pourquoi n'avez-vous pas choisi de vivre ici, près de votre mari ? Cela vous aurait évité les allers-retours incessants…

— J'aime notre maison. Notre fils, vous ai-je dit qu'il se prénommait Georges ? s'interrompt-elle en se grattant la tête.

— Oui, Évelyne. Vous me l'avez dit.

— Ah. Eh bien, Georges est enterré dans le petit cimetière voisin, à une centaine de mètres de la maison. Je lui rends visite le plus souvent possible. Au moins, pour lui, je ne suis pas obligée de prendre l'autocar. Mon époux adorait notre maison. S'il se réveille un jour, il sera forcément heureux de la retrouver. C'est lui qui l'a bâtie. De toutes les façons, je n'ai pas les moyens de vivre ici. Ce n'est pas avec ma petite pension que je pourrais me le permettre. Je préfère encore aller et venir, ça me fait une petite promenade et les frais sont pris en charge par l'État.

— Que vient faire l'État là-dedans ? Je ne comprends plus rien.

Évelyne soupire. J'ai conscience de remuer le passé. Certaines blessures ne guérissent jamais. Elle prend une grande inspiration, sort de son sac à main un mouchoir en tissu, comme seuls les anciens en possèdent encore, et se met à le triturer.

— C'est l'État belge qui paie tous les frais, médicaux et autres. C'est un homme politique belge qui a renversé mon Georges et l'enquête réalisée à l'époque l'a disculpé.

— Ils ont étouffé l'affaire, vous voulez dire ?

Le bus s'est immobilisé et, pour une raison inexpliquée, reste un peu plus longtemps à l'arrêt. Au bout de quelques secondes, nous entendons :

— Madame Évelyne, crie le conducteur du bus depuis sa place, vous ne descendez pas, aujourd'hui ?

— Oh, merci Jo' ! J'étais en train de discuter, je n'ai pas fait attention. Au revoir.

— À bientôt et mes amitiés à Maurice.

Croyez-moi si vous le voulez, mais tous les usagers ajoutent à l'unisson : « Au revoir, madame Évelyne ! »

Évelyne est une star dans ce bus. La convivialité ne m'a pas sauté aux yeux de prime abord, mais en y réfléchissant bien, il va de soi que si une personne prend chaque jour le même bus depuis plusieurs années, des liens se créent inévitablement, et puis cette femme est tellement attachante. Elle ressemble à Mary Poppins. Elle porte un grand manteau et un chapeau anglais et son visage exprime une immense gentillesse. On en était où, déjà ?

— Waouh, Évelyne ! Tout le monde vous connaît !

— Oh, pas vraiment ! Mais on voit souvent les mêmes têtes. Jo, par exemple, ne sait pas que Maurice est inconscient. Il pense qu'il est en rééducation dans une maison de repos.

— Une rééducation bien longue, alors...

— Je ne suis pas du genre à raconter ma vie, mon petit. Chacun ses problèmes.

— Vous avez raison. Je dirais même plus, chacun sa...

Son regard réprobateur m'empêche de terminer ma phrase. Nous traversons le parc Léopold en silence, les bouches cachées derrière nos cols tellement le froid est sec et cinglant. Le ciel est bas et blanc. La neige n'est pas loin. Je me congratule d'avoir chaussé mes baskets et mis mon anorak de ski. Quelques badauds flânent sur des bancs. J'espère qu'ils n'y sont que de passage. Quelques autres marchent vite, la tête dans le cou pour se protéger des courants d'air glacial. Enfin, une signalétique nous informe que nous sommes arrivées. Il n'y a pas eu long à marcher, heureusement. Quelques minutes de plus et je me congelais. De petits flocons de neige commencent à voltiger dans les airs lorsque nous entrons dans le bâtiment principal.

26.

Les « Bonjour ! » fusent de partout, ainsi que les sourires de compassion, lorsqu'Évelyne apparaît dans le champ de vision du personnel hospitalier. Elle fait partie des murs, c'est logique.

— Comment allez-vous ce matin ? lui demande une infirmière.

— Ma foi, ça va bien. J'ai fait une rencontre agréable dans l'autocar ce matin. Je vous présente Élisa.

Un petit groupe s'est formé autour de nous. Si l'une d'entre elles s'amuse à fredonner la chanson de Gainsbourg, je l'étripe. Malgré cette pensée néfaste, je souris pour saluer l'assistance, principalement composée de femmes. Elles me dévisagent comme si j'étais une bête de foire.

— Qu'est-ce qu'elles ont à me regarder comme ça ? chuchoté-je à Évelyne.

— C'est sans doute parce que vous êtes la première personne qui m'accompagne ici. Elles ne sont pas habituées. Je n'ai plus de famille. Je viens toujours seule, depuis des années.

— Bah, ce n'est pas une raison ! dis-je, boudeuse.

Nous poursuivons notre chemin jusqu'à l'aile ouest où se trouve le service réanimation. Soudain, une angoisse m'envahit. Je ne suis pas une grande habituée des hôpitaux. Juste avant d'entrer dans la chambre dans laquelle repose Maurice, j'attrape le bras d'Évelyne. C'est le tout premier contact physique que l'on a et il n'est pas de toute délicatesse.

— Que se passe-t-il ? On dirait que vous avez vu un fantôme, me lance-t-elle.

— Pas encore… Mais justement, à ce propos. Avant d'entrer dans cette chambre, je voudrais être préparée. Dans quel état est votre mari ? Je veux dire, est-ce qu'il est branché de partout ? Est-ce que je risque de prendre peur ?

— Prendre peur ? J'espère que vous plaisantez ! s'éclaffe-t-elle.

Loin de moi l'idée de faire de l'humour à cet instant précis et pourtant, Évelyne est pliée de rire. Elle me dit :

— Vous en avez de bien bonnes ! Vous, qui appartenez à la génération série TV, à vous extasier devant *Dr House*, *Grey's Anatomy* et autres horreurs sur le monde hospitalier, vous voudriez me faire croire qu'un homme allongé pourrait vous faire peur. Allons bon !

— Oui bah dans les séries, les gens survivent ou crèvent de suite, ils ne restent pas quatorze ans dans le coma !

— Il fallait y penser avant ! Allez-y ! Suivez-moi ! Il ne risque pas de vous manger.

Je suis la petite dame dans la chambre plongée dans la pénombre. Un bip régulier témoigne des battements du cœur de Maurice. Au moins, il n'est pas mort. Il est calme, le teint clair, on dirait une statue de cire du musée Grévin, sans la popularité. J'enlève mon anorak que je pose sur un portemanteau posé dans un coin de la pièce. Je ne sais pas ce qui me prend, soudain prise d'une envie de causer, j'initie les présentations.

— Ah, vous voilà donc, Maurice ! Enchantée de vous connaître, je m'appelle Élisa. Oui, je sais, Élisa comme la chanson de Gainsbourg. Je suis sûre qu'Évelyne et vous avez souvent dansé sur ce titre lorsque vous étiez plus jeunes. Eh bien, vous êtes loin d'avoir la pêche, mon gars, mais je m'attendais à pire. Vous avez plutôt bonne mine, dis-je en remontant le store pour illuminer la pièce.

Évelyne dépose une bise sur son front, se poste à ses côtés et lui attrape la main qu'elle porte à sa joue. Ses yeux s'embuent. Néanmoins, son sourire m'encourage à poursuivre mon monologue.

— J'ai rencontré votre épouse dans l'autocar. Elle est adorable, soit dit en passant. Elle m'a raconté ce qu'il vous est arrivé. Eh bien, dites donc, ce n'est pas banal, comme histoire. On pourrait écrire un roman sur votre vie. Quoique, niveau répondant, vous êtes un peu limité. Oh, regardez ! Il neige à gros flocons. La météo ne s'est pas trompée.

Évelyne se lève et s'extasie devant la fenêtre. Une larme roule sur sa joue fripée. Je m'approche d'elle et lui pose une main sur l'épaule.

— Tout ira bien. Ça ne va pas tenir. Et puis, si ça tient, nous passerons la nuit ensemble, en tout bien tout honneur, dis-je pour dédramatiser.

— Pourvu qu'elle tienne, dans ce cas ! Cela me changera de leur banquette. Parfois, lorsque je suis fatiguée, le personnel m'installe un petit lit d'appoint à côté de Maurice. Le règlement ne l'autorise pas, mais pour une fidèle cliente comme moi, ils font plein d'efforts.

Nous restons un petit moment à fixer les carreaux, sur lesquels une petite buée se forme au rythme de notre respiration. Nous avons une jolie vue sur le jardin déserté. La neige semble vouloir s'accrocher. Les larmes continuent de rouler en silence sur les joues de ma nouvelle amie. Je pense à ce fichu mouchoir en tissu qui n'est jamais là au bon moment. Je vais chercher le rouleau de papier toilette dans les WC et lui tends quelques feuilles. Elle ne peut s'empêcher de me sourire.

— Eh oui, le PQ, ça peut servir à plein de choses. Évelyne, pourquoi pleurez-vous ?

— J'imagine mon Maurice en train de déblayer l'allée de notre maison.

La scène se crée dans mon esprit. J'ignore pourquoi mais je sens la moutarde me monter au nez. Je m'adresse au vieux monsieur inerte sur un tout autre ton.

— Bon ! Maurice ! Ça suffit, maintenant ! Vous avez fait un long gros dodo ! Vous devriez être en pleine forme. S'il continue de neiger, il vous faudra nettoyer l'allée de votre maison, à Lille. Vous vous rappelez votre maison que vous aimez tant ? Elle aussi, elle vous attend. Il y a toujours des choses à faire dans une maison. Il est plus que temps que vous cessiez de dormir. Il serait peut-être bon de soulager votre épouse qui vous est restée fidèle tout ce temps. Vous ne croyez pas qu'elle a assez attendu ? Alors il faut choisir, soit vous restez pour vivre, soit vous vous barrez une bonne fois pour toutes, mais l'entre-deux a assez duré !

Évelyne est scotchée par la violence de mes paroles. Je ne suis pas fière de moi, mais il fallait que ça sorte. Une infirmière entre dans la chambrette avec deux plateaux-repas qu'elle pose sur une petite table.

— Que se passe-t-il ici ? C'est vous qu'on entend jusqu'au bout du couloir ? m'accuse-t-elle.

— Euh, non, je ne crois pas, dis-je, persuadée de ne pas avoir crié si fort.

— Si, c'est vous ! Vous n'avez pas honte d'importuner ainsi un patient ?

— Vous appelez ça un patient ? dis-je en indiquant Maurice et en m'énervant de plus belle. C'est un lâche, oui ! Depuis toutes ces années, il végétalise. Et pendant ce temps, cette pauvre femme subit. Avouez que c'est agaçant !

— Bon, ça suffit, maintenant, soit vous vous calmez, soit vous allez prendre l'air mais on n'a pas besoin de stress ici. On en a déjà assez comme ça, dit-elle, sur le point de partir.

— OK, je me calme, dis-je en me tournant vers la vitre. Je ne vais pas sortir par ce froid, je n'ai pas envie de me geler les miches !

— Élisa, mon enfant. M'enfin… qu'est-ce qui vous prend ?

— Je ne sais pas. Les hommes en général me déçoivent tellement, avoué-je, sentant les larmes menacer. D'abord, mon père qui s'est fait la malle pour vivre avec une fille qui pourrait être ma sœur. Puis mon futur ex-mari qui ose rentrer de soirée complètement ivre et couvert de traces de rouge à lèvres, Franck qui se barre en Belgique laissant sa femme et son enfant et maintenant Maurice qui joue à Hibernatus, j'en ai ras la casquette de la lâcheté des hommes.

— Ce n'est rien d'autre que la vie, ma chère. Nous aussi pouvons parfois les décevoir. Nul n'est parfait. Mangez ! Ça va refroidir.

— Manger ? Ces repas sont pour nous ?

— Bah oui, pour qui d'autre pourraient-ils être ? Maurice est nourri par une sonde et je ne vois que lui dans cette pièce. Cela fait partie de nos petits arrangements avec le personnel hospitalier. Aujourd'hui, vous êtes mon invitée, dit-elle en me faisant un clin d'œil. Bon appétit !

— Mais il est seulement 11 h 30…

— Oui, on mange tôt dans les hôpitaux, et alors ? Vous n'avez pas faim ? dit-elle en buvant son potage à même la tasse.

— Si… un peu.

— Alors, *taijo vos é mougnez* !

— Ce qui veut dire…

— Vous voulez vraiment le savoir ? Cela signifie taisez-vous et mangez !

Bon, puisque c'est un ordre. Je lorgne le plateau qui contient un petit potage fumant, une cuisse de poulet accompagnée d'une purée industrielle, un morceau de fromage sous vide et une compote de fraises. Waouh… un vrai festin ! pensé-je, ironique.

— C'est gentil… Merci pour l'invitation, mais laissez-moi vous offrir le dessert ! Un vrai ! dis-je en cherchant dans mon sac à dos fourre-tout le gâteau offert par Emmanuel juste avant que je ne prenne l'autocar.

Je déballe toutes mes affaires pour retrouver l'emballage en alu complètement ratatiné contre le livre que m'a prêté Céline.

— Il paraît que c'est le meilleur moelleux au chocolat de Lille. On va voir s'il est toujours aussi bon sous cette forme, dis-je en constatant qu'il est broyé.

— Et cela, qu'est-ce donc ? dit-elle en me montrant le livre.

— Bah, Évelyne, c'est un bouquin, dis-je sur un ton qui frôle l'insolence.

— Je vois bien que c'est un livre, banane ! lâche-t-elle de bon cœur. Mais ce qui en dépasse, ça m'a tout l'air d'être autre chose.

— Bah, c'est un marque-page, je présume, dis-je en découvrant une feuille de papier. Oh punaise, c'est un mot de Céline. Je crois, chère Évelyne, que vous allez encore devoir me montrer vos talents de graphologue.

— On verra ça plus tard mais d'abord, on mange !

Je repose le papier au bout de lit où gît Maurice et me jette sur mon plateau, obéissant à Évelyne afin de pouvoir découvrir au plus vite le contenu de la lettre de Céline. Je suis contente qu'elle m'ait écrit.

27.

J'ai englouti mon repas en quelques minutes à peine. Évelyne, elle, a décidé de prendre tout son temps et plus je trépigne d'impatience et plus elle mange lentement, dégustant chaque bouchée comme si elle se trouvait dans un restaurant gastronomique.

Tant pis pour elle ! Après tout, j'ai terminé mon déjeuner. J'ai même dévoré ma part du gâteau au chocolat, si on peut appeler ça une part. C'était plutôt de la charpie mais Manu avait raison, il était délicieux.

N'y tenant plus, je déplie la lettre de Céline. Première réaction : déception. C'est bref et loin d'être aussi détaillé que je l'espérais.

Élisa,
Voici tes chaussures. J'ai été tentée de ne pas te les rendre, mais après réflexion, je me suis dit que tu risquais d'en avoir besoin et je m'en voudrais de te retarder dans ton parcours. Malgré les apparences, je ne suis pas méchante. La situation avec Franck n'est pas tout à fait celle que tu crois.
Je te conseille de rentrer vite chez toi et d'avoir une explication avec David. Je m'excuse pour cette fin de soirée désastreuse. Elle avait pourtant bien commencé. Au final, c'est toujours de la faute des hommes. Si le voisin n'avait pas débarqué... J'espère que tu ne m'en veux pas de t'avoir mise à la porte. Sophie et Christina ont essayé de me raisonner, mais je suis trop fière pour faire machine arrière, dans bien des domaines.

Voici mon adresse mail et mon numéro de téléphone. J'aimerais bien avoir de tes nouvelles. Bonne continuation à toi. Heureuse vie !
Céline
celine5980@gmail.com
06 44 63 54 29

— Alors ? me questionne Évelyne en me dévisageant.

— Bah… Bof… pfff… prrr

— Comment ça ? Vous avez de ces façons de vous exprimer, la jeunesse d'aujourd'hui ! Donnez-moi ça ! dit-elle en m'arrachant la lettre des mains.

Que les vieux peuvent être agaçants, parfois ! En attendant qu'elle finisse sa lecture, je fixe Maurice avec l'espoir d'apercevoir le moindre mouvement. Hormis la paupière qui frétille légèrement, je ne vois rien de spécial. C'est glauque. Dehors, la neige continue de tomber. Dans d'autres circonstances, je serais contente, mais là, je me sens découragée. Je soupire.

— Alors ? dis-je, pressée.

— Oh là là… On a affaire ici à une femme isolée.

— Ah bon ? Vous êtes sûre ? Céline est pourtant bien entourée. Elle a son fils et ses deux meilleures amies.

— En tout cas, elle a une écriture très aérée et cela signifie qu'elle a peur des autres et du monde. Son écriture est tantôt penchée vers la droite, tantôt vers la gauche.

— Et ça veut dire…

— Qu'elle est tiraillée entre plusieurs tendances contradictoires. Qu'elle n'arrive pas à se positionner, ni à prendre de franches décisions et qu'elle préfère des solutions de compromis.

— C'est ouf ! Carrément bluffant ! Ça colle parfaitement ! Il faut que j'appelle Franck ! Vous pourriez me prêter votre téléphone, s'il vous plaît ?

— Bien sûr, mon petit, dit-elle en fouillant dans son sac à main. Tenez !

Elle me tend un très vieux Nokia avec des touches. Je saisis l'antiquité et j'éclate de rire. Loin de moi l'envie de me moquer, mais c'est exactement ce qu'il me fallait pour me remonter le moral.

— C'est ce que vous appelez un téléphone ?

— Ça sert à téléphoner, non ? me répond-elle, offusquée.

— Vous êtes exceptionnelle, Évelyne ! Il va falloir m'expliquer comment ça fonctionne, je n'ai pas connu ce modèle, moi ! Allez, je plaisante... Ça va le faire ! La jeunesse sait s'adapter !

Et toc ! Je récupère le post-it jaune fluo sur lequel Manu a griffonné les coordonnées de Franck et compose le numéro. Ça sonne. Pourvu qu'il décroche ! Une sonnerie. Deux. Trois... J'ai trop peur de basculer sur sa messagerie quand une voix masculine se fait entendre :

— Franck, j'écoute !

— ...

— Allô ?! Qui est à l'appareil ? s'impatiente-t-il.

— Euh, bonjour, pardon ! Je suis tellement contente que vous ayez décroché que j'en suis restée sans voix.

— Ah... Vous ne seriez pas la jeune femme d'hier soir ? Manu m'a dit que vous chercheriez sûrement à me joindre. Je ne pensais pas aussi vite.

— C'est bien moi. Je m'appelle Élisa. J'étais avec Céline hier soir et puis j'ai couché chez Manu, sur son canapé bien entendu, et là, je suis à Bruxelles à la clinique Léopold…

— Vous allez trop vite pour moi… Calmez-vous !

— Oui, pardon. Je suis surexcitée. Il faut que je vous voie le plus rapidement possible. Ce soir ? Maintenant ?

— Je suis à mon travail mais j'habite à proximité de là où vous vous trouvez. Vous avez dit clinique. Vous n'avez rien, au moins ?

— Non, la clinique, ce n'est pas pour moi.

— Tant mieux ! Je peux passer vous chercher, c'est plus simple, non ? Avec toute cette neige, je vais quitter le travail plus tôt et nous irons boire un verre. Ça vous convient ?

— Je préfèrerais venir chez vous, dis-je du tac au tac.

— Euh… Je ne suis pas certain que ce soit une bonne idée. On verra, OK ?

— Ah ?! Comme vous voudrez ! Je serai sans doute accompagnée, dis-je en regardant ma compagne du jour qui opine du chef, visiblement partante.

— Pas de problème. On se retrouve devant l'entrée principale à 18 h précises. Comment je vous reconnaîtrai ?

— Je porte un anorak bleu pétant et des Stan Smith.

— Très bien. Si j'ai un souci, je vous appelle à ce numéro ?

— Euh… Oui, ce n'est pas mon numéro perso, c'est celui d'Évelyne, mais de toute façon, on ne se quitte pas pour le moment.

— Bon, d'accord. Elle a l'air bien compliquée, votre affaire. Tentez de vous reposer d'ici ce soir. À tout à l'heure.

— OK ! À ce soir.

Je raccroche, soulagée. Tout se passe bien. La même infirmière qu'un peu plus tôt passe récupérer nos plateaux vides.

— Il y a de l'ambiance dans cette chambre. On vous a entendues rire. Il se passait quoi au juste ? nous demande-t-elle, curieuse.

Je pars du principe que le rire est contagieux et lui montre simplement le portable de la vieille dame.

— On riait à cause de ça !

L'infirmière explose de rire et toutes les trois, y compris Évelyne, sommes prises d'un fou rire sans précédent. L'infirmière se tient le ventre en criant : « Mon périnée, mon périnée ! » Je me demande pourquoi elle évoque la chaîne montagneuse lorsque je me remémore que Sarah, ma meilleure amie, avait dû rééduquer ce truc-là après la naissance de Ryan. Une autre infirmière arrive et voyant sa collègue à deux doigts de se faire pipi dessus lui lâche :

— Je t'avais pourtant conseillé les boules de Geisha.

J'ignore ce que viennent faire les boules de Geisha dans l'histoire, mais le fou rire se densifie. D'autres ne tardent pas à passer une tête dans la chambre. Maurice n'aura jamais eu autant de visites.

28.

Après un long et bon moment de joie, tout redevient calme. Toutes ces émotions m'ont donné un coup de barre. À moins que ce soit la digestion de notre somptueux repas. Quoi qu'il en soit, c'est l'heure de la sieste. Évelyne s'est assoupie sur une chaise, la tête posée près de la main droite de Maurice, avec l'espoir peut-être qu'il lui caresse les cheveux. Sa fragilité me saute aux yeux. Combien de temps devra-t-elle encore supporter l'inertie de son mari ? Maurice reste impassible et cela m'agace. Pour quelles raisons cet homme est-il bloqué entre deux mondes ? Pourquoi n'a-t-il pas réussi à se donner la mort ? Je ne suis pas au fait des circonstances exactes de sa tentative de suicide, mais s'il y a un motif pour lequel il est resté coincé ici, il faut le trouver. Et surtout, il faut l'aider ! Cette situation ne peut plus durer, ni pour lui, ni pour elle. Une petite voix me murmure : « Élisa, t'en as pas marre de vouloir sauver le monde ? Occupe-toi de tes fesses ! » Au diable la voix !

Je m'en remettrais bien à Dieu, mais il ne m'a pas souvent aidée et encore moins quand je le sollicite. J'ai reçu une éducation catholique classique, fortement induite par des grands-parents pratiquants. Mais force est de constater que je suis devenue athée. Et dans ce cas précis, si Dieu existait, Maurice se réveillerait. Maintenant. Raté !

Soudain épuisée par mes questionnements mystiques, je tombe de fatigue et m'endors assez profondément pour faire un rêve étrange, de ceux qui vous donnent l'impression de les avoir vraiment vécus.

Je suis, comme qui dirait, aux portes du paradis. Tout est blanc, des nuages flottent autour de moi. Je tourne en rond, impatiente. J'ai un rendez-vous, semble-t-il. Mais avec qui ? Au bout d'un petit moment, mamie Jeanne fait son apparition. Elle arrive droit vers moi, l'air furax. Moi qui croyais que tout le monde était heureux au paradis, ça n'a pas l'air d'être le cas de mamie.

— Élisa, je ne suis pas contente de ce que tu fais subir à ta famille, me lance-t-elle de but en blanc.

— Mais mamie...

— Il n'y pas de mais ! Tu dois affronter ta vie, pas la fuir !

Elle disparaît sans que j'aie pu me justifier, me laissant aux portes du paradis, triste et incrédule face à ses accusations.

Moi, je fais subir des choses à ma famille ? D'abord, mamie meurt, nous laissant dans la tristesse, ensuite, papa quitte maman pour une fille beaucoup plus jeune que lui, anéantissant encore davantage ma pauvre mère et enfin, David me trahit, mais à part ça, c'est moi qui malmène ma famille ? Je sursaute, le rêve est fini ou plutôt devrais-je dire le cauchemar.

Je me réveille, le cœur battant la chamade et la bouche pâteuse. Des relents douteux de mon haleine me montent au nez. Évelyne dort encore. Elle émet de petits ronronnements de chat. Maurice n'a pas bougé d'un poil. La barbe !

Je prends ma trousse de toilette et file dans la minuscule salle d'eau attenante pour me brosser les dents. Je frotte fort à m'en faire saigner les gencives. Lorsque je me relève après avoir rincé ma bouche, je découvre ma tête dans le miroir. J'ai une mine effroyable, des cheveux hirsutes tels de la paille, des traces de mascara sous mes yeux bouffis, la peau luisante, la totale. Heureusement que David ne me voit pas dans cet état. Ce serait une cause de divorce. « Encore faut-il être marié pour divorcer ! » me dit la voix.

Bref. Une chose est sûre, je ne peux pas rencontrer Franck dans cet état. Il ne me prendrait pas au sérieux.

J'ai été plutôt minimaliste sur le contenu de la trousse de toilette, mais avec un minimum de concentration, je devrais pouvoir arranger ça. D'abord, je me lave le visage avec du savon. Ensuite, j'applique ma crème de jour. Un peu de poudre, du mascara et un trait de crayon noir feront l'affaire. Pour finir, je me coiffe longuement. C'est déjà un peu mieux.

Lorsque je sors de la petite salle de bains, Évelyne n'a pas bougé. Je n'entends plus aucun bruit, si ce n'est le bip régulier des battements artificiels du cœur de son époux. Et si elle était morte ? *Oh my God* ! Je m'approche d'elle et lorsque mon oreille se trouve à quelques centimètres de sa tête, elle émet un ronflement digne d'un revenant qui me fait bondir. Que je suis bête ! Bien sûr qu'elle est vivante !

Je la laisse dormir encore un peu. J'ignore quelle heure il est. Il ne doit pas être loin de 17 h. En plus d'être partie sans portable, je suis partie sans ma montre. Une sacrée aventurière !

Dehors, la neige a cessé de tomber. Un fin manteau blanc revêt le parc de la clinique. Malgré la pénombre de la nuit qui approche, c'est très joli. Je reviendrai à Bruxelles un jour, c'est promis. Je veux en visiter chaque recoin. Au printemps, peut-être.

Je décide de sortir dans le couloir et d'aller en quête de l'heure. Je croise une infirmière qui marmonne toute seule et me permets de l'alpaguer :

— Je suis désolée de vous déranger, pourriez-vous me dire l'heure, s'il vous plaît ?

— Il est 17 h 15, bougonne-t-elle.

— Il est plus tard que je ne pensais. Merci, dis-je à l'infirmière qui a déjà tourné les talons. Attendez !

— Qu'est-ce qu'il y a encore ? me lance-t-elle tout en continuant d'avancer.

— C'est au sujet du patient, Maurice.

— Vous êtes de la famille ?

— Pas vraiment mais…

— Alors on ne vous dira rien. De toute façon, le concernant, il n'y a rien à dire.

— Allez, dites-moi juste s'il pourra se réveiller un jour.

— Franchement ?! dit-elle en s'arrêtant et en me fusillant du regard. À votre avis, dans quel état il serait s'il se réveillait ? Croyez-moi, il ne vaut mieux pas. On attend juste le feu vert de son épouse pour le débrancher mais apparemment, elle a encore besoin de réfléchir. Comme si quatorze années ne suffisaient pas. Elle croit à Saint-Nicolas, si vous voulez mon avis. Jamais il ne se réveillera, c'est médicalement impossible.

Je stoppe ma marche, les jambes coupées par cette affreuse nouvelle, une terrible évidence. Je ne connais Évelyne que depuis quelques heures, mais je l'aime déjà comme si elle était un membre de ma propre famille. Un peu comme une mamie adoptive. Je déboule dans la chambre, elle dort paisiblement. La main de Maurice, légèrement enflée, repose désormais sur ses cheveux. Il paraît que les gens dans le coma peuvent nous entendre. Je n'ai rien à perdre. L'émotion me gagne. Je m'approche de son oreille et lui murmure.

— Maurice, c'est moi, Élisa. J'espère que vous m'entendez. Je ne suis personne pour vous. Mais vous êtes quelqu'un pour elle. Elle vous aime de tout son cœur. Elle ne peut se résoudre à vous laisser partir. Vous devez vous battre ! Revenez à vous, s'il vous plaît, mais faites-le vite ! Ils ont demandé à Évelyne si elle était d'accord pour vous débrancher. Vous vous rendez compte ce que ça signifie pour elle ? On vous a pris votre fils, je peux comprendre votre douleur. Il n'y a pas pire que de perdre son enfant. Mais pensez-vous vraiment que Georges soit heureux de vous voir comme ça ? On ne peut pas changer le destin. On ne peut pas revenir en arrière, mais vous pouvez encore changer l'avenir. Le rendre meilleur. Allez, quoi ! S'il vous plaît... Revenez... Réveillez-vous ! dis-je un peu plus fort.

— Hein ?! Vous m'avez presque fait peur. Que se passe-t-il, mon petit ? marmonne Évelyne.

— Il est bientôt l'heure de notre rendez-vous. J'ai pensé que vous aviez assez dormi, dis-je en m'essuyant discrètement le visage baigné de larmes.

Et mince, je n’ai plus qu’à recommencer le maquillage.

29.

J'ai laissé Évelyne seule quelques instants pour qu'elle puisse saluer son mari. Devant la porte de la chambre, je me demande ce qu'elle peut lui raconter de différent par rapport aux nombreuses fois précédentes. Mon imagination s'active. Si ça se trouve, elle lui fait des « choses ». Aucun homme n'est insensible aux papouilles. C'est peut-être la solution. Je suis tentée de passer une tête dans la chambre pour suggérer à Évelyne de faire une petite gâterie à son mari. Non, mais ça va pas la tête ?! N'importe quoi ! Je m'en veux d'avoir eu cette idée si déplacée. Parfois, je mériterais des claques.

Je dois être très expressive car une infirmière me regarde, amusée. On m'a déjà dit, notamment quand j'étais en cours, que j'ai la fâcheuse manie de faire des mimiques lorsque je suis dans mes pensées ou lorsque je rédige. Par exemple, lorsque j'écris un SMS et que je mets un smiley clin d'œil et bien, je fais un clin d'œil à mon téléphone. C'est plus fort que moi !

Évelyne finit par sortir de la chambre, les yeux brillants.

— Tu es prête, on y va ? me demande-t-elle.

Je note qu'elle me tutoie, ce qui en soi n'est absolument pas un souci même si personnellement, je ne peux me résoudre à faire de même.

— Oui, allons-y ! Je suis ravie de vous embarquer avec moi dans cette affaire, lui dis-je avec un clin d'œil espiègle.

— Franck est déjà dehors. Il a envoyé un SMS pour prévenir qu'il se garait.

— Parfait ! Bon timing. Il est ponctuel, dis-je en regardant ma montre imaginaire. Couvrez-vous bien ! La différence de température risque d'être brutale dehors.

— À tantôt ! lance Évelyne aux membres du personnel de l'hôpital qui la saluent en retour.

Évelyne s'accroche à mon bras. Sur le perron, le vent glacial nous fouette le visage. Nous resserrons notre étreinte pour nous protéger du froid. À l'unisson, nous prenons une grande inspiration avant de descendre les quelques marches qui nous séparent de l'allée principale. Un mélange de sable et de sel y a été jeté pour faire fondre la neige. Quel dommage ! La neige fait partie de ces choses qui vous évoquent l'enfance.

Comme tous les enfants, j'ai toujours adoré marcher dans la neige immaculée, y laisser mes empreintes en premier, avant de faire le traditionnel bonhomme de neige sous le regard attendri de mes parents, alors heureux et unis.

Ici et maintenant, c'est de la bouillasse, rien à voir avec le souvenir de mon enfance. De toute façon, aujourd'hui, j'ai d'autres chats à fouetter que de faire un bonhomme de neige.

L'allée est glissante. Mes baskets ne sont pas si adaptées que ça à ce type de météo. On manque de tomber à plusieurs reprises, se cramponnant de plus en plus fort l'une à l'autre. C'est bien simple, si je tombe, elle tombe et vice-versa. Je me concentre pour que cela ne se produise pas.

À quelques dizaines de mètres, je vois une silhouette patienter. Il se dandine de gauche à droite. Cela doit être lui. Il doit être stressé à l'idée de cette rencontre étrange. Je marche plus vite, entraînant la pauvre Évelyne à mes côtés. Arrivée à la hauteur du gars, à deux doigts de me jeter dans ses bras, je l'interpelle :

— Bonsoir, désolée, on vous a fait attendre ?

L'homme se retourne, le visage couvert d'une longue barbe blanche, le Père Noël en personne. C'est un SDF. Je ne peux m'empêcher d'avoir un mouvement de recul lorsque ses yeux clairs se posent sur moi.

— Oh, deux anges ! dit-il, tout sourire. C'est mon jour de chance aujourd'hui. Deux pour le prix d'une ! ajoute-t-il avec une forte intonation belge.

— Euh, pardon ! J'ai fait une erreur, j'ai cru que vous étiez…

— Il n'y a jamais d'erreur, ma jolie. C'est un signe ! N'ayez pas peur, je ne vais pas vous manger ! Par contre, j'ai faim et froid, alors si vous aviez une petite pièce, une fois ! Ce serait bien aimable, une fois !

Je ne réfléchis pas longtemps. Poussée par un élan de générosité venu de je ne sais où, j'ôte un gant, plonge la main dans la poche intérieure de mon anorak à la recherche de quelques pièces. Au lieu de ça, mes doigts rencontrent un billet au montant alors inconnu et sans hésiter, je le tends au vieux monsieur. Il a raison de dire que c'est son jour de chance. Cinquante euros.

— Vous êtes certaine ? lance-t-il, incrédule, les yeux grand ouverts.

— Ça fait un peu beaucoup, renchérit Évelyne.

— Je n'ai rien d'autre. Prenez ! Considérez que c'est votre cadeau de Noël, en retard. Faites-en bon usage !

Après un temps de réflexion, il saisit le billet, le caresse comme s'il n'en avait jamais vu et le fourre rapidement dans sa poche. Lorsqu'il relève les yeux, emplis de larmes, il me saisit par les épaules et sans prévenir, m'attire dans ses bras. Je n'ai rien vu venir. Je suis pétrifiée, mais pour autant, je suis incapable de bouger. Je n'ai aucune envie de le priver d'un geste affectueux, même si je ne lui rends pas son étreinte. Tenir un bloc de glace reviendrait au même. Je suis en apnée par crainte de m'évanouir, mais heureusement pour moi, ce clochard est propre sur lui. Ou bien j'ai vraiment le nez bouché. Si ça se trouve, ce n'est même pas un clodo. L'embrassade dure quelques secondes, sous le regard ébahi d'Évelyne, impassible, le sourire aux lèvres.

— Que Dieu vous bénisse ! lance-t-il, en me relâchant enfin. Votre petite-fille est un ange, madame, dit-il à l'attention de ma vieille amie, toujours immobile à mes côtés.

— Hey toi, là ! Lâche cette femme ou j'appelle la police ! crie une voix masculine qui court vers nous, prêt à dégainer le poing.

— Non, mais ça ne va pas la tête ? On vous a pas sonné, vous ! crié-je.

— Bah justement, je crois bien que si ! C'est moi, Franck. Vous êtes sûres que tout va bien ? demande-t-il en nous regardant l'une et l'autre, comme si nous avions pu être contaminées par la peste au simple contact avec le sans-abri.

Je ne reconnais pas Franck de suite. Après tout, je n'ai vu cet homme qu'une seule fois, ça a duré deux secondes et demie, lorsque Loris m'a montré la photo qu'il cachait dans son livre. Et j'étais plutôt stressée à l'idée que Céline puisse découvrir nos manigances. Je le toise un instant de haut en bas. C'est plutôt un bel homme. Les cheveux poivre et sel, une barbe de trois jours et un charisme naturel. En effet, il ressemble en tout point à l'homme de la photo mais…

— Je peux voir votre pièce d'identité, s'il vous plaît ? dis-je, le plus sérieusement du monde.

D'abord amusé, il éclate de rire, puis il lâche :

— Vous avez raison, il vaut mieux être prudent par les temps qui courent. Voilà ! dit-il en me l'exposant sous les yeux. Satisfaite, mademoiselle ?

— Élisa suffira. Je vous présente Évelyne et lui, c'est juste un…

Je ne finis pas ma phrase, l'homme a disparu. Je reste sans voix. Par où est-il parti ?

— Ne restons pas là, suggère Franck. Il fait un froid de canard aujourd'hui et je ne suis pas très bien garé. Si vous voulez bien me suivre, mesdames, c'est par ici.

Nous le suivons dans une rue adjacente. Le trottoir est glissant, Évelyne se cramponne à mon bras. Jamais elle ne se plaint. Sa forme et son énergie m'épatent. Au même titre que je pouvais me questionner sur l'âge de Loris, je me demande maintenant quel âge a cette mamie. Même si elle ne le sera jamais puisqu'elle n'a plus d'enfant. D'une certaine façon, elle m'a moi, maintenant. Loin (dans tous les sens du terme) de mes grands-parents maternels et privée prématurément de l'amour de mamie Jeanne, restée veuve très tôt, j'ai décidé qu'Évelyne ferait partie de ma vie.

Je resserre mon étreinte, plus pour lui témoigner mon affection grandissante que pour la protéger d'une éventuelle chute. Nous arrivons devant la voiture devant laquelle une contractuelle est immobilisée.

— Oh non ! Pas ça ! Nous allons partir ! s'exclame Franck.

— Trop tard ! rétorque la pervenche. On ne peut pas se garer là et en plus, vous n'avez pas mis de ticket. La loi, c'est la loi.

Ce n'est vraiment pas de chance ! Si je ne m'étais pas attardée avec le clochard, on serait repartis avant qu'elle n'arrive. Tout est de ma faute, encore… Nous restons penauds, sans pouvoir articuler un mot. Elle feuillette son calepin à la recherche du feuillet à compléter quand une idée me vient. En France, tant que la rédaction n'a pas commencé, on peut échapper à l'amende. Je dois essayer de la dissuader de nous mettre un PV. Je ferme les yeux, pense à David, Maurice, Loris, maman et je sens immédiatement les larmes naître sous mes paupières.

— Chère madame, ne nous verbalisez pas, s'il vous plaît ! Mon père et moi sommes venus chercher mamie à l'hôpital. Cela n'a pris que quelques minutes, sincèrement ! dis-je en clignant des yeux pour faire descendre quelques larmes.

Punaise, c'est bon, ça ! Je ne suis pas peu fière de ma trouvaille. Mais rien n'est gagné. Elle ne relève même pas la tête, focalisant son attention sur son carnet duquel elle ne parvient pas à tourner les pages à cause de ses doigts gelés.

— Madame, s'il vous plaît ! Mon père n'est resté là que quelques minutes, répété-je. Mamie a passé l'après-midi au chevet de papi, qui est dans le coma. Vous avez bien des grands-parents, vous aussi ?

— Ils sont morts ! répond-elle, aussi froidement que la température extérieure.

— Ah. Mais si vous les aviez encore, vous seriez tout à fait capable de faire la même chose pour eux, dis-je en simulant un sanglot.

Bravo, Élisa ! Une vraie comédienne. La contractuelle, d'une cinquantaine d'années, droite ou plutôt rigide tel un i, a les épaules qui s'affaissent légèrement. Je vais l'avoir à l'usure. Elle n'a encore rien écrit.

— Papa, ne reste pas planté là ! Aide mamie à se mettre au chaud.

— Oh oui, oui ! Vous avez... Tu as raison, ma fille ! Mamie, euh maman, entrez... Euh entre donc, se reprend-il en ouvrant la portière côté passager.

La pervenche nous regarde, dubitative. Putain, il va tout faire foirer, ce boulet !

— Merci, Francky chéri ! ment exagérément Évelyne.

Ils en font trop, me dis-je, désespérée. Je tente le tout pour le tout en y mettant un max d'émotions.

— Madame, je sais que vous avez des quotas à remplir et tout et tout, mais ce serait vraiment adorable de votre part de nous laisser partir. Mon père n'est resté garé là que quelques minutes pendant que je suis allée chercher ma grand-mère devant la clinique. Mais avec la neige, elle a marché lentement. S'il vous plaîîîîîît...

Elle esquisse un sourire, pas très prononcé mais tout de même. Elle referme son calepin, les doigts violacés.

— Bon, allez... Personne n'en saura rien, dit-elle en regardant autour d'elle. Je vais rentrer chez moi. Je me suis gelée toute la journée. Vous êtes une bonne petite. J'ai des petits-enfants mais à l'allure où va le monde, je ne suis pas sûre qu'ils feraient de même pour moi dans quelques années. Bonne soirée en famille. J'espère que votre grand-père se réveillera vite.

— Oui, nous l'espérons tous. Merci beaucoup, vous êtes un amour. Dieu vous bénisse ! ajouté-je en pensant à la tirade du clodo.

— N'en faites pas trop quand même, mademoiselle.

— Désolée, c'est plus fort que moi. Encore merci ! dis-je avant de claquer la portière à l'arrière.

Elle nous salue de la main lorsque la voiture quitte sa place de stationnement. Je lui rends son salut et lorsqu'elle est assez loin pour ne plus nous voir, c'est le fou rire général dans la voiture.

30.

Le trajet en voiture se fait au rythme de la station de radio que Franck écoute : Classic 21. Il a baissé le volume sonore pour nous permettre de discuter, mais étrangement, tout le monde semble être dans ses pensées et personne ne pipe mot. Tout en regardant le décor bruxellois défiler, je m'amuse à imaginer ce qui peut se passer dans leur tête à ce moment précis. Évelyne doit se demander ce qui lui prend de me suivre dans cette mission si spéciale : réconcilier deux illustres inconnus pour ramener le père à son fils. À cette heure-ci, elle devrait se trouver dans son autocar qui la ramènerait dans sa maison, retrouver ses trois chats (une vieille dame seule a toujours plusieurs chats) et boire son petit potage en regardant tranquillement son programme préféré à la télé. Franck, lui, dont la nervosité est palpable, doit se demander ce que je vais bien pouvoir lui annoncer. En réalité, moi aussi, je me le demande. Je n'ai aucune légitimité pour ce que je m'apprête à faire. J'ai un gros moment de doute lorsque la petite bouille de Loris, tel un petit ange, me revient en mémoire. Voilà pourquoi je suis là. Parce que j'ai fait une promesse à ce petit garçon. Qu'il a volé une lettre à sa mère pour la mettre dans mon sac à dos. Qu'il veut que ses parents soient de nouveau réunis. Voilà pourquoi je suis là ! Telle est ma mission et je la mènerai jusqu'au bout. Je me gratouille la gorge avant d'engager la conversation :

— Que disent-ils ? Il est encore prévu qu'il neige pour cette nuit ou les jours à venir ?

Bah quoi ? La météo a toujours été une préoccupation pour tous. C'est le sujet idéal lorsqu'on ne sait pas quoi dire.

— Non. Apparemment, les températures vont se radoucir un peu, répond Franck.

— Je crois même qu'elle n'était pas prévue, cette neige, remarque Évelyne. En tout cas, elle ne l'était pas à Lille et pourtant Lille et Bruxelles ne sont pas loin.

— À Paris non plus… Je n'en ai pas entendu parler.

Et voilà, maintenant qu'on a tous sorti notre science au sujet de la pluie et du beau temps, le silence reprend ses droits dans l'habitacle. Peu friande des silences, je fais une nouvelle tentative :

— C'est encore loin ? demandé-je.

Je serais bien tentée de rajouter que j'ai envie de faire pipi mais je n'ai pas envie de passer pour une gamine.

— On arrive dans deux minutes.

— Ah, cool. Et du coup, on va où exactement ? Chez vous ou bien… ailleurs ?

— C'est là où j'habite. Mais je vous préviens, je ne vis pas seul. Ça risque d'être un peu bruyant.

— Ah oui ?! dis-je sur un ton qui est loin d'être amical.

Mais quel enfoiré ! Comment ose-t-il nous emmener chez lui ? Ce gars a une double vie, c'est clair comme de l'eau de roche. Je sens la colère monter en moi. Qu'est-ce que je fous là, sérieux ? Je sauterais bien de la voiture en marche, mais je me ferais mal. Et puis, je ne peux pas laisser Évelyne avec ce malotru. Je vois Franck qui me jette de petits regards amusés à travers le rétroviseur intérieur. Il a saisi mon malaise, ce fumier. Et en plus, il en rigole. Je me retiens de hurler des insultes. Je bous.

— Ça y est, nous y sommes. Je vous préviens, j'habite chez ma mère. Elle va sûrement vous demander qui vous êtes, et ce, à plusieurs reprises. Elle est atteinte de la maladie d'Alzheimer. Racontez-lui ce que vous voulez, de toute façon, elle ne s'en souviendra pas.

— Ah, ouf... m'exclamé-je. Je suis soulagée, dis-je à haute voix.

— Pauvre femme ! Ça ne va pas bien, Élisa, de te réjouir de sa maladie ?

— Oh mais non, bien sûr ! Je ne disais pas ça pour ça ! J'ai pensé que... Bon, laissez tomber !

— J'ai bien compris ce que vous aviez pu penser. Dites ! On pourrait peut-être se tutoyer, non ? suggère Franck.

— Oh oui, excellente idée ! À Lille, tout le monde se tutoie. On ne fait pas tant de manières avec le « vous », s'enthousiasme Évelyne.

— Si vous voulez ! dis-je, sachant pertinemment que je ne pourrai pas m'y tenir.

Il descend de la voiture en premier et se dépêche de la contourner pour délivrer Évelyne qui recherche désespérément la poignée. Moi, par contre, je suis livrée à moi-même avec mon sac à dos qui me paraît peser une tonne. Je m'extirpe avec difficulté de la voiture. Je regarde la maison familiale et inspire profondément. Et maintenant, c'est quoi, la prochaine étape de ce break improvisé ?

31.

Nous nous trouvons devant une belle et ancienne demeure en pierre, qui doit valoir une fortune, soit dit en passant. À l'avant, il y a un jardinet, actuellement tout blanc avec des tas de traces de petits pas. Il est assez grand pour accueillir une balançoire et une cabane de jardin. C'est obligé, il y a des enfants ici. Mais alors, à qui appartiennent-ils si Franck vit avec sa mère ? Après tout, si elle a un Alzheimer, il pourrait bien avoir une double vie qu'elle n'en saurait rien. Bon ! Et si j'arrêtais de fabuler pour une fois ? De toute façon, je serai vite fixée. Évelyne me saisit le bras et m'encourage d'un clin d'œil qui signifie « C'est parti, mon kiki ! »

Franck déverrouille la porte d'entrée de la maison quand une gamine lui saute dessus :

— Tonton ! Tu rentres tôt ce soir ! Ta journée s'est bien passée ?

— Oui ! Et la tienne, ma poupée ?

— Oh oui, on a fait des bonshommes de neige dans la cour. C'était trop bien ! dit-elle en sautillant de joie et d'excitation.

— Dis bonjour à mes amies ! Je te présente Élisa et Évelyne.

La môme s'avance vers nous avec une main tendue. C'est trop mignon et pourtant, je n'arrive pas à me détendre. Cette enfant occupe la place qui est réservée à Loris, c'est injuste.

— Bonjour ! me lance-t-elle avec un regard de coquine.

— Salut ! Moi, c'est Élisa. Et toi ? Comment tu t'appelles ?

— Juliette.

— Bonjour, Juliette. Quel âge as-tu ?

Je préfère le savoir de suite, c'est plus reposant. Au moins, comme ça, je ne me triturerai pas les méninges.

— J'ai six ans et deux tiers, me répond-elle, toute fière.

Évelyne, qui se tient à mes côtés, pouffe de rire.

— Moi, je m'appelle Évelyne.

— Bonjour ! Vous, vous êtes une mamie ! dit-elle avec malice.

— Allez, file de là ! la somme son oncle. Je suis désolé, mais vous voudriez bien retirer vos chaussures, s'il vous plaît ?

— Évidemment, avec ce temps de chien, il ne manquerait plus qu'on salisse votre intérieur, remarque Évelyne. C'est déjà tellement gentil de nous accueillir chez vous.

Je reste silencieuse, en mode observation. L'intérieur de la maison est très différent de l'extérieur. C'est hyper moderne, tout en étant chaleureux. L'entrée dans laquelle nous nous trouvons est hyper spacieuse. À droite, je devine qu'il y a la cuisine, car il en sort un parfum exquis d'un plat qui mijote. À gauche, j'entends le bruit de la télévision. J'en déduis qu'il s'agit du séjour. Un parquet en bois massif recouvre le sol, et les murs, fraîchement repeints, sont ornés de jolies toiles colorées.

Franck nous tend des chaussons tout neufs, encore dans leur emballage, estampillés de la marque des prestigieux hôtels Bristol. C'est clair, cette famille est blindée. Je comprends mieux qu'il puisse envoyer de gros chèques à sa femme. Mais tellement d'éléments m'échappent. Il me tarde de connaître le pourquoi du comment.

— Franck, je ne voudrais pas vous presser mais...

— On avait dit qu'on se disait « tu », m'interrompt-il.

— Ah oui, pardon. Évelyne et moi ne sommes pas d'ici et il nous faudra ensuite trouver une chambre d'hôtel pour la nuit. Et si on en venait au fait ?

Une femme fait son apparition, tel un ange. La trentaine, très jolie, les cheveux relevés en chignon, les yeux noisette et un sourire tellement craquant à tomber, impossible de lui résister. Voilà, maintenant, j'en ai la certitude, Franck la regarde avec une telle tendresse, c'est forcément quelqu'un d'important à ses yeux. Qui est-ce ?

— J'ai entendu le mot « hôtel ». Vous plaisantez, j'espère ? Vous dormirez ici ce soir. Cette maison est tellement grande. On ne reçoit jamais. Bonsoir, je suis la sœur de Franck. Marlène.

Oh ! C'est sa sœur. Bon sang, mais c'est bien sûr ! La petite l'appelle tonton. Je vois le mal partout, ma parole. Je me détends d'un coup et ai presque envie de lui sauter dans les bras. Comme une enfant intimidée, je m'approche d'elle en lui disant :

— Franck ne nous a pas dit qu'il avait une sœur. Désolée de débarquer chez vous à l'improviste.

— Ce n'est pas grave. On adore voir du monde. Tu es Élisa, n'est-ce pas ? dit-elle en me tutoyant d'emblée. Et vous êtes Évelyne, je suppose. J'ai entendu mon frère faire les présentations à Juliette.

— C'est exact, confirme Évelyne.

— Le dîner est bientôt prêt. Si vous voulez vous rafraîchir un peu, la salle de bains est au fond du couloir. Mettez-vous à l'aise ! Faites comme chez vous !

— C'est gentil, mais on ne va pas rester. Nous ne sommes que de passage. Nous devons avoir une petite conversation avec votre frère et nous partirons dans la foulée.

Évelyne me fait les gros yeux. Je crois qu'elle serait bien restée, elle.

— Il n'en est pas question, vous restez, un point c'est tout. Marlène a tout préparé. N'est-ce pas ma sœur ? ajoute Franck.

— Comme d'habitude ! répond-elle avec une pointe d'ironie dans la voix.

— Qui est là ? hurle une voix depuis le séjour.

— Des amies, maman ! répond Franck. Venez, je vais vous présenter ma mère.

Nous entrons dans le salon où une bombe semble avoir explosé. Des jouets et des livres sont éparpillés partout.

Marlène, qui a lu dans mes pensées, se justifie :

— Ne regardez pas le bazar ! On n'arrête pas de leur dire que cette pièce n'est pas une salle de jeu mais cela fait tellement plaisir à maman d'être entourée qu'à force, on laisse faire.

La mère de Franck et sa sœur sont deux photocopies, avec quelques années d'écart, bien évidemment. À la voir ainsi, on a du mal à croire qu'elle puisse être atteinte de la maladie d'Alzheimer.

— Bonsoir, madame ! dis-je en m'avançant vers elle, la main tendue qu'elle ne saisit pas.

Bim ! Un vent.

— Vous êtes qui, vous ? me demande-t-elle avec un regard absent.

— Je suis Élisa. Cette dame qui m'accompagne se prénomme Évelyne. Nous sommes des amies de votre fils Franck, dis-je avec douceur.

— Franck ? Connais pas de Franck !

— Maman, c'est moi, Franck.

— Ah oui, toi, je te connais.

— Bon, vous voyez le genre ? chuchote le concerné à notre attention.

Des pas résonnent dans la maison. Soit elle abrite des fantômes, soit nous n'avons pas fait la connaissance de tous ses résidents. Juliette dévale les escaliers pour venir à notre rencontre, sauf qu'une autre petite fille identique lui court derrière. Je crois que je deviens cinglée, voilà que j'ai des hallucinations.

— Les filles, arrêtez de courir ! hurle un homme depuis l'étage.

Les deux fillettes stoppent leur course devant moi, en ricanant. En même temps, je dois être vraiment drôle à voir, car mon regard les balaie à tour de rôle. Ce sont des jumelles.

— Toi, tu es Juliette, mais alors, toi, tu es qui ? dis-je.

— Non, c'est moi, Juliette !

— Et moi, je m'appelle Zoé, dit l'autre.

— Ah, bonjour Zoé !

Telle une tornade, elles ont déjà disparu dans une autre pièce. Eh bé, on ne doit pas s'ennuyer dans cette maison. Un chien fait également son apparition et comme je ne suis pas spécialement attirée par ces animaux à quatre pattes, il vient immédiatement me renifler le derrière. Enfin, l'homme dont on avait entendu la voix depuis l'étage arrive vers nous. Il a une bonne soixantaine d'années, légèrement courbé, les traits tirés, il semble vraiment épuisé. Sans même se rendre compte de notre présence, il prend place à table.

— Papa, nous avons des invitées ce soir, lui annonce Marlène : Élisa et Évelyne, deux amies de Franck, de passage à Bruxelles.

— Oh mon Dieu, pardonnez-moi, mesdames, j'étais dans mes pensées, dit-il, en se levant d'un bond pour venir nous saluer. Mon prénom est André mais tout le monde m'appelle Dédé. Vous a-t-on présenté mon épouse Caroline ?

— C'est fait, papa, lui fait remarquer Franck qui lui manifeste sa présence en appuyant sa main sur son épaule.

— Déjà là, toi ? C'est rare.

— Euh… Sans vouloir interrompre vos retrouvailles, quelqu'un pourrait-il dire à votre toutou d'arrêter de me persécuter, s'il vous plaît ? J'ai une peur bleue des chiens, dis-je en montrant le petit chien qui s'affaire sur ma jambe.

Tout le monde se met à rire. L'une des fillettes vient l'embarquer et je peux enfin me détendre… ou presque.

— Qui est là ? crie de nouveau leur mère depuis le salon, me faisant sursauter.

— Bon, puisque tout le monde est là, je crois que nous pouvons passer à table, déclare Marlène.

32.

C'est une sacrée tablée à laquelle il manque trois personnes, selon moi : Céline, Loris bien sûr et le mari de Marlène. Elle porte une alliance à sa main gauche, signe qu'il y a bien quelqu'un dans sa vie. Personne ne le mentionne. Il est peut-être en déplacement. Mon cerveau est en ébullition à force de me poser des tas de questions. J'ai besoin de m'isoler pour préparer mon petit speech destiné à Franck. Je me sens comme une cocotte minute, prête à exploser. Si j'avais su, je lui aurais imposé de nous voir sur un terrain neutre. Il y a trop de vie dans cette maison. À quel moment pourrions-nous discuter sans être dérangés ?

Les filles mangent soigneusement, mais cela n'empêche pas leur mère de les rouspéter. C'est elle qui fait le service. Au menu, poulet rôti et purée maison. Un pur délice. Je suis comme une gamine à la cantine, presque aussi enthousiaste que devant une assiette de raviolis et jambon. Je suis à deux doigts de sucer les os avec les doigts quand la fatidique question m'est posée :

— Alors, Élisa, qu'est-ce qui vous amène à Bruxelles ? me demande André.

Je feins de mastiquer pour gagner du temps. Personne ici ne connaît ma vie et je n'ai pas forcément envie de la leur raconter. Que dire ? Que je suis une fugitive parce que j'ai flippé que mon mec me trompe ? Que le hasard fait parfois bien les choses parce que cela m'a permis de rencontrer des gens que j'ai eu immédiatement envie d'aider ? Que le malheur des uns peut faire le bonheur des autres ? Je ne sais pas par quoi commencer et mon problème, c'est que je ne sais pas mentir. Ils me regardent tous en attendant ma réponse. Même les jumelles se sont tues. Oh, et puis mince alors, ils font partie d'une même famille. C'est maintenant ou jamais ! Encouragée par le regard bienveillant d'Évelyne qui me fait face à table, je me lance :

— Je viens de la part de Loris.

C'était déjà le calme plat avant que je ne parle, mais là, c'est le silence total. Même le cliquetis des couverts sur les assiettes a cessé. Franck blêmit à vue d'œil. Tous les regards sont affolés. Contre toute attente, c'est Caroline qui rompt le silence :

— Eh bien ! Dites-nous-en plus ! Qu'est-ce qu'il a, Loris ? dit-elle avec fermeté, sous les regards étonnés de son mari et de ses enfants.

— Il est malheureux. Il veut que son papa revienne vivre avec eux.

Sur ce, Franck fait une sortie fracassante. J'ai conscience d'avoir plombé l'ambiance. Marlène, perdue dans ses pensées, finit par déclarer :

— Quoi d'anormal à réclamer son père ? Tu devrais aller lui parler, Élisa. Il est parti dans le bureau. C'est la dernière pièce à gauche, au bout du couloir.

— Vous êtes sûre ? Je ne voudrais pas empirer la situation.

— Franck est quelqu'un de bien. De trop bien, même. Vas-y et raconte-lui tout.

Je frappe à la porte mais personne ne m'autorise à entrer. Tant pis, je suis têtue, plutôt mal polie et je n'ai pas la moindre intention de faire machine arrière. J'y suis, j'y reste. Lorsque je pénètre dans la pièce, l'odeur des livres et du bois ciré envahit mes narines. Franck est de dos, il regarde par la fenêtre. Je le rejoins et me poste à ses côtés. Nos épaules se frôlent presque.

— Je vais essayer de te la faire courte, Franck, finis-je par dire au bout d'un moment. Dans la nuit de lundi à mardi, mon petit ami a eu la bonne idée de rentrer à la maison après une soirée bien arrosée, couvert de traces de rouge à lèvres. Je venais juste de décider qu'il était temps de lui faire ma demande en mariage. Il m'a demandé de partir et sans réfléchir, je suis partie. Ne sachant où aller, je suis montée dans un train.

Franck pivote la tête. Je ne le connais que depuis quelques heures mais son regard en dit long. Il pense que ma réaction est stupide. Ce n'est que le début, je continue.

— En fait, je n'étais pas dans le bon train et la place qu'on m'a vendue était bien sûr occupée par quelqu'un d'autre. Pendant une demi-seconde, je me suis sentie idiote et seule au monde. Et puis, quelques mètres plus loin, une main s'est levée pour attirer mon attention : c'était celle de Céline.

Franck a un sursaut en entendant le prénom.

— Je me suis approchée. Un enfant dormait dans ses bras : Loris, ton fils. Elle m'a cédé sa place. Nous avons discuté un bon moment ou plutôt, c'est moi qui n'ai pas arrêté de causer. Elle m'a proposé de m'héberger une nuit ou deux, le temps de réfléchir. Je ne sais pas pourquoi, mais j'ai tout de suite eu confiance en elle. Ensuite, dans l'après-midi, alors que Céline s'affairait à nous préparer une petite soirée avec ses amies Christina et Sophie, Loris m'a parlé de toi. Il m'a demandé de te retrouver et de te ramener. Il me l'a fait promettre. Le soir, Céline a confié le petit à sa nounou. Les filles sont arrivées et la petite fête a commencé. On était un peu pompette. Nos sujets de conversation : vous, les hommes ! On faisait un peu trop de bruit lorsqu'Emmanuel a débarqué. J'ai voulu faire ma maline. J'ai commencé à lui poser des questions sur les sentiments des hommes et il a demandé un joker. C'est là que tu es intervenu. Céline était furieuse d'être mise ainsi devant le fait accompli, et au final, plutôt que de dormir chez elle, j'ai fini chez le voisin que tu connais et que tu as missionné pour jeter un œil sur les tiens, j'ai nommé Richard.

— Euh… Tu veux dire Manu ? demande-t-il, perplexe.

— Ah oui, Manu, pardon ! Je lui trouve des airs de Richard Gere alors pour moi, c'est Richard-Manu.

— Ah ah ! Eh bien, il t'en arrive, des choses… constate-t-il pendant ma pause.

— Et ce n'est pas fini ! Il m'a confié des choses, mais j'étais un peu… beaucoup dans les vapes et je n'ai pas tout retenu. J'ai préféré venir te rencontrer en personne. En plus, je l'avais promis au petit. Sur mon trajet pour venir en Belgique, j'ai fait la connaissance d'Évelyne, une femme adorable dont le mari est dans le coma depuis quatorze ans, tu imagines ? C'est pour ça qu'on était à la clinique cette aprèm. Bref, elle m'a aidé à interpréter ta lettre.

— Quelle lettre ?

— L'une des lettres que tu envoies en nombre à Céline et auxquelles elle ne répond pas.

— On peut savoir comment cette lettre est arrivée entre tes mains ?

— C'est ton fils qui l'a mise dans mon sac avant de quitter la maison. À tous les coups, il voulait s'assurer que j'irais au bout de ma promesse. C'est un coquin, ton fils ! Il ira loin dans la vie.

— Justement… On ne sait pas, dit-il dans un hoquet.

— Ah…

— J'imagine que c'est à mon tour de parler.

— J'aimerais beaucoup comprendre, en effet.

33.

Toujours figé devant les carreaux, Franck prend une grande inspiration avant de commencer son récit.

— Céline et moi sommes ensemble depuis la fac. Le coup de foudre immédiat. J'étais persuadé que ce genre de trucs était réservé aux nanas. En tout cas, je n'en avais jamais eu avant cette fois-là. J'ai tout de suite su que c'était elle, la femme de ma vie. On ne s'est jamais quittés. Après nos études, on a pris un studio et puis, quand les finances nous ont permis d'y penser, on a eu envie d'avoir un enfant. Enfin, plus elle que moi parce que perso, je n'étais pas vraiment prêt. Bref... On a essayé longtemps et puis, quand on a compris que quelque chose clochait, on a fait des tas d'examens, suivis de nombreux traitements. Cela a duré plusieurs années. On a fini par perdre tout espoir. On a tout arrêté. Moi, je m'en fichais plus ou moins, j'avais déjà des nièces...

— Juliette et Zoé ?

— Exact ! Mais pour Céline, c'était beaucoup plus difficile à admettre. Elle est fille unique et ne pas avoir de môme était inconcevable. Ce que je peux comprendre. Notre couple était au bord de la rupture quand Céline est tombée enceinte, comme par enchantement.

— Waouh ! Comme quoi, tout peut arriver ! C'est un miracle !

— Oui, on peut voir les choses comme ça. Mais les hommes sont cons, c'est bien connu ! Après l'euphorie, je me suis mis à penser que le bébé n'était peut-être pas de moi.

— Ah oui, ça, c'est très très con ! ne puis-je pas m'empêcher de dire.

— Oui, bon, il y a une raison à ça. En fait, les examens que nous avions faits par le passé révélaient qu'a priori, j'étais... dit-il, sans finir sa phrase.

— Impuissant ? suggéré-je, naïvement.

— Mais non, pas impuissant ! Cela n'a rien à voir ! N'importe quoi ! Je marche plutôt très bien de ce côté-là, remarque-t-il, vexé.

— Oui, bah, ça ne me regarde pas ! dis-je en rougissant. D'un point de vue médical, je n'y connais pas grand-chose...

— Le bon terme est stérile. En tout cas, il était apparu dans les divers examens que mes spermatozoïdes n'étaient pas des champions, loin de là. Pfff. C'est très gênant de parler de ça avec toi, Élisa.

— Écoute-moi bien, Franck ! Je n'ai pas fait tout ce chemin pour ne rien entendre. Dès demain, je disparaîtrai de ta vie, alors je te conseille vivement de continuer ton histoire.

— Eh bien, tu sais ce que tu veux, ma parole !

— Je dirais plutôt le contraire pour ce qui me concerne, mais on n'est pas en train de parler de mon cas. Continue, s'il te plaît ! J'ai hâte de savoir.

— Donc, Céline est enceinte. Sa grossesse ne se passe pas bien. Tellement anxieuse de perdre le bébé, elle est infernale. Elle ne veut plus que je la touche et... j'ai merdé.

— Putain ! T'es allé voir ailleurs !

— …

— Merde ! Vous ne pouvez pas vous empêcher ! Ah, ça m'énerve trop ! dis-je en me mettant à arpenter la pièce de long en large, jusqu'à en avoir le tournis et à me laisser tomber sur un canapé.

— Ce n'est arrivé qu'une fois ! se justifie-t-il. J'ai tellement culpabilisé, si tu savais ! Céline n'en a rien su, mais mes doutes sur la paternité plus ma culpabilité d'avoir fauté m'ont fait prendre mes distances. J'étais paumé. Imagine un peu ! On te dit que tu ne peux pas avoir de gosse, et puis, là, au moment où tu t'y attends le moins, on t'apprend que tu vas devenir père. C'est la révolution !

— Et après ? Parce que pour l'instant, je ne vois pas bien comment vous en êtes arrivés là.

— OK ! Loris arrive. C'est le portrait craché de sa mère. Les premiers mois ont été horribles. Il pleurait tout le temps. Il ne se calmait que dans les bras de sa mère et moi, je me suis senti rejeté une fois de plus. Alors, j'ai fait un autre truc très con.

— Encore ? Tu les cumules, dis donc ! C'est quoi, cette fois ?

— J'ai fait en sorte qu'on puisse faire un test de paternité à Loris. Il fallait que j'en aie le cœur net, que je sache si oui ou non, cet enfant avec lequel je n'avais aucun point commun était bien le mien.

— Ah oui, c'est très très con, ça aussi ! Tu as raison.

— Eh, oh, c'est déjà assez compliqué pour moi de dire tout ça, alors s'il te plaît, pas de commentaire intempestif !

— Pardon. Je t'en prie, ne t'arrête pas. Et donc, tu es le père ou pas ?

— Alors... il y a une bonne et une mauvaise nouvelle.

— Ah ! Commence par la bonne, s'il te plaît ! J'ai besoin d'une bonne nouvelle avant tout ! dis-je, impatiente.

— La bonne, c'est que je suis bien le papa de Loris.

— Génial ! Ah, super ! Vraiment ! Mais alors, où est le problème ?

— La mauvaise, c'est que Loris a une maladie génétique qui viendrait de moi. Je l'ignorais et elle ne s'est pas déclarée chez moi, mais Loris a eu quelques symptômes étranges. Il subit régulièrement des tests à Necker.

— Ah, je comprends mieux... dis-je en repensant aux allers-retours de Céline et Loris à Paris, les mystères de Céline et l'interrogation de Christina quand elle avait mentionné la santé du petit... Mince alors ! Et c'est... incurable ? finis-je par demander après un petit silence.

— On ne sait pas.

— Désolée d'insister, mais je ne comprends toujours pas pourquoi tu es parti de chez toi.

— Au début, Céline ignorait tout de mon initiative au sujet des tests. J'étais soulagé d'être le père, mais j'étais de nouveau perturbé. Je ne savais pas comment lui annoncer que notre enfant était porteur d'une maladie orpheline à cause de moi. Il fallait que je lui dise pour les tests et je n'ai pas su lui mentir. J'ai tout déballé.

— Tout ?

— Oui, tout ! On a eu une dispute violente. C'était l'été dernier. Au même moment, l'état de santé de ma mère a commencé à se détériorer. Mon père est vieux et ne pouvait pas s'occuper d'elle tout seul. Alors, j'ai profité de cette occasion pour m'éloigner un peu de chez moi. J'ai proposé à Céline de venir s'installer ici, mais elle n'a pas voulu. Elle aime son travail, et puis elle est plus proche de Necker où elle se rend tous les trimestres. Et puis, les relations avec ma famille n'ont jamais été au top. Chez moi, on lui a toujours reproché de m'avoir éloigné d'eux. Je n'étais qu'un gamin quand on s'est installés.

— Mais ta place est chez toi. Pas ici ! On ne fait pas des enfants pour les garder avec soi *ad vitam aeternam* ! C'est maintenant que ton fils a besoin de toi. Ta sœur assure parfaitement bien, non ? Et ton père paraît bien plus dynamique que tu ne le laisses entendre.

— Je sais, mais Céline ne veut pas me pardonner.

— Mince alors… Tu dois rentrer chez toi ! Coûte que coûte ! Vous devez parler, tout vous dire. Depuis quand vous ne vous êtes pas vus ?

— Depuis Noël. Mais ça ne s'est pas bien passé. Elle a dit qu'elle envisageait de mettre un terme à notre relation. Après plus de quinze ans. Après tout ce qu'on a traversé. C'est insensé ! Je me suis même demandé si elle n'avait pas déjà quelqu'un…

— Je ne crois pas.

— T'en sais rien ! Tu la connais à peine.

— C'est vrai, je n'en sais rien. Mais entre femmes, on se comprend. Je suis sûre et certaine qu'elle n'a personne. Que tu puisses t'éloigner de ta propre famille pour t'occuper de ta mère ne doit pas être facile à admettre.

— Au début, ce n'était que temporaire. Je travaille à mi-chemin entre Lille et ici. J'essayais de rentrer autant que possible, mais mon beau-frère, le mari de Marlène, est décédé d'une rupture d'anévrisme, en septembre dernier et…

— Mais c'est affreux ! dis-je, sous le choc de la nouvelle.

— Ma sœur était au fond du trou. Ma mère, n'en parlons pas ! Sa maladie a pris de l'ampleur et mon pauvre père a du mal à suivre…

— Oh, punaise… En attendant, vous ne pouvez pas tout foutre en l'air comme ça ! Ton fils est super intelligent et de ce que j'ai pu voir, il est en très bonne santé. Évelyne connaît du beau monde, son mari roupille à la clinique Léopold depuis des années. S'il a besoin de recevoir des soins ou de faire des examens, elle pourra vous épauler, vous trouver des médecins… Tu dois récupérer ta famille.

— Si c'était aussi simple ! Quand tu as dit que Loris voulait que je rentre, ça m'a fait un choc. On imagine toujours que les gosses n'ont pas de sentiments. J'ai été épaté de voir à quel point les jumelles étaient fortes quand leur papa est parti. Tu as raison sur toute la ligne. Je dois rentrer chez moi et le plus tôt sera le mieux.

— Bonne idée ! La meilleure que tu aies eue depuis longtemps ! dis-je, soulagée.

Les questions se bousculent dans ma tête, mais l'attitude de Franck a changé. Je comprends que les confessions touchent à leur fin.

— Et si on y retournait ? Ils doivent s'inquiéter, là-bas, suggère-t-il.

— Oui. Allons-y. En plus, j'ai besoin de sucre.
— Merci, Élisa. Pour tout.
— Je n'ai pas fait grand-chose.
— Si ! Beaucoup plus que tu ne le crois.

34.

Lorsque nous réapparaissons dans la cuisine, le regard de Caroline s'est transformé. Caroline, c'est la mère de Franck, soi-disant atteinte d'un Alzheimer précoce. Eh bien, Caroline se lève et entreprend de débarrasser la table sous les regards médusés du reste de la famille.

— Mais maman, laisse ! On va le faire, lui dit Marlène.

— Non, ça suffit, maintenant. Je ne suis pas sénile non plus. Je peux encore vous aider dans les tâches quotidiennes. Franck ! dit-elle, autoritaire, en le pointant du doigt, il est temps que tu rentres chez toi ! Ta place n'est plus ici. La prochaine fois que tu remettras les pieds dans cette maison, tu seras accompagné de ta femme et de ton fils.

— Mais… bredouille Franck, complètement abasourdi.

— Il n'y a pas de mais ! Loris est malheureux et ce n'est pas normal. Il a un père, c'est toi ! Et tu dois être à ses côtés. Je dirais même plus, tu dois être à leurs côtés. Quel homme quitte sa famille pour s'occuper de sa mère, de son père ou de sa sœur ? Mais on est où, là ?

— Caroline ? Tu es sûre que tu vas bien ? lui demande André, légèrement inquiet.

— Oui, Dédé, je vais même très bien.

— Maman, assieds-toi, s'il te plaît. Tiens, bois un verre d'eau. Toutes ces émotions, ce n'est pas bon pour ton cœur.

— Oh, arrête un peu de m'infantiliser, Marlène ! Mon cœur va très bien. Il a juste un peu souffert ces derniers mois. Parce que je m'inquiète pour vous, mes enfants. Mais tout va s'arranger, à présent. Franck, appelle ta femme ! Tout de suite !

— Quoi, maintenant ? demande-t-il, avec un air de garçonnet pris en faute.

— Oui, la pause a assez duré.

Je commence à avoir chaud. Céline ne voudra jamais lui parler. Elle va encore sortir de ses gonds, sauf si...

— Attendez ! J'ai une idée, dis-je. Elle ne décrochera pas si tu l'appelles avec ton téléphone portable, mais elle décrochera sûrement si c'est un numéro inconnu.

— Excellente idée ! s'écrie Évelyne. Vous allez utiliser mon mobile. Tenez ! Bonne chance, mon grand !

Franck sourit lorsqu'il découvre le téléphone portable de la vieille dame. Cela me rappelle le fou rire que ce vieux coucou a généré lorsqu'on était à l'hôpital un peu plus tôt dans la journée. J'en ai presque des douleurs aux abdominaux tellement j'ai ri durant ces dernières heures.

Tout le monde a les yeux braqués sur Franck, encore indécis, lorsque ledit téléphone se met à sonner.

— C'est Léopold qui vous appelle. Vous voulez décrocher ?

— Léopold ? Maurice ! Il est arrivé quelque chose à Maurice ! panique la vieille dame sous les regards d'incompréhension des autres personnes présentes.

Je suis prise d'un violent spasme intestinal. C'est le stress. Et en général, le stress me donne instantanément envie d'aller aux toilettes. Inutile de vous faire un dessin, je pense que vous avez saisi. Les autres n'y comprennent rien et se jettent des regards inquisiteurs. Léopold, Maurice, deux hommes pour la même dame, et pas toute jeune en plus, cela peut surprendre, en effet. Mais ils ignorent tout.

Évelyne se précipite sur Franck pour lui arracher le téléphone des mains et, de son index tremblant, appuie sur la touche verte pour décrocher.

— Allô ? dit-elle, inquiète. Que se passe-t-il ? Vous ne m'appelez jamais d'habitude ! Qu'est-il arrivé à Maurice ?

— ...

— Euh oui, pardon. Je vous laisse parler. Dites-moi tout, docteur ! Je suis tout ouïe.

— ...

— Hum hum. Mais... Vous êtes sûr ? Ce n'est pas une mauvaise blague, au moins ?

— ...

— Pardon. Oui, oui ! Très bien. Merci ! On arrive dès que possible, dit-elle en posant le téléphone sur la table.

Pendant un laps de temps, elle reste immobile puis, dans un geste de désespoir, elle saisit la carafe d'eau et sans réfléchir, se déverse le contenu sur le visage avant d'en avaler quelques gorgées qui lui tombent directement dans la bouche. La vieille dame est trempée. Les cheveux dégoulinants, ce n'est pas très beau à voir. Elle se laisse tomber sur une chaise, les yeux dans le vide. Marlène lui tend un torchon qu'elle pose sur sa tête. Le tableau est risible mais personne ne bronche.

— M'enfin Évelyne ! Qu'est-ce qui se passe ? lui demandé-je, stupéfaite par sa réaction.

— C'est Maurice…

— Bah quoi ? Qu'est-ce qu'il a, Maurice ? Parlez, enfin ! dis-je, sur un ton pressant.

— Les machines se sont emballées. Lorsque les infirmières sont arrivées dans sa chambre, il était réveillé. Il a prononcé mon prénom. Et le tien, Élisa.

— C'est une plaisanterie ?

— Ai-je l'air de plaisanter, mon enfant ?

Je saisis la carafe des mains d'Évelyne pour reproduire son geste. Heureusement pour moi, le broc est déjà vide. Je reçois à peine quelques gouttes sur le nez, ce qui a au moins le mérite de faire ricaner les jumelles.

— Tenez ! Buvez plutôt un peu d'eau, me suggère Caroline qui me refourgue le verre que lui proposait Marlène un peu plus tôt.

Comme si l'eau pouvait être une solution. Néanmoins, je le prends de bon cœur, imaginant qu'il contient un mojito bien corsé et le bois d'une traite. L'eau est glacée et cela ne va pas arranger mes affaires d'intestins, pensé-je après coup.

— Cela semble être plutôt une bonne nouvelle, non ? hasarde Dédé. Il dormait depuis longtemps, Maurice ?

— D'après Élisa, il « roupille » à la clinique depuis un certain temps, répond Franck qui reprend mes propos lors de notre conversation privée.

Évelyne étant devenue muette, je décide de leur expliquer la situation en quelques mots.

— Maurice est le mari d'Évelyne. Il est dans le coma depuis quatorze ans, deux mois et douze jours, dis-je fière d'avoir la mémoire des chiffres.

— Treize ! rectifie la vieille dame qui retrouve enfin l'usage de la parole. Il faut qu'on y aille ! se lève-t-elle, avec le torchon posé sur sa tête.

— Attendez ! Vous ne pouvez pas y aller dans cet état ! Avec tout le respect que je vous dois, Évelyne, votre mari ne vous a pas vue depuis des lustres, il faut que vous soyez la plus jolie des femmes, lorsqu'il vous découvrira.

— Oh oui ! Élisa a raison ! s'enthousiasme Caroline en tapant dans les mains. Laissez-moi m'occuper de vos cheveux. J'étais coiffeuse dans le temps.

— Oui, enfin... C'était il y a très longtemps quand même, ma chérie... remarque Dédé.

— C'est vrai, ça, mamie coiffe super bien nos Barbie, réplique Juliette.

À moins que ce ne soit Zoé.

— Faites comme vous voulez mais faites vite ! Il faut qu'on y aille. Franck, vous voulez bien nous y conduire ?

— Bien sûr ! répond-il, heureux d'être utile.

Toutes les femmes s'affairent autour d'Évelyne. Comme chez une future mariée qui doit se rendre à l'autel, diverses émotions s'enchaînent sur son visage. Tout y passe : joie, doute, stress, surprise...

Pour ma part, je n'en reviens pas. J'ai l'impression de rêver. Rêver ou cauchemarder, je ne sais pas. Se peut-il un seul instant que mon monologue ait été entendu par Maurice ? Un frisson me parcourt. En attendant d'en savoir plus, tout le monde semble avoir oublié que

Franck avait une mission avant que le téléphone ne sonne : celle d'appeler sa compagne.

35.

Franck met le turbo et heureusement pour nous, aucun policier ne patrouille dans les rues bruxelloises en ce début de soirée. La circulation est encore assez dense et pour cause : la neige fondue ne facilite pas les choses. Je m'accroche à la poignée du plafonnier lorsque les virages sont un peu rudes. Évelyne est muette et immobile, et malgré la poudre rosée appliquée sur ses joues, elle reste blanche comme un linge. La pauvre… Dans sa tête, ça doit aller aussi vite que sur la route.

Nous mettons quelques minutes à peine pour rejoindre la clinique Léopold alors que le trajet pour aller chez Franck m'avait semblé durer une éternité.

Un comité d'accueil nous attend lorsque nous arrivons dans le couloir qui mène à la chambre de Maurice.

— Ah, vous voilà ! nous lance une infirmière peu commode, celle-là même qui m'avait snobée dans l'après-midi en me disant que jamais Maurice ne pourrait se réveiller.

— Nous avons fait le plus vite possible. Est-ce qu'il est éveillé en ce moment ? s'inquiète Évelyne, accrochée à mon bras.

— Il dort, mais cette fois, il s'agit juste de sommeil. Ses fonctions vitales montrent qu'il est sorti du coma. Il n'a pas dit grand-chose. Sa voix était à peine audible. C'est qui, eux ? dit-elle en nous désignant d'un signe de tête dédaigneux.

— Ils sont avec moi, répond Évelyne en resserrant son étreinte sur mon bras.

— Vous savez que seule la famille proche peut entrer.

— Écoutez-moi bien ! Si Maurice s'est réveillé aujourd'hui, c'est grâce à cette jeune femme. Et ce monsieur nous accompagne. Que ça vous plaise ou pas, c'est pareil ! Ils sont et restent avec moi.

— Bon, bon… Comme vous voudrez ! Mais sachez que votre mari est très fatigué.

— Moi aussi, je le suis. J'ai attendu ce moment depuis tellement longtemps que je n'osais plus y croire. S'il vous plaît, si votre présence n'est pas nécessaire, alors laissez-nous, maintenant, dit-elle avant de pénétrer dans la chambre de son époux. Vous deux, venez avec moi ! Ne me lâchez surtout pas ! nous ordonne-t-elle à Franck et moi.

Nous la suivons sans dire un mot. Je vois à la tête de Franck qu'il serait très volontiers resté dehors. Moi aussi, j'avoue. Nous n'avons rien à faire là. La situation est très particulière.

Je pose mon regard sur le nouveau Maurice, celui qui dort tout simplement et malgré cette nouvelle donne, je ne peux pas m'empêcher de repenser au corps inerte de mamie Jeanne, le jour de son enterrement. Je lui avais pourtant dit, à mon père, que je ne voulais pas la voir dans son cercueil. J'avais peur que cette image me hante jusqu'à la fin de mes jours. Papa m'y a forcée. « Nos origines italiennes nous y obligent. C'est la tradition, c'est comme ça », avait-il dit. C'était il y a un peu plus de deux ans. La tradition, tu parles ! Dès que mamie est morte, il n'en a fait qu'à sa tête, à commencer par quitter maman. Je lui en veux, il ne se doute même pas à quel point.

Franck pose ses mains sur mes épaules. Le geste me fait sursauter. Perdue dans mes pensées, je ne me suis pas rendu compte que je suis en train de pleurer. J'essuie mes larmes d'un revers de manche. Évelyne s'est agenouillée par terre. Elle a saisi la main de son mari, sur laquelle elle dépose de tendres baisers sans interruption.

Cela me semble durer des heures. J'ai des fourmis dans les jambes. Je m'assois sur le bout du lit sans y être invitée. Franck s'est assoupi sur le fauteuil près de la fenêtre. On n'entend pas un bruit, à part la respiration calme de Maurice sous le masque à oxygène, les ronronnements de Franck et les petits sons émis par les bisous d'Évelyne qui ne fatigue en aucun cas.

Je suis à deux doigts de m'endormir aussi lorsque le pied de Maurice s'agite sous ma fesse droite. *Oh my God !* Je me lève d'un bond et écrase au passage le pied de Franck, qui hurle un beau « Aïe ».

— Oh, pardon, Franck ! Évelyne ! Évelyne ! Je crois qu'il se réveille, dis-je en chuchotant.

— Oh, mon Maurice, je suis là ! J'ai toujours été là.

— Mais non, Élisa. C'était juste un réflexe. On voit bien qu'il dort.

Sauf que Maurice tourne la tête et de sa main qui se déplace au ralenti, il retire son masque à oxygène.

Évelyne, qui n'en croit pas ses yeux, appuie sur la sonnette pour appeler à l'aide. On entend les pas des infirmières qui courent dans le couloir. La porte s'ouvre à la volée.

— Ça va, ici ? demande une infirmière avec inquiétude.

— Il a retiré son masque. Est-ce qu'il peut faire ça ? questionne Évelyne, paniquée.

— A priori, oui. Maurice, est-ce que vous nous entendez ? lui demande-t-elle. Secouez la tête si vous nous entendez. Est-ce que vous pouvez bouger la tête ?

— Oui, oui, je l'ai vu faire, il y a quelques secondes. D'ailleurs, on l'a tous vu, hein ? Pas vrai ? dis-je, espérant révéler une information capitale.

L'infirmière me fusille du regard. Je comprends qu'elle se fiche pas mal de ma remarque et qu'elle essaie juste de stimuler Maurice.

— OK ! OK ! Je me tais, c'est promis ! dis-je, gênée, en cousant mes lèvres avec une aiguille imaginaire.

— Maurice ? reprend-elle.

L'homme tourne tant bien que mal la tête, mais son regard s'arrête sur Évelyne. Ses yeux s'emplissent de larmes. Il n'y a pas que les siens, d'ailleurs. Les miens sont inondés, mais j'ai promis de ne plus émettre un son. Quant à Évelyne, elle a plongé sa tête dans le creux de son cou.

— Mon tendre amoureux ! Enfin ! Tu m'entends ?

Maurice sourit et ses lèvres s'entrouvrent. Il va dire quelque chose. Dans la pièce, nous avons tous cessé de respirer. Nous sommes suspendus à ses lèvres qui tremblent pour articuler un très faible : « É – É – É – É… »

Le disque est rayé, pensé-je.

— Oui, mon Maurice, c'est bien moi, É – ve – ly – ne. Je suis là. Essaie de le dire ! Tu vas y arriver.

Grâce aux encouragements de son épouse, Maurice ne s'avoue pas vaincu. Il retente.

— É – É – É – lisa, finit-il par lâcher.

— Quoi ? Il a dit ce que je crois qu'il a dit ? dis-je à mon entourage, en ayant une subite envie de courir aux toilettes.

Évelyne ne s'offusque en aucun cas et répond le plus calmement du monde :

— Oui, Élisa est là aussi ! Viens, approche donc... me suggère-t-elle en me tendant la main.

— Euh, salut, Maurice ! Ça gaze ? dis-je maladroitement.

Tout le monde explose de rire dans la pièce, sauf Maurice, bien sûr. Je suis hyper mal à l'aise. Il n'a pas parlé pendant tout ce temps et la seule chose qu'il parvient à bredouiller, c'est le prénom d'une parfaite étrangère.

Les yeux de Maurice balaient la chambre et se posent un moment sur Franck. À nouveau, les larmes emplissent ses paupières. Je crois que le vieux a perdu la boule durant son coma. Il ne quitte plus l'homme du regard et tente à nouveau de dire quelque chose.

— Geo, Geor, Georges... C'est toi, mon fils ? parvient-il à prononcer, lentement mais sûrement.

Franck ne sait pas quoi dire, ni quoi faire. Immobile telle une statue, il implore Évelyne de lui venir en aide. La pauvre femme est déstabilisée. Qui ne le serait pas ? Faut-il vraiment dire à cet homme que son fils est mort depuis quinze ans et prendre ainsi le risque que cela ne provoque un nouveau traumatisme ?

Évelyne prend une grande inspiration. Elle regarde Franck, comme pour s'excuser et lui dit, en retenant un sanglot :

— Georges, viens saluer ton père !

— Salut Pa' ! Ravi de te revoir parmi nous ! ment-il en s'approchant un peu plus près de lui.

— Bon, ben, on dirait que vous n'avez plus besoin de moi, annonce l'infirmière. Maurice, soyez le bienvenu parmi nous ! Vous êtes de nouveau sur les rails, il n'y a plus qu'à suivre la bonne voie. Un médecin viendra vous voir dans quelques minutes. Ne forcez pas trop, d'accord ? Vous devez garder des forces. Est-ce que vous avez besoin de quelque chose d'autre ? dit-elle avant de partir.

— Pipi... dit le vieil homme.

36.

L'infirmière nous invite à quitter la pièce. Elle doit replacer une certaine sonde, mais je reconnais que je n'ai pas très bien compris de quoi il s'agissait exactement. Il y a des choses qu'il ne vaut mieux pas savoir.

Dans le couloir, un groupe nous saute littéralement dessus. Une femme dégaine son micro devant la pauvre Évelyne, abasourdie.

— Tu filmes, là ? Filme, enfin ! ordonne-t-elle à l'attention du jeune caméraman qui l'accompagne. Madame ! dit-elle à Évelyne, il paraît que votre mari vient de sortir du coma. Après quatorze ans ! Est-ce que vous vous y attendiez ?

Quelle question idiote ! pensé-je. Il faut vraiment être stupide pour ne pas se douter de la réponse.

— Mais qu'est-ce qu'ils foutent là, eux ? demandé-je aux infirmières dépassées par les évènements. Qui les a prévenus ? Évelyne, ne répondez pas ! Cela ne regarde personne, dis-je en m'interposant devant la caméra pour compromettre le reportage.

— Allez, dégagez d'ici ! lance Franck, qui me rejoint devant l'objectif, hors de lui. On ne peut pas être tranquille. Toujours à l'affût d'un fait divers ! Du vent ! Ouste ! Dégagez !

Les pseudo-journalistes, effrayés par tant d'animosité, quittent les lieux sans broncher. Évelyne s'affale sur un banc et commence à sangloter. C'est la pression qui retombe.

— Du chocolat, il nous faut du chocolat !

Je regarde autour de nous et constate la présence d'une jeune infirmière désœuvrée, en train de pianoter frénétiquement sur son portable.

— Hey, toi !? Au lieu de jouer avec ton téléphone, tu peux m'indiquer un distributeur ? dis-je, peu conciliante en réalisant que, si ça se trouve, c'est elle, l'indic des journalistes.

Oh, punaise ! Et si c'était le cas ? Je vais me la faire ! Je me lève, laissant Évelyne entre les mains de Franck et me dirige droit sur la jeune femme, tellement absorbée par son portable qu'elle ne me voit pas venir.

— Hey, je te cause ! dis-je à la jeune femme, à peu près de mon âge (sinon, je ne me serais pas permis de la tutoyer).

— Hein ? Oui ? fait-elle en reculant d'un pas.

— Vous êtes censée nous aider quand on vous appelle, non ?

— Désolée, je faisais quelque chose d'important.

— Ah oui ? Quoi, exactement ? N'est-ce pas interdit d'utiliser son mobile sur son lieu de travail ? Et les panneaux, là, ils comptent pour du beurre ? dis-je en lui arrachant le portable des mains.

Je m'en veux un peu d'être aussi agressive mais il se trouve que je suis à fleur de peau et qu'il ne faut pas me prendre pour une imbécile. Lorsque je découvre qu'elle est en train de rédiger un e-mail à *La nouvelle Gazette*, mon sang ne fait qu'un tour. Je ne trouve rien d'autre à faire que de lui subtiliser l'appareil.

— Confisqué ! dis-je en le mettant dans ma poche.

— Mais vous ne pouvez pas faire ça ! lance-t-elle, sous le choc.

— Bah si, je peux ! dis-je en retournant m'assoir auprès de ma chère Évelyne, qui ne se remet pas de toutes ces émotions.

— Je vais porter plainte ! lance la jeune femme.

— Eh bien, nous aussi, on peut porter plainte. Vous êtes tenue au secret professionnel et vous étiez en train de l'enfreindre. Ce n'est pas joli joli ! vous devriez avoir honte.

La jeune femme reste bouche bée. Elle s'éclipse un moment et revient les mains pleines de barres chocolatées. Il semblerait qu'elle ait dévalisé le distributeur.

— Tenez ! C'est pour vous ! Mais rendez-moi mon téléphone ! S'il vous plaît ! ajoute-t-elle. Je vous promets d'effacer le message.

— OK ! dis-je. Vous avez de la chance ! Mais ça me démange quand même d'en parler à votre supérieur hiérarchique.

— Ne faites pas ça ! Je suis en stage et si je me fais virer, je perds tout !

— Alors, la prochaine fois, réfléchis aux conséquences de tes actes, surenchérit Franck avec un air paternaliste.

— C'est promis, monsieur !

— Allez, file ! Et qu'on ne te revoie pas dans les parages.

De nouveau seuls sur le banc, nous engloutissons les barres en chocolat. Rien de tel pour faire redescendre la pression, une bonne dose de magnésium. Chacun la sienne. L'infirmière s'attarde dans la chambre de Maurice. La sonde doit lui donner du fil à retordre. Franck profite de cette accalmie pour interroger la vieille dame.

— Évelyne, je voulais te demander…

— Je t'en prie, l'invite la vieille dame.

— C'est délicat, mais il va bien falloir qu'on en parle. Est-ce que je ressemble réellement à Georges ?

— Cela ne m'avait pas sauté aux yeux avant que Maurice ne te prenne pour lui. Mais, oui, lui et toi avez quelques points communs. Il avait trente-cinq ans lorsqu'il est parti. Tu as à peu près cet âge, non ?

— Bientôt trente-huit. C'est presque pareil.

— Il avait les mêmes yeux que toi et ses cheveux étaient un peu plus courts. Il faisait plus ou moins ta taille et de corpulence, il était peut-être un peu plus gros que toi, dit-elle en le reluquant de la tête aux pieds. Il devait se marier et pour mincir plus vite, il s'était mis au vélo… C'est lors d'une de ses virées qu'il s'est fait renverser. Il est mort sur le coup, les secours n'ont rien pu faire… dit-elle, les yeux dans le vide.

— Je suis tellement désolé, Évelyne. Je serai Georges aussi longtemps qu'il le faudra. Tu peux compter sur moi. Mais, s'il s'en rend compte… ça risque d'être encore pire, non ?

— Peut-être bien que oui, ou peut-être bien que non. Je n'ai pas eu le cœur de briser ce moment si… spécial. Chaque chose en son temps, d'accord ? On improvisera.

— Et pour moi ? Vous ne trouvez pas étrange qu'il connaisse mon prénom ? dis-je, perplexe, la bouche pleine.

— Que veux-tu que je te dise, mon petit ? Plus rien ne m'étonne ! répond la vieille dame en croquant dans une énième barre de chocolat.

— Allez-y mollo, les filles ! Ce n'est pas très bon pour la ligne, ces choses-là, ironise Franck.

Sur ce, l'infirmière sort enfin de la chambre de Maurice.

— C'est bon, vous pouvez y aller ! Cela a été un peu plus long que prévu. Il a voulu faire... Vous savez... La grosse co...

— Ah ! C'est bon signe, non ?

— Oui ! Vous avez raison ! Il va se remettre, votre mari. Je n'en reviens pas de vous dire ça. C'est vraiment un miracle. Je suis à deux doigts de vous demander de me pincer pour m'assurer que je ne rêve pas.

— C'est pareil pour moi, en pire, annonce Évelyne.

— Allez-y, la voie est libre, mais je vous préviens, il fait beaucoup de progrès. Je dois même dire que c'est une sacrée pipelette, ce Maurice, dit-elle en repartant avec un amas de linge dans les bras.

37.

Lorsque nous retournons dans la chambre, Maurice affiche un sourire plein de vitalité. Évelyne s'enquiert de sa santé. Il lui répond qu'il va bien, qu'il n'a aucune douleur, qu'il sent simplement que tout son corps est rouillé. Tu m'étonnes, après quatorze piges. Pour autant, il ne nous demande ni quel jour on est, ni où nous nous trouvons, ni la durée de son inconscience. Personne ne juge opportun de lui révéler ces petits détails.

L'homme qui se tient en position semi-assise dans son lit d'hôpital n'a plus rien à voir avec celui que j'ai sermonné un peu plus tôt. J'hallucine qu'il ait retrouvé l'usage de la parole si vite. Certes, tout n'est pas compréhensible mais tout de même, quel bond en avant !

Franck et moi nous tenons en retrait, au bout du lit. Franck est distrait et tendu. Il craint sûrement que Maurice ne découvre la supercherie et qu'il se mette à le questionner. Évelyne a tiré le fauteuil pour être au plus près de son mari à qui elle ne lâche plus la main.

— Tu m'as tellement manqué, lui répète-t-elle, inlassablement, les yeux luisants d'amour.

Il est bientôt 23 h lorsque Franck et moi jugeons qu'il est temps de prendre congé. La question de l'hébergement ne se pose plus pour Évelyne qui, sans nul doute, préfère rester auprès de son mari pour la nuit.

Lorsque j'entreprends de saluer le couple réuni, l'émotion me submerge. Je ne les reverrai sans doute jamais. Au mieux, nous échangerons quelques messages par mail, et encore, je ne me fais aucune illusion. Ils auront été une parenthèse dans ma vie. Une jolie parenthèse, symbole que tout peut arriver, même quand on ne s'y attend plus. Lorsque je tends la main pour saluer Maurice, ce dernier me regarde avec bienveillance. Je me laisse envelopper par la chaleur de ses yeux couleur noisette et ma main dans la sienne, il me dit :

— Élisa, je ne t'ai pas encore dit ce que j'avais à te dire.

— Pardon ? dis-je, surprise par le ton solennel de sa voix.

— J'ai quelque chose à te dire…

— Je sais ! Je suis désolée de vous avoir mal parlé cet après-midi. J'étais en colère. Je suis navrée. Ce n'était pas vraiment contre vous, ou plutôt si ! Mais disons que ce n'est pas que de votre faute. Il y a mon père et David aussi ! Les hommes font n'importe quoi ! Bref, de voir votre épouse si malheureuse par votre faute, ça me faisait mal au cœur et j'ai perdu tous mes moyens. C'était la goutte d'eau qui a fait déborder le vase.

— Hein ? Je ne vois pas du tout de quoi tu parles, dit-il en fronçant ses sourcils poilus. Par contre, j'ai un message pour toi. De la part de ta grand-mère, Jeanne.

— Quoi ? dis-je, en ayant des frissons qui me font dresser tous les poils présents sur la totalité de mon corps (et je peux vous assurer qu'en cette période hivernale, j'en ai un certain nombre). Qu'est-ce que vous êtes en train de me dire, Maurice ? dis-je en lui lâchant la main et en me laissant tomber sur le lit, à ses côtés.

— Ouvre bien tes oreilles, car je ne pourrai probablement te le dire qu'une seule fois. C'est particulier. Jeanne souhaite que tu te rendes en Italie, dans un petit village qui se nomme Roselli. Là-bas, il y a un unique cimetière. Tu dois y entrer par la vieille porte. Deuxième allée à droite, tu trouveras les emplacements où reposent tes ancêtres.

— Et ?

— Bah, c'est tout ce qu'elle m'a demandé de te dire.

— Pas possible ! dis-je en regardant le plafond comme pour m'adresser à mamie. C'est tout ? Me v'là bien ! Comme si j'avais que ça à faire d'aller en Italie. Pour visiter un cimetière, sans déconner ! Je n'aime pas les cimetières ! Super ! Merci, mamie ! marmonné-je.

— Je crois bien que ton petit voyage n'est pas terminé, Élisa, constate Évelyne.

— J'en ai bien peur. Donc, il faut que j'aille où déjà ?

— À Roselli, répète Franck.

— Heureusement que Georges suit ! note Maurice.

— OK ! On va vous laisser, je vais raccompagner Élisa. Il est tard, il faut vous reposer.

Je trouve quelques forces pour serrer ma compagne du jour très fort dans mes bras et je ne peux empêcher mes larmes de couler. Le câlin qu'elle me rend en dit long sur la reconnaissance qu'elle me témoigne. L'émotion nous submerge toutes les deux et pendant de longues secondes, nous n'arrivons pas à nous détacher. Je me rends compte à quel point elle est petite par rapport à moi. Elle murmure en boucle des mercis à mon oreille. Enfin, j'attrape la main de Maurice et lui dis :

— Merci, Maurice. J'ai été ravie de vous rencontrer. Et même si ça a l'air dingue, merci pour le message de mamie. Vous êtes un chouette messager. Prenez soin de vous ! Faites attention !

Franck embrasse ses pseudo-parents et s'apprête à sortir de la pièce quand Maurice l'interpelle :

— On te voit demain, fiston ?

— Pas sûr... Il faut que j'aille à Lille le plus tôt possible. J'ai un truc hyper important à faire.

— À Lille ? Mais pourquoi ? On est où, là ?

38.

Franck a feint de ne pas entendre la question. Et pour cause, il n'aurait pas su quoi répondre. Évelyne saura gérer la situation.

Nous quittons l'hôpital en catimini sans un regard vers les infirmières qui ont pris leur tour de nuit et qui ignorent même que Maurice s'est réveillé. Personne ne s'étonne de notre présence à cette heure si tardive.

Dehors, la neige a laissé place à la pluie. Le ciel, pesant, laisse présager une nuit humide et glaciale. Au portail, j'ai une pensée pour le clochard à qui j'ai donné un billet un peu plus tôt. J'espère qu'il passe la nuit au chaud. Il est probable que les plus fragiles ne survivront pas à ce froid. J'ai un frisson sous cette pluie fine qui redouble d'intensité. Le temps d'arriver à la voiture, je suis trempée, malgré mon anorak et mon bonnet. Les gouttes se faufilent jusque dans mon cou. Mes membres sont tétanisés. Je grelotte. Franck ne trouve pas sa clé de voiture. J'ai une pensée sexiste en me disant qu'ils sont bien tous les mêmes. David me fait toujours le coup. Plus on est pressé, plus on perd du temps.

— Argh ! Mais où sont passées ces putains de clés ? s'agace-t-il.

— Euh, dans ta poche, non ? dis-je, en claquant des dents.

— Oui, encore faut-il savoir dans quelle poche. Ah, les voilà, dit-il en déverrouillant les portières. Vite, entre !

— Il y a un truc qui m'échappe, dis-je, enfin installée sur le siège passager. Pourquoi vous ne les mettez pas toujours au même endroit ? Ça éviterait de les chercher sans cesse. C'est aussi simple que ça, non ?

— Quand tu dis « vous », tu penses à qui au juste ?

— À tous les gars qui ont croisé ma route. À commencer par mon père. Ma mère, ça la rendait folle. Je me souviens qu'à chaque fois qu'il lui demandait « Il est où tel truc ? », elle lui répondait, aigrie, « DTC ». Mais bon, je n'étais pas née de la dernière pluie. Ils essayaient juste de m'épargner.

— DTC ? dit-il, en se grattant la tête.

— Oh, Franck, tu ne vois vraiment pas ? DTC pour « dans ton cul » !

— Ah ouais, quand même !

— Avec du recul, je me dis que mes parents n'étaient peut-être pas si heureux. Si ça se trouve, je me suis voilé la face. J'ai idéalisé notre trio, je crois.

Franck m'écoute attentivement raconter mon enfance heureuse. Le moteur tourne et la chaleur du chauffage commence à envahir l'habitacle. La voiture n'a pas bougé d'un iota. La tristesse m'envahit et les larmes menacent lorsque la main de Franck m'attire dans ses bras avec tendresse. La position est très inconfortable. Le frein à main me transperce la cuisse. Cela n'a rien de sexuel. C'est plutôt un câlin d'un père pour sa fille, ou d'un frère pour sa sœur. Quoique... l'étreinte se renforce lorsque son portable se met à vibrer. Il se contorsionne pour l'extraire de sa poche et manque de s'étouffer lorsqu'il découvre la photo de celui ou celle qui l'appelle, en l'occurrence, celle : Céline.

— Bon sang ! me dit-il, c'est Céline. C'est un signe. Je fais quoi ?

— Bah décroche, enfin !

— OK. Pas un bruit, je suis en Bluetooth. Elle ne doit pas t'entendre.

— Bon, décroche, faut pas qu'elle tombe sur ton répondeur ! Grouille-toi !

— Allô ! lâche-t-il, sous la pression.

— Ah. Salut, c'est moi, Céline.

— Je vois bien que c'est toi, dit-il, peu avenant. J'avoue que je ne m'attendais pas à ce que tu m'appelles.

— Je te rassure, ce n'était pas non plus à mon programme mais il fallait que je te parle.

— Enfin, tu daignes m'accorder un peu d'attention.

Je lui fais des gros yeux, signifiant « Hey, oh, un peu de calme ! »

— Pardon ! Je suis tellement surpris de te parler. Je comptais te téléphoner de toute façon. Je devais le faire ce soir, et puis il y a eu un imprévu.

— Ton imprévu, il ne s'appellerait pas Élisa, par hasard ?

— Euh... Ce n'est pas ce que tu crois ! se justifie-t-il, d'emblée.

— Je suis comme saint Thomas, je ne crois que ce que je vois. La vidéo a déjà des milliers de vues. Je suis fière de toi. J'aimerais qu'on se voie.

— Pardon ? Je ne comprends rien ! De quelle vidéo parles-tu ?

— De celle qui tourne en boucle sur le net. Celle où Élisa et toi prenez la défense de cette vieille dame dont le mari vient de sortir d'un coma de dix ans.

— Quatorze, en fait. Bon sang ! Mais qui a partagé cette vidéo ?

— On s'en fiche de qui a partagé cette vidéo. Au contraire, je lui en suis reconnaissante à cette personne. C'est grâce à elle que j'ai pu te revoir et comprendre qu'au fond, tu es une belle personne.

Mes deux mains sont posées sur ma bouche pour empêcher le cri de joie d'en sortir.

— Je n'ai pas été cool avec Élisa, hier soir.

C'est le moins qu'on puisse dire, pensé-je, les mains toujours posées sur la bouche.

— Et tu étais de mèche avec le voisin, poursuit-elle. Franck… Je crois que le break a assez duré. Tu fais quoi, là ?

— Je suis dans ma voiture. Et toi, qu'est-ce que tu fais ?

— Je suis dans le lit, au téléphone avec toi. Loris dort à mes côtés. Il a un sourire d'ange. Tu devrais voir ça.

— Tu sais quoi ? Ne bougez surtout pas ! J'arrive.

— D'accord. Je t'attends, dit-elle avant de raccrocher.

Lorsque le visage de Céline disparaît de l'écran, c'est l'explosion de joie. Vue de l'extérieur, la voiture se dandine tellement qu'un passant pourrait croire que nous copulons à l'intérieur. Mais non, on saute de joie, c'est tout ! Quelle réconciliation ! « Merci, Maurice ! Merci, Évelyne ! » scandons-nous en chœur en simulant une danse de la victoire. Notre petit show dure quelques minutes au bout desquelles nous sommes complètement vidés.

— Tu devrais garder quelques forces, ta nuit n'est pas finie. Dépêche-toi d'aller les retrouver. Je suis tellement contente. Loris ne va pas en revenir de te trouver à ses côtés demain.

— Waouh... Je vais poser ma journée. Mais toi ?

— Je dois partir en Italie dès que possible. Si Céline t'a vu sur le net, il se peut que David m'y voie aussi. Je ne peux pas rentrer tout de suite. Je ne suis pas prête. Peux-tu me rendre un dernier service, s'il te plaît ?

— Tout ce que tu voudras !

— Étant donné que je n'ai pas de portable sur moi, est-ce que tu peux regarder à quelle heure est le premier vol demain ?

— Bien sûr, on fait ça de suite. Après, je file. Je suis désolé, j'ai l'impression de t'abandonner dans la nature.

— Ne le sois pas ! Je suis super contente pour vous. Même si je n'y suis pas pour grand-chose au final, je serai une héroïne aux yeux de ton fils. J'espère qu'on se donnera des nouvelles. Tu as un papier ? Je vais te donner mon adresse mail.

— Regarde dans la boîte à gant ! Je vais consulter les horaires pour ton vol. Mais d'abord, Roselli, c'est où ?

— Mamie disait toujours que ses ancêtres vivaient dans un petit village de campagne situé entre Rome et Naples.

— On va d'abord vérifier ça... Oui, regarde, Roselli est là, dit-il en me montrant la carte de l'Italie. En effet, tu as le choix entre l'aéroport de Naples ou l'aéroport de Rome.

— Peu importe, je veux prendre le premier vol demain matin.

— Le premier vol est à 7 h. Le vol dure deux heures cinq.

— C'est parfait.

— Tu veux que je l'achète pour toi ?

— C'est gentil mais non. Cela va te prendre trop de temps. Tu es pressé. Tu en as pour une heure de route. Céline t'attend. Dépose-moi à l'aéroport, ce sera déjà pas mal.

— D'accord, on y va !

— Voici mon adresse mail. Je suis incapable de me rappeler mon numéro de portable. Je suis vraiment nulle ! Je vais noter ton numéro si tu veux bien, on ne sait jamais.

Je cherche, dans mon sac, le papier sur lequel Évelyne avait écrit ses coordonnées. Je tombe sur le livre de Céline et la lettre de Franck.

— Tu n'auras qu'à rendre son livre à ta chère et tendre, je crois que je n'en aurai plus besoin. Et voici ta lettre. Je suis désolée, je l'ai ouverte, lue et analysée avec Évelyne.

— Ce n'est rien, Élisa. Vous avez bien fait. Quant au livre, garde-le ! Tu lui rendras toi-même. On se reverra, j'en suis certain. Il n'y a pas de rencontre au hasard.

— Merci.

On ne parle plus jusqu'à l'arrivée devant le terminal de l'aéroport. En silence, je dépose un baiser sur la joue de Franck. Il me dit merci et fait un dernier checkpoint.

— Donc, Roselli, le cimetière, la vieille porte, deuxième allée à droite. Tu retiendras tout ça ?

— Ça va, ce n’est pas si compliqué, dis-je ironiquement. Merci Franck, pour tout. Embrasse Céline et Loris pour moi.

— Compte sur moi ! J’espère que tout s’arrangera avec ton copain.

— On verra. Embrasse aussi Marlène, les jumelles et tes parents.

— Oh, Marlène ! Il faut que je la prévienne. Elle risque de s’inquiéter. Merci de m’y avoir fait penser.

— De rien, avec plaisir. Bon, ben, salut ! À un de ces jours !

— Oui, à un de ces jours !

— Prudence sur la route.

— Ne t’inquiète pas ! Toi aussi, fais attention.

La vitre remonte et la voiture s’éloigne. Me voilà livrée à moi-même dans un aéroport désert, avec pour seule compagnie des agents d’entretien et quelques bagages oubliés sur les tapis qui continuent de tourner.

J’ai mal à la tête tout à coup. La fatigue, sans doute. C’est la deuxième nuit que je ne dors pas dans un vrai lit, ça commence à me manquer. Je regarde autour de moi et repère un endroit où dormir tranquillement. Je me pose sur un banc métallique et froid, me sers de mon sac à dos pour en faire un oreiller de fortune et ne tarde pas à sombrer.

39.

J'ai l'impression d'avoir dormi cinq minutes lorsque des bruits me tirent de mon sommeil. J'ouvre un œil, puis l'autre et mets quelques secondes pour me rappeler où je me trouve. L'aéroport, l'Italie, Roselli... J'ai dormi si profondément que je ne me souviens même pas d'avoir rêvé. Quelle heure est-il ? Il ne faut pas que je loupe mon vol. Je me lève d'un bond et constate qu'il y a déjà cinq personnes qui font la queue devant le guichet de la compagnie aérienne qui m'intéresse. Suspendue au-dessus des hôtesses, l'horloge digitale affiche l'heure locale : 5 h 17.

C'est plus fort que moi, sans le vouloir, je manifeste mon impatience, à tel point que ma présence indispose ceux qui me précèdent. Sans tergiverser, ils me laissent leur passer devant, si bien que je remonte la file d'attente et me retrouve face à l'hôtesse en un rien de temps. Ces Belges sont de vraies crèmes. Ils ont la cool attitude absolue. La jeune femme, dotée d'un chignon tiré à quatre épingles, me sourit de toutes ses dents d'une blancheur étincelante alors que je n'ai pas brossé les miennes depuis... Depuis un bon moment. J'ai un petit mouvement de recul. Je ne voudrais tout de même pas l'asphyxier avec mon haleine matinale, qui rime avec chacal.

— Bonjour, que puis-je pour vous, mademoiselle ? me demande-t-elle.

— Bonjour, je souhaite un billet pour Rome. Le vol de 7 h 05, je crois. Dites-moi qu'il n'est pas complet, s'il vous plaît.

— En effet, il reste des billets. Vous désirez un aller-retour ?

— Non, juste un aller, dis-je en lui donnant ma pièce d'identité.

— Vous avez des bagages ?

— Non, enfin si, ce sac à dos.

— Donc non ! Vous pourrez le garder avec vous. Cinquante-trois euros, s'il vous plaît.

— C'est tout ? dis-je, surprise.

— Oui, c'est tout. L'embarquement est à 6 h 30, porte C.

Je tends mon billet et mes quelques pièces contre lesquels elle me délivre ma carte d'embarquement.

— Merci. Au revoir.

Je lance un ultime regard aux gens qui m'ont laissée passer et en guise de victoire, je brandis mon sésame. J'ai envie de partager ma joie avec quelqu'un, mais sans moyen de communication, je me sens dépourvue, alors je souris à la Terre entière, quitte à passer pour une neuneu.

N'empêche que tout se goupille bien. Je vais même avoir le temps de faire une petite toilette et de prendre un petit déjeuner. Il n'est pas question que j'arrive en Italie le ventre vide. À ce rythme, je vais perdre mes quatre kilos en quarante-huit heures et ce n'est pas le but. Ce n'est plus le but.

D'un pas léger, je me dirige vers la douane. Mon sac à dos et mon anorak passent aux rayons X. Une dame me toise lorsque je passe sous le portique de sécurité. Je m'attends à être fouillée mais non. Je m'en vais vers les toilettes publiques. Lorsque je découvre ma tête dans le miroir, je prends peur. J'en sursaute, même. Une femme à mes côtés, témoin de ma réaction, me sourit.

— Le matin, c'est difficile pour tout le monde, surtout de si bonne heure, dit-elle d'une voix douce.

Je me retourne pour m'assurer que c'est bien à moi qu'elle cause. Bah oui, c'est surprenant de parler à quelqu'un qu'on ne connaît ni d'Ève, ni d'Adam.

— Mais rassurez-vous, vous êtes jolie quand même, poursuit-elle.

— C'est gentil. Merci, dis-je, même si je tique un peu sur le « quand même ».

— Votre visage me dit quelque chose, dit-elle en me fixant. On ne s'est pas déjà vues quelque part ?

— Oh non, je ne crois pas. Je ne suis personne, vous savez.

— Comment ça ? Ce n'est pas très positif de dire ça. On est tous quelqu'un, dit-elle avec sagesse.

— Oui, vous avez sans doute raison... dis-je, résignée et trop fatiguée pour réfléchir.

— Allez, au revoir, mademoiselle. Faites un bon voyage.

— Merci, madame. Bon voyage aussi.

Je reste un moment immobile devant ce miroir. Sa phrase résonne en moi : « On est tous quelqu'un. » Reste à savoir qui, parce que je suis un peu paumée.

Mon reflet est une vraie catastrophe. Les cheveux filasses, les yeux bouffis, les traces noires de mascara sous les paupières inférieures, il y a beaucoup, beaucoup de travail si je veux avoir une apparence acceptable. J'ai l'impression d'être une sans domicile fixe qui se lave dans les toilettes publiques. J'aurais grand besoin de prendre une douche, mais la manœuvre semble compliquée. Mon anorak est encore humide et j'ai mal partout. À l'abri des regards, j'investis les seules toilettes handicapées, beaucoup plus spacieuses que les autres, afin de me changer de la tête aux pieds. Je prends bien soin de ne faire traîner aucune de mes affaires. Le sol n'est pas encore très sale à cette heure si matinale, mais bon, je suis un peu maniaque quand même. Je lave mes dessous de bras avec du papier hygiénique mouillé. Il en est de même pour mes parties intimes. J'enfile mon dernier jean propre et revêts mon pull fétiche. Il est loin d'être beau, d'ailleurs David le déteste, mais moi, je l'adore parce qu'il est bien chaud. Je l'utilise souvent à la maison, surtout lorsque la nuit tombe. Je suis d'une nature frileuse et ce pull, certes défraîchi, est un vrai chauffage ambulant. Enfin habillée, je sors tout mon attirail pour mon ravalement facial. Pour finir, j'utilise le sèche-main en vue de faire sécher mon blouson et avec tout ce raffut, je n'entends pas qu'on tape à la porte. Au bout d'un moment, sans doute long, la porte se déverrouille.

— Hey, c'est occupé ! dis-je à la dame pipi qui apparaît dans mon champ de vision, suivie de très près par deux militaires armés jusqu'aux dents, qui semblent à peine se détendre en m'apercevant.

— On nous a signalé qu'une personne était enfermée dans ces toilettes depuis un bon moment.

— Oui, bah, parfois, ça peut durer un peu plus longtemps que prévu, me justifié-je.

— Vous n'êtes pas très handicapée, semble-t-il, rajoute madame pipi.

— Non, pas que je sache, dis-je, en regardant autour de mon corps.

— Alors, je vous prie de bien vouloir libérer ces toilettes qui sont réservées aux personnes à mobilité réduite.

— J'avais fini, de toute façon.

— Euh, vous avez oublié quelque chose, mademoiselle, dit l'un des militaires en désignant mon string échoué sur le sol.

Oh, punaise, c'est la honte internationale. Je me sens rougir jusqu'à la pointe de mes cheveux. « Oups » est le seul mot qui sort de ma bouche sous le regard stoïque de madame pipi, que plus rien n'étonne et qui souhaite tout simplement s'assurer de deux choses, premièrement : que je récupère mon bien et deuxièmement : que je libère l'endroit le plus vite possible. Les deux hommes sont déjà repartis vers d'autres missions, hautement plus importantes pour le maintien de l'ordre et de la sécurité.

J'espère encore avoir le temps de prendre un petit déjeuner. J'ai besoin d'un bon café et d'un pain au chocolat. Mon ventre crie famine. Là aussi, la file d'attente est assez dense. Cette fois, personne ne me laisse sa place, sans doute parce que je ne fais plus assez pitié. De longues minutes passent avant qu'arrive mon tour de passer commande. Le jeune homme qui me sert ne prend même pas la peine de me regarder. Je suis déçue. Je demande ma boisson, ma viennoiserie ainsi qu'un jus d'orange pressée, le tout à déguster sur place. Je pose enfin mon plateau sur un guéridon qui vient de se libérer lorsqu'un message micro m'interpelle : « Madame Élisa Drain est priée de se présenter le plus rapidement possible à l'embarquement du Vol ARO4862, porte C, salle 12. Je répète. Madame Élisa Drain est attendue immédiatement à l'embarquement du Vol ARO4862, porte C, salle 12. »

— Mais c'est moi ! Mais quelle heure est-il ? dis-je à voix haute, sous le regard intrigué des autres voyageurs.

— Sept heures moins vingt[e] ! me répondent trois ou quatre personnes en même temps.

Mais ce n'est pas possible ! J'avale une gorgée de café et me brûle la langue. Je jette mon sac sur le dos, fourre dans ma poche le pain au chocolat et cours le plus rapidement possible vers la salle d'embarquement. Combien, déjà ? Ah oui, douze.

Lorsque j'arrive devant le comptoir, tous les passagers ont embarqué. Le personnel de bord, dont l'agacement est palpable, me regarde de haut.

— Élisa Drain, peut-être ? demande l'un d'eux, blasé.

— Oui, je suis désolée. Je n'ai pas vu le temps passer, dis-je en posant mes boissons sur le comptoir pour saisir dans ma poche mes cartes d'identité et d'embarquement.

— Faites attention dorénavant. On a failli partir sans vous. En plus, vous n'aviez pas de bagage enregistré en soute. On n'avait aucune raison de vous attendre plus longtemps.

— Bon, ben, je suis là maintenant. Et… je m'excuse, rajouté-je platement, avec mon jus d'orange dans une main et le café brûlant dans l'autre.

40.

Lorsque j'arrive dans l'avion, les autres voyageurs me regardent de travers. Ils sont tous sagement installés à leur place, leurs bagages dans les coffrets à bagages au-dessus de leur tête et leur ceinture attachée. J'hésite entre adopter l'attitude de la pimbêche je-m'en-foutiste ou bien celle de la petite fille coupable. Au final, j'opte pour la seconde hypothèse, je regarde la moquette, relevant parfois la tête pour regarder le numéro de l'allée, ma place se trouvant allée 25, siège A, soit presque au fond de l'appareil. Eh, mince, je suis à côté du hublot. Tous les compartiments à bagages sont bondés. Je peine à trouver une place pour mon sac à dos. Je demande gentiment à mon voisin de tenir mes boissons pendant que je range mon sac à dos. Un steward vient à ma rescousse et je récupère mes boissons d'entre les mains de mon voisin médusé. Lui et sa voisine se lèvent pour me laisser m'assoir à ma place, non sans montrer un certain agacement.

— Pardon. Merci. Désolée, dis-je, en écrasant le pied de ma voisine, sans le faire exprès bien sûr.

C'est une dame d'une soixantaine d'années, bien plus jeune qu'Évelyne. Elle a les cheveux teints en châtain clair, une jupe épaisse et des collants en laine. Elle porte une grosse écharpe autour du cou. L'homme à ses côtés, sans doute son époux, porte de petites lunettes de papi et lit la presse quotidienne. Je m'installe confortablement et laisse le stress m'envahir. Je déteste prendre l'avion. Aucun de mes proches n'a connaissance de cette phobie. Quand j'étais petite, nous ne le prenions quasi jamais. Et depuis que je sors avec David, je fais des efforts incommensurables dans plein de domaines pour qu'il ne se rende pas compte de mes faiblesses ou de mes fragilités.

Je prends sur moi pendant que l'avion se rend vers la piste d'où il prendra son envol. Ma voisine ne semble pas plus détendue que moi et fait discrètement son signe de croix. Pas très rassurant tout cela. Je ferme les yeux et m'agrippe à son accoudoir. Lorsqu'enfin, l'avion se stabilise dans les airs, je relâche la pression. La femme sourit et me dit avec un bel accent italo-belge :

— Vous aussi, vous avez peur, hein ?

— Un peu. En réalité, je suis terrifiée.

— Vous voulez un bonbon ? dit-elle en me tendant un Harlequin, mes préférés. Comme ça, vous n'aurez pas mal aux oreilles.

— Oh, oui ! Je veux bien. Je le mangerai après. Merci.

Mais avant cela, je sors mon pain au chocolat, le dévore en quatre bouchées et mélange café, bien tiède et jus d'orange, en même temps. Mes intestins risquent de se venger. En guise de brossage de dents, je suçote mon bonbon, qui me fait l'effet d'un somnifère et m'endors, la tête calée sur mon anorak en boule contre le hublot.

Je m'éveille enfin, un goût sucré sur ma langue endolorie. Ne sachant combien de temps de vol il nous reste, je décide d'interroger ma voisine.

— Excusez-moi, madame. Nous arrivons bientôt ?

— Oh oui, dans une vingtaine de minutes, s'enthousiasme-t-elle. L'avion a même amorcé sa descente. Vous avez bien dormi, dites donc ! Pour quelqu'un qui n'aime pas l'avion, c'est surprenant. Moi, j'ai beau prendre des cachets, ils me font l'effet inverse. Vous avez l'air si détendue.

— Ah ?!

— Vous avez même parlé dans votre sommeil.

— Ah bon ?!

Mince alors, j'espère que je n'ai pas dit de bêtise.

— C'est drôle, nous sommes voisines.

— Euh, bah, oui. Nous sommes côte à côte dans l'avion, dis-je, perplexe.

Elle explose de rire.

— Mais non, pas dans l'avion ! En Italie, nous sommes voisins.

— Je ne comprends pas.

— Dans votre sommeil, vous avez parlé de Roselli. Mon mari et moi connaissons très bien ce petit village. C'est bien là que vous allez, n'est-ce pas ?

— Bah oui ! Vous allez aussi là-bas ? Quelle coïncidence ! dis-je incrédule.

— Nous allons à Casalvieri, c'est la même ville si on peut dire.

— Mais, c'est fou ! dis-je, n'en revenant toujours pas.

— Comment y allez-vous ? Quelqu'un vient vous chercher à Rome ?

— Non. Je ne sais pas trop, en fait. J'improvise.

— Pardon, mais vous ne pouvez pas improviser. Roselli est à cent cinquante kilomètres de Rome.

— Ah oui, tant que ça ?

— Bah oui. Allez, ne vous faites pas prier. Venez donc avec nous, on vous déposera.

L'homme donne un petit coup de coude discret à son épouse.

— Oh, *fermati* ! On ne va pas laisser cette enfant aller seule à Roselli alors que nous y allons aussi, dit-elle sans aucune retenue à son mari, confus d'avoir été trahi si ouvertement.

— Votre mari a raison, dis-je par solidarité avec ce dernier. Je ne veux pas vous déranger.

— Taratata ! Vous venez avec nous, c'est tout. Vous n'avez pas le choix. C'est tellement compliqué d'aller là-bas en transport. Vous avez même une chance folle d'avoir causé dans votre rêve, je vous le dis !

Son mari lui assène un second coup de coude.

— Mais qu'est-ce que tu veux, enfin ?

Il lui indique le journal. Elle lui arrache ses lunettes pour les déposer sur son nez (à croire qu'ils ont tous les deux la même vue) et jette un œil sur ledit journal.

— Tiens, tiens ! Regardez-moi ça, dit-elle en me montrant les faits divers dans le quotidien. Cette jeune femme, là, sur cette photo, on dirait bien que c'est vous ?

Punaise, mais oui ! C'est bien moi, avec Franck et Évelyne, lorsque nous étions sur le banc en train de nous empiffrer de barres chocolatées. Je survole la brève, estomaquée.

« Maurice D., aujourd'hui âgé de soixante-dix-neuf ans, vient de se réveiller après un coma long de quatorze ans, deux mois et treize jours. Du jamais vu ! Il semblerait qu'il soit revenu à lui après avoir rencontré

cette jeune femme que vous pouvez voir assise sur le banc. Sa famille n'a pas souhaité témoigner. Sa femme et son fils sont actuellement à son chevet. »

— Pfff, ils disent vraiment n'importe quoi ! Ce n'est même pas son fils ! bougonné-je.

— Alors, c'est bien vous, sur la photo ? dit-elle, excitée comme si elle se trouvait à côté d'une star hollywoodienne.

— Eh oui, c'est bien moi, dis-je, flattée et agacée à la fois.

— Et cette histoire de coma, c'est donc vrai ? demande l'homme qui, jusque-là, n'avait pas daigné m'adresser la parole.

— Véridique !

— Eh ben, si cela pouvait arriver à notre Schumacher, dit-il, une pointe de tristesse dans la voix. La Formule 1, l'Italie et même le monde entier sont tellement tristes depuis son accident.

— Il ne faut pas perdre espoir, c'est quand on s'y attend le moins que tout peut arriver. Vous en avez la preuve sous les yeux, dis-je en indiquant le journal. Et pourtant, les docteurs parlaient de le débrancher. Vous imaginez, un peu ?

— Eh bé, eh bé, eh bé... Et donc, jeune femme, nous ferez-vous l'honneur de votre présence pour la suite du voyage jusqu'à Roselli ? me demande-t-il, en souriant de toutes ses dents.

— Bon, oui, d'accord. Ce n'est pas de refus.

— À la bonne heure ! se réjouit ma voisine.

— Et sinon, moi, je m'appelle Dario, dit l'homme en roulant les R et en me tendant la main.

— Et moi, Antonella, ajoute son épouse.

— Élisa. Je suis ravie d'avoir parlé dans mon sommeil, dis-je, amusée. Ah, je crois que nous allons atterrir.

L'hôtesse nous invite à attacher nos ceintures. Je regarde par le hublot et constate que la vue sur Rome est splendide. J'aperçois des vestiges romains çà et là dans le décor que nous survolons. Tout ce marron me réchauffe déjà le cœur. Le soleil m'inonde de lumière à travers le hublot. Encore une ville qu'il me faudra revenir visiter dès que possible.

On entend distinctement le train d'atterrissage se mettre en place. Ma voisine se signe à nouveau et ferme les yeux. Cette fois, je lui laisse prendre possession de mon accoudoir, auquel elle se cramponne. Le sol se rapproche de plus en plus, le paysage défile à vive allure. Enfin, les roues touchent le tarmac, les gaz sont libérés, et l'avion perd peu à peu de sa vitesse pour se stabiliser. Un tonnerre d'applaudissements retentit alors dans la carlingue.

— Mais pourquoi applaudissez-vous ? demandé-je à mes voisins, hilare.

— Bah, parce que le pilote nous a conduits à bon port et que son vol s'est bien déroulé, me répond Antonella, soulagée et reconnaissante.

— Ah bon ? dis-je, surprise. N'est-ce pas le métier d'un commandant de bord de savoir piloter son avion ?

— Si ! C'est notre façon de le remercier. Ça ne mange pas de pain !

— Ah, bah dans ce cas, remercions-le ! dis-je en applaudissant aussi.

41.

Je ne suis pas mécontente de m'être fait de nouveaux copains. Dario m'aide à descendre mon sac du coffre à bagages. Antonella me demande toutes les deux minutes si j'ai faim. Une vieille odeur de pique-nique la suit à la trace. Je la soupçonne d'avoir préparé des en-cas pour tout un régiment. Et maintenant que nous avons sympathisé, elle désire m'en faire profiter. Mais pour l'instant, je n'ai pas très faim. À dire vrai, je peine à digérer mon petit déjeuner. Le café et moi n'avons jamais fait bon ménage. J'ignore pourquoi j'insiste, d'autant que son goût amer me laisse en général une haleine douteuse pour le reste de la journée.

Lorsque nous sortons de l'avion, je sens la douce chaleur du soleil me réchauffer la peau. J'inspire profondément et remonte mes manches pour faire le plein de vitamine D. Nous entrons dans le terminal et je me rends au pipi room, en attendant que mes nouveaux compagnons récupèrent leurs bagages.

À mon retour, les valises ont commencé à faire leur apparition sur le tapis roulant. Je trouve ce moment particulièrement angoissant. Je devine, sur la tête des voyageurs, une certaine angoisse à l'idée de ne pas retrouver leur valise. Antonella et Dario fixent la petite trappe par laquelle arrivent les bagages. Ils sont inquiets, je le sens.

— Elle est comment, votre valise ? dis-je pour essayer de les détendre.

— Nous en avons deux, me répond Dario, les yeux rivés sur le tapis.

— Ce sont de grosses valises noires, ajoute Antonella.

— Bon, bah, comme tout le monde, en fait ! marmonné-je.

— Non, pas tout à fait. Nous y avons ajouté un signe distinctif pour pouvoir les identifier sans se poser de questions, remarque Antonella.

— Ah oui, et donc ? Quel est ce signe ?

Son visage s'illumine lorsqu'une grosse valise noire, sur laquelle a été cousu un énorme drapeau italien apparaît.

— En voilà déjà une ! L'autre ne devrait plus tarder, se réjouit Antonella.

— Ah ouais, quand même, laissé-je échapper. Est-ce que c'est la même chose sur votre autre valise ?

— Bah non ! me répond Dario, comme si cela était une évidence. Sur l'autre, nous avons mis un drapeau de la Belgique.

— Ah... dis-je, en essayant de contenir un fou rire.

— C'est ça ! Moquez-vous, jeune fille ! Nous, au moins, ne galérons jamais pour les reconnaître.

Le second bagage arrive presque aussitôt. J'aide Antonella à porter sa valise qui pèse une tonne. Dario se charge de l'autre.

— Savez-vous qu'il existe des valises avec des roulettes de nos jours ? dis-je sur le ton de l'ironie.

— Mais celles-là sont très solides, pourquoi en changer ?

— Bah, parce qu'elles pèsent un âne mort ! m'exclamé-je, le dos en vrac.

— C'est à cause du chocolat et du sucre en morceaux, remarque Antonella.

— Ah non, Antonella, je t'avais dit d'arrêter de ramener ces cargaisons inutiles. Les magasins et les centres commerciaux, ils en ont ici aussi. Ce n'est plus comme dans le temps, la réprimande Dario.

— Ne commence pas ! Nous avons eu cette conversation mille fois. Le chocolat belge est meilleur ! Quant au sucre, en Italie, on ne le trouve qu'en poudre. La famille me demande tout le temps de lui en ramener, conclut-elle.

Dario attrape un chariot abandonné et pose les deux valises dessus. Dieu merci ! Mon dos était au bord de la rupture.

Nous passons devant les douaniers, hyper classes, dans leur uniforme bariolé. Plutôt beaux gosses, les garçons. Bah quoi, les yeux, c'est fait pour regarder !

Les portes s'ouvrent sur une foule. Certains sont dotés de pancartes sur lesquelles sont inscrits des noms qui se terminent pour la plupart en i. J'ignore quelle est la suite du programme. Dario et Antonella s'immobilisent devant les gens qui sont venus chercher un proche. Ils regardent partout, à la recherche de...

— Ah, le voilà ! Francesco est là-bas ! Francesco ! On est ici ! s'époumone Dario en courant vers lui.

— Hey, zio Da' ! crie ce dernier en l'apercevant.

— Francesco est notre neveu. Zia et zio, ça veut dire tata et tonton, me précise Antonella.

— Ah, d'accord ! Merci pour la traduction. Malgré mes origines, je ne parle pas l'italien. Je comprends quelques mots mais c'est tout. Ma grand-mère parlait un dialecte local. Eh bé, il a l'air content de vous voir, votre neveu ! dis-je, étonnée par l'intensité de ces retrouvailles si chaleureuses et si… bruyantes.

Francesco et Dario s'embrassent. On dirait qu'ils ne se sont pas vus depuis des lustres.

— Tu sais, Francesco est célibataire, me glisse-t-elle discrètement en se hissant sur ses pieds pour atteindre mon oreille. Et il parle français. Parce que j'ai bien compris que tu n'étais pas belge, mais française. On ne me la fait pas, à moi !

— Hum hum, dis-je, perplexe.

C'est nouveau, Antonella me tutoie. OK. Pourquoi pas ? En revanche, je ne suis pas venue en Italie pour me trouver un mari. C'est quoi, ce traquenard ? Dans quel pétrin me suis-je encore fourrée ? Cela commence à faire beaucoup en si peu de jours.

Francesco se fait plus net, au fur et à mesure que nous approchons de lui. Aurais-je besoin de lunettes ? Waouh, en effet, il est carrément canon, le rital : grand, les yeux clairs, avec des sourcils soignés, légèrement épilés, les cheveux bruns gominés et plaqués en arrière… et sapé comme jamais ! Quel style ! Effectivement, si j'avais été célibataire, il aurait pu me plaire. David est déjà très beau à mes yeux mais lui, il a la classe à l'italienne en plus.

Proche de la porte, j'admire son manège. Tout en discutant avec son oncle, il met une cigarette entre ses lèvres. C'est d'une sensualité… Tout à coup, j'aimerais être cette cigarette. Mais qu'est-ce qui me prend ? Ça ne va pas la tête ! Élisa, ressaisis-toi ! D'abord, tu n'es pas officiellement célibataire, et puis ça ne se fait pas !

— Alors, il est pas mal, hein ? Je te l'ai dit, murmure Antonella en me donnant un petit coup de coude.

Je me sens rougir jusqu'au crâne. Je peine à cacher mon émotion. J'expire en silence lorsqu'Antonella et moi arrivons à la hauteur des hommes. Punaise, il est fort, quand même. Son regard me transperce. Je me sens nue et surtout, très moche.

— *Ciao, Francesco. Come stai* ? dit-elle, en le serrant affectueusement dans ses bras.

— Ça va très bien, zia. Et toi ? Tu as fait un bon voyage ? Mais d'où sort cette créature ? Tu dois être Élisa, dit-il, avec un léger accent italien, tout en me prenant la main pour simuler un baisemain.

Alors, là, je crois mourir... de honte. Il a cru qu'on était à quelle époque, le Francis ? Bon, j'avoue, c'est flatteur et j'ai les jambes qui flageolent un peu. M'enfin, s'il cherche une femme, il va sérieusement falloir qu'il revoie sa technique de séduction.

C'est plus fort que moi. J'éclate de rire.

— Tu connais l'expression : « Femme qui rit, à moitié dans ton lit » ? déclare-t-il, sans aucune gêne.

— Francesco ! le réprimande sa tante. Laisse Élisa tranquille ! Tu vas lui faire peur.

— Oh, ne vous inquiétez pas, il ne m'impressionne pas une seule seconde.

— Bon, ici, on se dit « tu ». En Italie, on ne s'enquiquine pas avec le « vous », me somme Dario.

— Je vais essayer, dis-je.

Dans la joie et la bonne humeur, Francesco nous guide vers sa voiture. Je ne comprends pas ce qui m'arrive. J'ai chaud depuis que j'ai posé les pieds dans ce pays, dans tous les sens du terme.

42.

La voiture de Francesco est à la hauteur de l'homme. Il s'agit d'une belle et grosse Alfa Romeo, d'un rouge rutilant, fraîchement sortie du concessionnaire à en juger par l'état. Ne me demandez pas de quel modèle il s'agit, je n'en ai aucune idée. Je n'y connais rien en voiture. David et moi, vivant à Paris, n'en avons pas. Occasionnellement, David emprunte une voiture de courtoisie à sa société lorsque cela est nécessaire.

Après avoir mis les bagages dans le coffre, énorme, de la voiture de Francesco, non sans une petite remarque taquine de sa part au sujet de la customisation exagérée des valises (point de vue que je partage, soit dit en passant), Dario s'installe côté passager et Antonella et moi nous asseyons à l'arrière. L'intérieur sent le cuir neuf, c'est limite écœurant. Je peux presque allonger mes jambes. Quel confort !

— Félicitations pour ta voiture ! lance Dario en caressant le tableau de bord. Tu t'es fait plaisir ! Tu as raison. Tu es libre, tu n'as ni femme ni enfant, tu aurais tort de te priver.

— Bah justement, je ne me prive pas ! répond-il, crâneur, en me jetant une œillade par le rétroviseur intérieur.

Je détourne rapidement le regard, mais je ne peux m'empêcher de sentir la chaleur me monter aux joues.

— Et il fait quoi dans la vie, Francesco ? demandé-je à Antonella, le plus discrètement possible, afin que ce dernier ne s'imagine pas que je lui porte un quelconque intérêt.

— Il est ingénieur, s'esclaffe-t-elle.

Je ne vois pas ce qu'il y a de si drôle à être ingénieur. Lorsqu'Antonella retrouve ses esprits, elle ajoute :

— Ici, tous les hommes sont soit docteur, soit ingénieur. Mais en quoi ? Personne ne le sait. Alors ça me fait rire. Francesco a une voiture différente à chaque fois que nous revenons en Italie.

— Et vous, vous avez une maison, ici ? lui demandé-je.

— Oui. Dario a hérité de la maison familiale. Nous revenons plusieurs fois par an depuis que nous sommes à la retraite.

— Et pourquoi à cette période de l'année ?

— Tant que nous avons de la famille, nous sommes attirés par nos racines. Mes beaux-parents sont encore vivants, mais ils ne sont plus tout jeunes. Nous hésitons à revenir habiter ici pour toujours, mais nos deux filles sont installées à Bruxelles et nous avons des petits-enfants dont nous adorons nous occuper. Alors, on vient et on va. Et puis, à la fin de la semaine, il y aura une fête religieuse en l'honneur de San Antonio au village. C'est une occasion supplémentaire de venir. Mais ça, les jeunes ont du mal à le comprendre.

— Ah…

— Et toi, Élisa ? lance Francesco. Que viens-tu faire chez nous ?

— Euh… Je viens rendre visite à quelqu'un, dis-je, prise au dépourvu.

— Ah oui, qui ça ? insiste-t-il.

Bah si je savais ! Il est marrant, lui ! Je ne peux quand même pas lui dire que je vais dans un cimetière, à la recherche d'un mort dont j'ignore le nom. Il me prendrait pour une tarée. Non pas que ça me dérange qu'il me prenne pour une débile. Après tout, je n'ai pas à lui plaire, m'enfin, quand même…

— *Va bene* ! J'ai compris, dit-il fier de lui. Tu viens voir ton amoureux et comme tu as craqué sur moi, tu n'oses pas nous le dire. C'est ça, hein ?

— Pfff, vraiment n'importe quoi… dis-je dans ma barbe, en levant les yeux au ciel.

Antonella, elle-même, a l'air exaspérée par l'attitude de son neveu.

— Il est toujours comme ça ? lui demandé-je.

— C'est ce qui fait son charme, répond Dario.

Son charme ? Tu parles ! Bon, je suis bien obligée d'admettre qu'il me plaît bien, ce Francesco. Son attitude insolente, son côté sûr de lui, flambeur à souhait, c'est le macho dans toute sa splendeur, à fuir et pourtant si attirant. J'essaie de me focaliser sur mon amoureux, David. Le problème c'est qu'à chaque fois que je pense à lui, je revois son corps souillé et je fais un blocage. Finalement, un petit flirt avec Francesco, ce serait de bonne guerre pour me venger des traces du rouge à lèvres, non ? Bon… Il faut que je pense à autre chose.

Je fixe le paysage. Depuis que nous avons quitté l'aéroport, il me semble le découvrir pour la première fois. Nous prenons la direction de Naples. Autour de nous, des vallées, des collines, des champs à perte de vue, des orangers et des citronniers. C'est tout simplement magnifique. Dans le ciel, le soleil brille. Je me sens sereine, enfoncée dans cette banquette confortable. Je m'imagine lovée dans les bras d'un homme. Le contact physique me manque. Mes yeux commencent à piquer.

Antonella roupille et Dario ronfle. Le conducteur a davantage les yeux rivés sur son rétroviseur que sur la route. Il a un sourire accroché au visage et je succombe peu à peu à son charme. Oh, juste un flirt, ça ne mange pas de pain. Je ne fais rien de mal, après tout. Flirter n'est pas tromper. Je réponds à son sourire.

— Tu ferais mieux de regarder la route, non ?

— Je suis désolé, je n'y arrive pas. Tes yeux sont comme l'océan, j'ai plongé dedans et je suis en train de m'y noyer.

Je pouffe de rire. Ce gars est un cas désespéré. C'est pathétique mais à la fois… tellement craquant. Cela faisait longtemps que l'on ne m'avait pas draguée de la sorte. Je crois bien que cela remonte au collège. C'est dire son niveau de maturité !

Mais Francesco n'est pas qu'un dragueur invétéré. Il est beaucoup plus cultivé qu'il n'en a l'air. Nous continuons de parler de tout et de rien pendant que son oncle et sa tante font un somme. J'apprends qu'il a vingt-huit ans et qu'il est cadre dans une fabrique de papier dans la grande ville du coin : Cassino. Lorsque je lui demande ce qu'il y a d'intéressant à voir dans les environs, il me dit qu'il faut impérativement visiter l'abbaye de Monte Cassino. J'aurais mieux fait de me taire car le sujet le transporte littéralement. Il me parle des cailloux avec un tel engouement que j'ai presque du mal à croire que c'est le même homme qui me faisait du rentre-dedans un peu plus tôt. Il est passionné d'histoire. Il m'explique que le monument, stratégiquement positionné sur la route entre Rome et Naples, fut bombardé par les alliés pendant trois jours consécutifs lors de la Seconde Guerre mondiale, en février 1944. L'abbaye, totalement détruite fut reconstruite à l'identique de 1948 à 1956. Hum… Passionnant, n'est-ce pas ? Moi, j'aimerais plutôt savoir pourquoi un charmant jeune homme comme lui n'a pas encore trouvé chaussure à son pied ? Bizarre.

43.

J'apprécie cette parenthèse improvisée. Je ne suis pas pressée qu'elle se termine. Et pourtant, Francesco ne perd pas son temps. Il aime la vitesse, c'est indéniable. Il n'est pas le seul, d'ailleurs. Les Italiens sont imprévisibles au volant. Je me demande s'ils ont le même Code de la route que nous. Ils ont leur permis dans une pochette surprise, ou bien ? Lorsque nous croisons un radar, il n'est pas rare de constater que l'objectif est cassé. Du coup, pour éviter cela, les radars ont été suspendus sur des portiques. Francesco m'explique leur fonctionnement. Ces portiques enregistrent la vitesse moyenne parcourue sur une distance de plusieurs kilomètres. Ils prennent la vitesse au premier passage, puis au second, quelques kilomètres plus loin. Un ordinateur calcule ensuite la moyenne entre les deux passages, une vitesse beaucoup plus révélatrice que celle prise instantanément. Une *Cinquecento* peut rouler aussi vite qu'une berline. C'est impressionnant ! Hormis les vieux modèles de FIAT qui se traînent sur la file de droite, les grosses cylindrées ne quittent pas la voie de gauche.

Le trajet passe en un éclair. Déjà, nous quittons l'autoroute et récupérons la *superstrada*, l'équivalent des nationales en France. La campagne et les montagnes nous accompagnent tout du long. La neige orne le sommet des montagnes. Le paysage est magnifique. Je me sens ailleurs, vraiment loin de chez moi. J'éprouve un sentiment de liberté.

Dario et Antonella finissent leur sieste en même temps, à mon grand désarroi. J'aimais bien écouter Francesco me conter ses histoires avec son léger accent. L'italien, quelle belle langue ! Il faudrait que je m'y mette. Je suis certaine que mamie Jeanne serait contente que je l'apprenne. Ce n'est pas par hasard qu'elle m'envoie ici. Elle voulait que j'y découvre quelque chose, mais quoi ?

Enfin, nous quittons la *superstrada*. Nous traversons une charmante ville, du nom de Sora. J'y croise les tout premiers feux tricolores.

— Le jeudi, certaines routes sont condamnées, m'explique Antonella avec des yeux malicieux. C'est le jour du marché. Il y a plein de bonnes affaires ! Ce n'est pas cher ! me chuchote-t-elle. L'été, c'est bondé de touristes. Enfin, ce ne sont pas vraiment des touristes. Ce sont les enfants des émigrés qui reviennent durant leurs grandes vacances. L'Italie a beaucoup souffert des guerres, des tremblements de terre aussi. Beaucoup ont dû fuir. À part cultiver la terre, il n'y a rien à faire ici. Les jeunes n'ont pas beaucoup d'avenir. Tu sais, il y a un paquet d'Italiens partout dans le monde. Il paraît qu'une personne sur sept a du sang italien qui coule dans ses veines.

— Ah bon ? Je ne le savais pas. Remarque, moi aussi, j'en ai. Giovanni, mon arrière-grand-père, est venu en France dans les années quarante. Il a rencontré mon arrière-grand-mère, Anne, et ils se sont mariés. Dans la foulée, ils ont eu ma grand-mère paternelle, mamie Jeanne. Je n'ai pas connu pépé Giò et j'étais un bébé quand mémé Anne est morte.

— Tiens, c'est drôle, m'interrompt-elle. Giovanni c'est Jean, en français. Et sa femme s'appelait Anne. Jean plus Anne, cela fait Jeanne.

— C'est étrange qu'ils aient choisi ce prénom pour leur fille, remarque Dario.

— Ah ouais, c'est bizarre. Je n'y ai jamais fait attention. Mamie me disait que c'était en hommage à Jeanne d'Arc. C'est vrai, ça… Jean, Anne, Jeanne.

Nous longeons un petit fleuve, lorsque Francesco demande :

— Vous avez faim ?

— Euh… Un petit creux commence à se faire sentir, dis-je.

— Ah bah, j'ai ce qu'il faut dans le coffre, propose Antonella.

— Zia, avec tout le respect que je te dois, il n'est pas question de manger ton pique-nique belge. Vous êtes en Italie. Je suis certain qu'Élisa appréciera une bonne part de *pizza al taglio*, pas vrai ?

— Euh… Il n'est même pas 11 h, dis-je, perplexe.

— Tu vas voir, il n'y a pas d'heure pour en manger, de cette pizza. Tu m'en diras des nouvelles. C'est là-bas, dit-il, en m'indiquant la petite enseigne lumineuse Da Carmella – Pizzeria.

Il stationne son Alfa à proximité et coupe le moteur.

— Allez-y tous les deux ! déclare Antonella. On va en profiter pour aller acheter quelques fruits, un peu plus loin. On n'en a pas pour longtemps. Dario, tu viens ! Il me faudra de l'aide pour porter les sacs.

Dario s'exécute avec la mine d'un homme soumis. Il avait peut-être envie de manger de la pizza, lui.

Francesco pousse la porte du minuscule restaurant et m'invite à entrer. Minuscule est déjà trop pour décrire le lieu. Il s'agit d'un boui-boui d'à peine neuf mètres carrés. Sur le côté droit, à l'angle, il y a un frigidaire d'une autre époque qui fait un bruit de tracteur, doté d'une porte vitrée, couverte de buée. Je devine qu'il renferme les boissons fraîches. Restaurant n'est pas non plus le terme adéquat. Il n'y a pas de table, seulement trois tabourets de part et d'autre le long des murs latéraux et un guéridon sur lequel traîne une bouteille de Peroni, vide, bien entendu. Les murs sont recouverts d'affiches publicitaires des commerces locaux et de petites annonces. C'est à peu près tout. Ah, j'allais oublier un détail : une poubelle surdimensionnée et le principal, au fond du local : le comptoir vitré derrière lequel se trouvent les plateaux de pizza, presque tous vides, avec quelques parts abandonnées et froides sur l'un d'eux. Une trappe sert de passe-plats sur le mur du fond. Il n'y a aucun prix, aucun menu. C'est vraiment « à la bonne franquette ».

Une vieille dame, avec un grand manteau et un bonnet en laine sur la tête, surgit de l'arrière-boutique. Immédiatement, je pense au racontar de ma grand-mère. Vous savez, au sujet des fesses de la vieille qu'il faut embrasser en arrivant dans un lieu nouveau. En ce moment, je suis plutôt servie, à la fois en grands-mères et en nouveaux lieux.

Dès qu'elle nous aperçoit, elle hurle :

— *Carmella ! Ci sta gente ! Io vado.*

— *Si mamma ! Vengo subito,* lui répond une voix féminine.

— *Mo arriva*, nous dit-elle. *Arrivederci !*

— *Grazie. Ciao !* répond Francesco.

Devant mon air perplexe, il me fait la traduction :

— Elle, c'est la mère de la propriétaire. Elle dit à sa fille, Carmella, qu'il y a du monde. Et Carmella lui répond qu'elle arrive vite. « *Ciao* », c'est salut et « *arrivederci* », au revoir !

— Ça, j'avais compris même sans avoir pris de cours. Il ne faut pas être sorti de Saint-Cyr...

— C'est qui ce saint ? Je ne le connais pas.

J'explose de rire.

— Pour une fois, j'étais sérieux. Si c'est une expression, je ne l'ai jamais entendue.

— Sans rire ? Tu préfères sans doute les expressions telles que « Femme qui rit, à moitié dans ton lit », dis-je, par pure provocation, en rougissant de plus belle.

— Ce n'est pas moi qui l'ai dit, cette fois...

— Tu parles super bien le français, comment ça se fait ?

— Je suis né en France et j'ai suivi ma scolarité jusqu'en cinquième là-bas, dans une petite ville près de la frontière belge. Quand mon grand-père est tombé malade, on est revenus vivre ici. Le français est la première langue que l'on apprend à l'école. Je partais avec un gros avantage.

— Sincèrement, à part quelques intonations, tu n'as rien perdu. Moi, j'ai étudié l'allemand pendant neuf ans et pourtant je suis incapable de faire une phrase. À part « Ich spreche nicht deutsch ! », je ne sais rien dire.

— Il faut croire que les Italiens sont plus doués que les autres pour manier les langues. Tu veux essayer tout de suite ? dit-il en approchant dangereusement sa tête de la mienne et en glissant sa main derrière ma taille.

— *Ciao ragazzi, che volete ?* nous interrompt la patronne des lieux, surgie de nulle part.

Francesco et moi sursautons comme deux enfants pris en flagrant délit de vol de bonbons dans une boulangerie. Il fourre les mains dans ses poches et tout penaud, il dit :

— *La pizza calda, quando esce ?* Je lui demande s'il y aura bientôt de la pizza chaude, me précise-t-il.

— Ah… Euh, oui, c'est mieux ! Celles qui restent ont l'air appétissantes, mais… je préfère quand c'est bien chaud.

— *Tra due minuti !* lui répond la charmante commerçante avec un grand sourire.

— *Benissimo, aspettiamo,* dit Francesco.

— *Volete bere qualcosa in tramento ?*

— Tu veux boire quelque chose, en attendant ? La pizza sera prête dans deux minutes.

— Non, je te remercie, sauf si tu prends quelque chose…

— Il y a bien des choses que j'aimerais prendre. Voyons voir… dit-il, faisant mine de réfléchir, en balayant les canettes disposées sur le comptoir.

Pfff. Il est vraiment lourd avec ses sous-entendus. Et il fait ça avec un tel naturel, comme si c'était normal. Je vous jure…

— Ouais, on va prendre… du Fanta ! me dit-il. Son goût est très différent du Fanta français. Tu vas l'adorer. C'est comme pour le Coca, ce n'est pas le même ici et là-bas. Les recettes dépendent des pays.

J'explose de rire à nouveau lorsque je comprends que je faisais fausse route avec ses soi-disant sous-entendus. En fait, l'obsédée de service, c'est moi, pas lui !

— Je ne vois pas ce qu'il y a de si drôle, dit-il, en me regardant avec des yeux ronds.

— Laisse tomber, dis-je en lui frôlant le bras. J'ai très envie d'essayer… le Fanta, dis-je avec une pointe de sensualité dans la voix.

— Ah, voilà la pizza qui arrive ! dit-il, comme sauvé par le gong, lorsque la commerçante pose l'énorme plateau rectangulaire fumant duquel se dégage une merveilleuse odeur à se damner.

Selon les indications de Francesco, elle coupe deux grandes parts de pizza qu'elle rabat l'une sur l'autre et emballe à moitié de sorte qu'on puisse la déguster de suite. Elle emballe deux autres morceaux, cette fois en entier, probablement pour Dario et Antonella qui doivent désormais s'impatienter près de la voiture. Elle me tend un sac plastique qui contient deux canettes de Fanta, deux pailles, les deux autres parts et des serviettes en papier. Francesco paie le tout et nous sortons sur le trottoir où un banc en plastique a été mis à la disposition des clients. Dario et Antonella n'étant toujours pas revenus, nous nous asseyons côte à côte sur le banc, le temps de manger. Je comprends mieux ce que signifie *pizza al taglio*.

— Fais attention, c'est très chaud, m'alerte Francesco. Aïe ! Bah voilà, je me suis encore cramé le palais.

— Le mien me fait déjà mal ! Je me suis brûlée ce matin avec du café, dis-je, en repensant à l'épisode de l'aéroport. Mmmmm, mais cette pizza est une tuerie ! m'exclamé-je en dégustant ma première bouchée.

— Je te l'avais dit ! dit-il, tout fier.

La pâte est croustillante en surface et tellement tendre à l'intérieur. La sauce tomate, simple et pourtant si goûteuse, avec de vrais morceaux de tomate et des feuilles de basilic pour parfumer le tout. À chaque bouchée, c'est l'extase. Les fils de mozzarella me donnent du fil à retordre, c'est le cas de le dire. Je les aspire discrètement pour paraître la plus sophistiquée possible. Je prends mon temps pour apprécier. Après ça, je ne verrai plus jamais les pizzas de la même manière. Et j'espère que j'arriverai de nouveau à les apprécier comme je suis en train d'apprécier celle-ci. J'ai envie d'immortaliser ce moment.

— Francesco, tu veux bien me prendre en photo devant la devanture de cette pizzeria ? Ce serait trop long à t'expliquer, mais je n'ai pas de téléphone sur moi. Je voudrais revenir ici, un jour.

— On va faire un selfie. Comme ça, on y sera tous les deux. Serre-toi contre moi ! Attends, on va en faire plusieurs. Tu es prête ?

Nous prenons la pose. La première photo est toute simple : nous deux avec nos parts de pizza, l'enseigne en arrière-plan. Sur les suivantes, on se lâche un peu, on se rapproche davantage : tête contre tête sur l'une, photo grimace sur une autre, sur une autre encore, il me dépose une bise sur la joue… On s'amuse comme des enfants. Étrangement, c'est comme s'il avait toujours fait partie de ma vie. J'ai l'impression de le connaître…

— Elles sont sympas, ces photos. Donne-moi ton adresse mail. Je risque d'oublier de te les envoyer sinon…

— elisad94@gmail.com

— Voilà, c'est fait. Eh bien, la vie est étrange… J'étais loin de me douter qu'en venant chercher mon oncle et ma tante aujourd'hui, j'allais faire une rencontre spéciale.

— Tu n'imagines même pas tout ce qui m'arrive depuis quelques jours… Ce serait trop long à t'expliquer, mais… moi aussi, je suis très heureuse que nos chemins se soient croisés. Mais…

— Chut… dit-il en posant son index sur ma bouche.

Comme un peu plus tôt, ses lèvres s'approchent dangereusement des miennes. Dans ma tête, c'est la sonnette d'alarme : *Mayday ! Mayday !* J'ai envie qu'il m'embrasse. Personne n'en saura jamais rien. Je ferme les yeux pour me préparer à recevoir son baiser lorsqu'une voix vient briser la magie du moment :

— Alors les jeunes, on n'a pas été trop long ? lance Dario, chargé comme une mule, à des années-lumière de se douter de ce qu'il vient d'interrompre.

— Dario ! Attends-moi, crie Antonella depuis l'autre côté de la route. Viens m'aider, c'est trop lourd.

— J'arrive, zia… répond Francesco qui m'abandonne pour courir à sa rescousse.

Et moi, complètement sonnée, toujours assise sur le banc, je me mets à trembler comme une feuille.

44.

Nous nous remettons en route. Le ciel s'est obscurci, un peu comme mon moral. L'inconnu se fait de plus en plus palpable et je suis fatiguée. Ces dernières nuits ont été plus que chahutées. Et ces derniers jours tellement riches en émotions qu'ils n'ont pas été non plus de tout repos. J'ignore ce qui m'attend... et je commence à craindre le pire. L'angoisse m'envahit comme la veille d'un examen. Dans le rétroviseur, le regard de Francesco n'est plus le même. Moins sûr de lui, légèrement inquiet aussi, il y a une sorte de télépathie qui nous unit.

— Alors ? Où doit-on te déposer ? demande-t-il, avec une certaine tristesse dans la voix, sentant la fin de notre périple se rapprocher.

— Euh...

— Allez, tu peux nous le dire. Est-ce que tu es une criminelle en cavale ? De toute façon, il y a peu de chance qu'on te revoie un jour, ajoute-t-il, presque blessant. Alors, dis !

— En cavale, non ! dit Antonella. Mais toi, tu ne le sais pas, Francesco. Élisa est dans le journal belge, elle a permis à un homme de sortir du coma, pas plus tard qu'hier.

— Ah bon ? s'étonne ce dernier.

— Oui, mais c'est sans doute du pur hasard, dis-je en repensant à Maurice et Évelyne.

— Ne sois pas si modeste ! me sermonne Dario. C'est ce qu'ils disent dans le journal, que c'est grâce à toi.

— Oui, bon… peut-être, on ne le saura jamais vraiment, dis-je, lasse de devoir me justifier.

— Tiens, d'ailleurs, je te l'offre, ce journal. C'est normal qu'il te revienne, tu es dedans. Tu le montreras à tes enfants, un jour.

— Merci. C'est sympa. Je n'y avais pas pensé mais oui, ce serait marrant de leur raconter toute cette aventure, dis-je, sans grand enthousiasme.

— Tout ça ne me dit pas où l'on va ? dit Francesco en quittant la voie rapide et en s'engageant sur une route de campagne.

— Il faut que j'aille au cimetière de Roselli. Si tu peux me déposer à proximité, ce sera parfait.

— Au cimetière ? s'étonne Antonella. Ta visite à un défunt ne peut-elle pas attendre ?

— Non, c'est important. Je dois aller là-bas.

— D'accord. C'est tout à ton honneur, jeune femme. Francesco, tu n'as qu'à nous déposer d'abord et tu déposeras ensuite Élisa au cimetière, propose-t-elle.

— Non ! hurlé-je dans l'habitacle.

Tout le monde sursaute et moi la première, surprise par ce cri sorti du plus profond de mes tripes.

— Je suis désolée d'avoir crié si fort. C'est juste que… C'est important que j'y aille seule, dis-je plus calmement.

— Et après, tu iras où ? demande-t-elle, sans aucune arrière-pensée.

— Zia ! Laisse-la tranquille, tu veux ! me défend Francesco. Cela ne nous regarde pas !

— OK, pardon ! Tu es une grande fille et tu sais ce que tu fais. Après tout, nous ne te connaissons pas, dit-elle, légèrement contrariée.

— Vous êtes très gentils, vraiment ! M'avoir conduite jusqu'ici, c'est déjà énorme. Je ne sais pas comment j'aurais fait sans vous.

Un panneau d'entrée de ville m'indique que nous sommes arrivés à destination : Roselli. Nous croisons très peu de voitures et je commence à regretter d'avoir décliné la proposition d'Antonella de me faire accompagner par Francesco. À part un bar, il n'y a rien, aucun commerce, aucune âme qui vive. Mais où sont les gens ? Les maisons semblent pourtant habitées, enfin pour la plupart. La place du village est complètement déserte. Nous passons devant l'église et aux tintements de ses cloches, j'apprends qu'il est midi. Le cimetière ne doit plus être très loin. Le temps se gâte. L'orage nous guette.

Un immense parking confirme mes prévisions. De petites croix dépassent de la clôture. Les battements de mon cœur s'accélèrent. J'y suis presque...

— Est-ce que tu dois aller au nouveau ou à l'ancien ? me questionne Francesco.

Cette phrase pourtant anodine me rappelle un détail non négligeable : la vieille porte.

— C'est du côté de la vieille porte.

— Très bien, alors c'est là, dit-il en traversant la grande place.

Il coupe le moteur et tous les trois descendent du véhicule pour me saluer. Antonella prend les devants.

Une lueur étrange dans ses yeux me laisse penser que l'émotion la gagne.

— Ça a été un plaisir de faire ta connaissance, jeune femme, dit-elle en me serrant dans ses bras. Je te souhaite plein de bonheur. Et si un jour tu reviens, en Belgique ou ici, fais-le-nous savoir, dit-elle en me glissant sa carte dans les mains. Il y a tellement de belles choses à voir dans cette région.

— C'est promis ! Heureusement que vous m'avez écoutée pendant ma sieste dans l'avion. *Grazié millé* Antonella, dis-je avec un accent disgracieux.

Mais déjà, elle s'est réinstallée dans la voiture et a claqué la portière.

— Tiens, c'est pour toi, me dit Dario, en me tendant un sac de provisions. C'est tout frais, ça vient du marché. C'était son idée, dit-il en désignant Antonella du menton, une vraie mère poule. Elle est incorrigible. Nous habitons à Casalvieri, près de la mairie. Si tu veux venir prendre un café un de ces jours, ce sera avec grand plaisir. Dario et Antonella, les Belges, tout le monde nous connaît. Et peut-être qu'on te verra à la fête de San Antonio, dimanche ?

— Je ne sais pas... En tout cas, c'est adorable. Merci pour tout ça, dis-je en soulevant le sac. Je suppose que ça ne se fait pas de le refuser.

— En effet, ça ne se fait pas ! *Arrivederci !* Ah, j'oubliais, si tu développes ton don pour réveiller les gens dans le coma, s'il te plaît, pense à rendre une petite visite à Schumi, on ne sait jamais !

— OK, dis-je, en souriant. Je vais y penser.

— Heureuse vie, Élisa !

— Merci, Dario, prenez soin de vous !

— Moi, je t'accompagne jusqu'à l'entrée, si tu me le permets, m'annonce Francesco.

— Allez, c'est d'accord. Au revoir, Antonella, au revoir, Dario ! dis-je d'un geste de la main auquel ils répondent tous deux.

Francesco porte mon sac à dos. Il tient également le sac avec les pizzas destinées à son oncle et sa tante et le Fanta auquel je n'ai toujours pas goûté. Lorsqu'on disparaît du champ de vision de la voiture, sa main glisse dans la mienne. Je la serre un peu plus fort.

— C'était bref mais intense, dit-il. Peut-être que toi et moi, on aurait pu faire un petit bout de chemin ensemble. Qui sait ?

— Peut-être, Francesco. Ma vie est un peu compliquée ces derniers temps. J'ai quelqu'un, mais...

— Chut. Embrasse-moi.

Je ne vois rien venir et me laisse envahir par cette émotion nouvelle qui me transporte. Ses lèvres sont déjà sur les miennes. Je ne résiste pas et m'abandonne. Je n'ai pas embrassé un autre que David depuis que nous sommes ensemble. Francesco se fait plus pressant, sa langue rejoint la mienne. Malgré mes pensées paradoxales, je me laisse faire, je coopère. Lentement, il me plaque contre le mur du cimetière. Ses mains essaient de se frayer un chemin vers ma poitrine. Je peine à reprendre mon souffle quand un coup de tonnerre gronde. C'est un signe.

— Francesco, non. S'il te plaît, arrête ! dis-je, dans un souffle.

— Je suis désolé, Élisa. Je ne sais pas ce qui m'a pris. J'ai eu envie de t'embrasser à la minute où je t'ai vue à l'aéroport.

— Je suis très flattée. Moi aussi, tu m'as plu de suite derrière tes airs de macho italien. Je suis sûre que tu finiras par trouver la femme que tu mérites.

— Que Dieu t'entende, Élisa !

Sur ce, un autre grondement de tonnerre résonne, un peu plus loin. L'orage s'éloigne, heureusement pour moi. Mais pas seulement l'orage, malheureusement.

45.

Je regarde la silhouette de Francesco s'éloigner. Mon cœur bat à tout rompre. Ce baiser, j'aurais voulu qu'il ne cesse jamais, qu'il se poursuive malgré le ciel qui gronde. J'aurais voulu qu'il insiste, qu'il me donne le sentiment de se battre un peu pour moi, pour un début de nous.

Mais Francesco ne se retourne pas et cela me déchire le cœur. J'ai l'impression d'être dans un rêve, ou plutôt dans un cauchemar. Pourtant, je suis bien là, seule et immobile, face à cette immense porte, béante, derrière laquelle reposent des milliers de gens depuis des générations. J'entends la voiture démarrer. Cette fois, c'est fini avant d'avoir commencé.

Oh là là, que je n'aime pas les cimetières ! Au moins, en France, les caveaux sont enterrés. Ici, les tombeaux sont au-dessus du sol, dans des casiers posés les uns sur les autres, en hauteur. La seule fois où je suis allée dans un cimetière, c'est pour accompagner mamie Jeanne lors de son dernier voyage. Je n'aime pas la mort et tout ce qu'elle évoque. Je déteste les enterrements. Qui les aime, me direz-vous ? Il y a pourtant des cultures pour lesquelles la mort est le début d'autre chose. Y a-t-il une vie après la mort ? J'ai toujours voulu y croire. Ce message de mamie me laisse penser que peut-être, les choses ne sont pas ce que l'on pense qu'elles sont. Bref ! Je suis en train de perdre les pédales et de prendre racine aussi.

Allez, ressaisis-toi ! Je dois oublier ce qui vient de se produire : Francesco et son baiser fougueux. Il faut que je me reconnecte à la réalité. Le souffle court, je prends une grande inspiration.

Pourquoi mamie Jeanne a-t-elle souhaité que je me rende ici ? Que suis-je censée y trouver ? Je regarde l'allée principale. Il n'y a personne. Dans un sens, tant mieux pour moi. Et dans un autre, être seule dans un cimetière n'est pas très rassurant. Il y règne une atmosphère très particulière. Et ce silence… À part quelques oiseaux qui piaillent, il n'y a pas âme qui vive. C'est le cas de le dire.

Cela fait combien de temps que je suis plantée là ? Cinq minutes, dix peut-être… Allez, je me lance. La deuxième allée à droite n'est pas très loin. Le sol est cabossé. Les racines des arbres sont apparentes. Les nuages s'éloignent au gré du vent.

Deuxième à droite. J'y suis. C'est une allée d'environ vingt mètres de long. Chaque colonne rassemble quatre personnes d'une même famille. Je commence l'inspection des pierres tombales. Aussi étrange que cela puisse paraître, certaines cases contiennent deux corps. Comment est-ce possible ? Ils doivent être bien à l'étroit là-dedans. Je calcule les âges par curiosité. Certains sont là depuis plus d'un siècle. Je regarde les portraits en noir et blanc. Certains chanceux ont pu bénéficier des services d'un photographe avant leur mort. Parfois, ce sont des dessins. D'autres portraits sont beaucoup plus récents. Ils ont quitté cette terre dans les années 2000. Certaines photos me font froid dans le dos : celles d'enfants mort-nés, ou décédés quelques jours après leur naissance. L'émotion me gagne, au fur et à mesure que j'avance. Je regarde à gauche, du bas vers le haut, puis à droite lorsque mon regard s'arrête sur une sculpture très particulière. Cela ressemble à un reste de missile de guerre. Je m'approche, les jambes flageolantes. Les fleurs en tissu qui ornent la tombe sont décolorées et pleines de terre. Personne n'entretient ce tombeau. Je regarde la pierre du bas. Il n'y a aucune inscription dessus. Mon cœur fait un bon dans ma poitrine lorsque mes yeux se posent sur un prénom, le mien.

Elisa FRATTI nata ROSA
1890 – 1960

Quelque chose me dit que j'approche du but. Au-dessus d'elle, pire ! C'est le prénom de mon père : Rocco.

Rocco BONTE
1885 – 1943

Je vous vois venir. Allez-y, moquez-vous du prénom de mon père, pendant que vous y êtes ! À cause de toutes ces moqueries, justement, mon père a choisi de faire franciser son prénom en 1992, lorsque la star du X était en plein essor. Il s'appelle Roger maintenant. N'empêche que son prénom, c'est Rocco. 1943, est-ce un hasard ? Ce Rocco, serait-il décédé pendant la Seconde Guerre mondiale ? À cinquante-huit ans...

La dernière tombe, celle du haut, appartient à...

Giovanni BONTE
1917 – 1990

Mais c'est pépé Giò, mon arrière-grand-père, le père de mamie Jeanne. Que fait-il ici ? Je ne savais pas que pépé était enterré en Italie. Pourquoi ne l'ai-je jamais su ? C'est tout de même étrange que personne ne m'en ait parlé. Ni papa, ni même mamie. Et mémé Anne, alors ? Pourquoi n'est-elle pas à ses côtés ?

Je comprends donc qu'Elisa est la mère de Giovanni et que Rocco est son père. Alors, comme ça, je porte le prénom de mon arrière-arrière-grand-mère. C'est fou ! Et dire que je pensais que mes parents étaient des fans de Gainsbourg. J'étais complètement à côté de la plaque. Remarque, l'un n'empêche pas l'autre ! On peut être, à la fois, fan de Gainsbourg et avoir une ancêtre qui porte ce prénom. Bon, passons !

Une phrase gravée sur la tombe de pépé Giò attire mon attention. La craie s'est ternie. J'ai du mal à la déchiffrer. Ça alors, c'est un poème. Il est écrit en français :

À mon père,
Ce héros de guerre, le héros dont je suis fière.
Tu as quitté ta terre et sauvé des vies.
La France t'a accueilli et tu m'as donné la vie.
Il était normal que tu reviennes ici.
Un jour, je reviendrai aussi.
Je t'aime.
Ta fille, Jeanne.

Que je comprenne ! Mon aïeul est un héros. C'est donc cela que mamie voulait me faire savoir ? Que nous sommes des battants dans la famille ! Que cela se transmet de génération en génération ! Que nous sommes toujours prêts à aider les autres, à faire le bien autour de nous. Ce serait donc ça ?

Lasse d'essayer d'interpréter le message de mamie, je m'assois sur une petite butte. Mon regard se pose sur l'espèce de sculpture en forme de missile. Plusieurs citations sont gravées dessus. Elles aussi, en français.

« J'ai appris que le courage n'est pas l'absence de peur, mais le fait de triompher d'elle. L'homme courageux n'est pas celui qui ne ressent pas la peur mais celui qui la vainc. »

« La plus grande gloire dans la vie ne réside pas dans le fait de ne jamais tomber, mais dans celui de se relever à chaque fois que nous tombons. »

« Dans la vie, on a toujours le choix : aimer ou détester, assumer ou fuir, avouer ou mentir, être soi-même ou faire semblant. »

Ces citations de Nelson Mandela résument bien ce qu'a été ma vie à tes côtés.

À mon bien-aimé, Anne.

Les yeux figés sur les tombes de mes ancêtres, je sens un poids s'échapper de ma poitrine. C'est comme si une partie de moi se révélait enfin. Un apaisement m'envahit lorsqu'une voix venue d'ailleurs se met à m'appeler.

— Élisa ?

Je ne réponds pas. Je dois sans doute rêver. La fatigue, le stress et les émotions ont raison de moi. Mais la voix m'appelle à nouveau.

— Élisa ? Tu es là ?

J'ai du mal à savoir d'où arrive cette voix. Je colle mon oreille contre la pierre tombale. Ne sait-on jamais que les morts puissent s'exprimer ? J'ai vraiment perdu la raison…

— Ah, Élisa… Enfin, je te retrouve ! Mais que fais-tu l'oreille collée contre cette tombe ? me demande Francesco, surpris et amusé en même temps.

— Euh… Rien du tout ! Et toi ? Qu'est-ce que tu fais ici ? Pourquoi tu es revenu ?

— Ça me paraît pourtant évident, non ? dit-il en essayant de m'embrasser.

Je détourne le visage et son bisou atterrit dans le creux de mon oreille.

— J'ai bien fait de revenir, on dirait ! dit-il, très ironique.

— Je suis perdue, Francesco, et j'ai beau être loin de ma famille, je ne veux pas faire n'importe quoi.

— Pourtant, tout à l'heure, tu semblais apprécier.

— Je ne semblais pas. J'appréciais. Mais depuis, j'ai lu un truc qui m'a remuée. *« Dans la vie, on a toujours le choix : aimer ou détester, assumer ou fuir, avouer ou mentir, être soi-même ou faire semblant. »* C'est une citation de Nelson Mandela. Eh ben, tu vois… dans ma tête, c'est un peu tout ça en même temps. J'aime, mais je fuis. Je ne veux pas avoir à mentir ni à faire semblant. Tu comprends ?

— Ah oui, quand même ! Vous êtes combien là-dedans ? dit-il, en pointant mon crâne.

Je souris à sa boutade. Il n'a pas tout à fait tort.

— Et si on allait manger un morceau ? suggère-t-il.

— Manger ? Encore ! Et tout ça, j'en fais quoi ? dis-je en lui montrant les sacs de provisions.

— Donne ! Ce n'est pas à la femme de porter tout ce poids. Tu as goûté à la pizza, maintenant, il faut que tu goûtes nos glaces. Je connais un endroit où elles sont magnifiques. C'est dans mon patelin. Ça te dit ?

— Je te suis. De toute façon, je n'ai rien à faire. Francesco, avant de partir, s'il te plaît, est-ce que tu veux bien prendre une photo de ces tombes ?

— Tout ce que tu voudras, ma belle. Je parie que je dois te l'envoyer par mail ?

— Tu commences à bien me connaître, on dirait. Merci, tu es un ange.

Il prend la photo. J'imprime l'image dans ma tête. Mamie Jeanne a écrit « Je reviendrai aussi ». Comme elle, je reviendrai aussi et d'une certaine manière, j'emporterai avec moi un petit bout de mamie. J'improvise un timide signe de croix et souffle un baiser en direction des tombes.

Déjà, Francesco se dirige vers la sortie du cimetière. Je ne peux pas nier que je suis super contente qu'il soit revenu. Pitié, faites que je résiste ! pensé-je, en regardant ses fesses. Il est tellement sexy dans son jean slim.

46.

Cette fois, je prends place devant. C'est difficile à expliquer mais, à ses côtés, je me sens désirable. Mes complexes ont disparu et j'arrive même à faire abstraction de ma tenue de plouc. Je suis loin d'être féminine et ma tentative de me « faire jolie » à l'aéroport de Bruxelles n'est plus qu'un lointain souvenir. De temps à autre, il me regarde avec des yeux gourmands qui ont le pouvoir de me rendre femme.

Il a allumé la radio et les voix de canard des chanteurs italiens me réchauffent le cœur. Il fait bon dans l'habitacle. Je me dévêtirais bien volontiers. Mais je crains que Francesco n'y voie une quelconque invitation à tester la banquette arrière. Je prends sur moi. La glace me rafraîchira.

Je pose la tête contre la vitre et au rythme d'une chanson, intitulée *Mi fa volare*, autrement dit « Ça me fait voler », je me mets à rêvasser. Je contemple la campagne. Les montagnes sont toujours là. La pluie qui menaçait un peu plus tôt s'en est définitivement allée. Désormais, le soleil joue à cache-cache avec les nuages. Ils filent à toute vitesse dans un ciel bleu azur. J'aime regarder le ciel. Lorsque j'étais petite, je m'amusais à donner des noms aux nuages en fonction de leur forme. Ceux-là ont une forme de... bouche. Une plainte sonore s'échappe de ma poitrine lorsque l'image du torse de David souillé de rouge à lèvres me revient en mémoire.

— Qu'est-ce qu'il y a ? me demande Francesco, aux aguets de chacun de mes mouvements.

— Oh... Rien.

— Bah si ! Allez, dis-moi. Tu peux te confier. Je ne le répèterai à personne.

— Ça tombe bien, personne ne me connaît ici ! dis-je en riant. Bon... Puisque tu insistes... Je pensais à mon petit ami.

— Ah... Donc, tu n'es pas célibataire. *Mannaggia* ! Je m'en doutais, dit-il, plus pour lui-même. Et ?

Mannaggia veut dire « mince ! » Ce mot-là, je le connais bien. Mamie Jeanne le disait souvent.

— Pfff. Je ne sais pas si je dois considérer que nous sommes toujours ensemble.

— Ça fait longtemps ?

— Que nous sommes ensemble ? Quatre ans.

— C'est pas mal ! Ici, tu serais déjà mariée depuis belle lurette. Les mentalités sont un peu différentes dans ces campagnes. Les femmes quittent leurs parents pour se marier dès que possible, quitte à se tromper, dans le sens de faire une erreur, et à être malheureuses ensuite. Le mariage, vous y pensez ?

— Justement... J'attendais qu'il me fasse sa demande et puis l'autre jour, je me suis dit que c'était moi qui lui ferais. J'ai déjà trouvé ma robe.

— Ah... Est-ce que d'avoir trouvé sa robe est une bonne raison pour demander quelqu'un en mariage ?

— Bah, je l'aime, quand même ! dis-je, doucement, comme si ces paroles étaient difficiles à prononcer.

— Tu es sûre ? me demande-t-il, suspicieux.

— Oh, écoute, Francesco, je n'ai pas forcément envie d'en discuter avec toi, dis-je, agacée. Je suis déjà paumée et toi, tu arrives avec ton beau sourire et ton petit accent. Tu m'embrasses, tu me laisses, tu reviens... Comment veux-tu que j'arrive à faire la part des choses ? dis-je, en me sentant rougir.

— Ce qui est sûr, c'est que tu es bien paumée.

Malgré la situation, nous éclatons de rire tous les deux. Lorsque le fou rire s'estompe, Francesco revient à la charge.

— Tu as besoin d'un break, je crois, dit-il avec une once d'espièglerie dans le ton.

— Je te vois venir à des kilomètres.

— Bah quoi ? Qui ne tente rien n'a rien !

— Le break, je suis en plein dedans, dis-je en redevenant plus sérieuse.

— Alléluia ! claironne-t-il, en pilant net au milieu de la route, heureusement pour nous, déserte. Alors, allons-y ! dit-il en se penchant vers moi, les yeux clos et la bouche en cœur pour m'embrasser.

La scène est risible. Je suis partagée entre l'envie de lui mettre une gifle et celle de le satisfaire mais je choisis d'être raisonnable et préfère lui « mettre un vent ».

— Mais t'es perché, ma parole ! Ce n'est pas possible, tu ne penses qu'à ça ? Tu as une... à la place du cerveau ou quoi !

— Oh là là, on ne peut même pas rigoler, dit-il, contrarié et frustré, en reprenant la route, le jean au bord du craquage.

— Francesco, ce n'est pas drôle ! Je te rappelle qu'on ne se connaît pas depuis très longtemps. Je suis déjà bien assez folle de te suivre, je ne sais où, en pleine montagne ! Si ça se trouve, tu es un déséquilibré. D'ailleurs, on va où, comme ça ? Des glaciers, il y en a à tous les coins de rue, en Italie, non ? dis-je en constatant qu'à part des champs et quelques baraques, il n'y a pas grand-chose dans les parages.

— Moi qui voulais être romantique, ça m'apprendra ! dit-il dans sa barbe. On va à Picinisco. Il y a un point de vue magnifique, là-haut. Je voulais te faire la surprise.

— Oh, pardon. Je suis désolée. C'est super sympa de t'occuper de moi. D'ailleurs, tu n'es pas censé être au travail ?

— J'avais pris la matinée pour aller chercher mon oncle et ma tante à Rome. Et puis, avant de partir à ta recherche dans le cimetière, j'ai appelé mon boss pour lui dire que j'étais malade.

— Ah oui ? Malade, toi ? Et quelle est donc cette maladie ? dis-je, sur un ton coquin, en ayant pleinement conscience de souffler le chaud et le froid, vilaine que je suis.

— Ne me fais pas dire ce que tu n'es pas prête à entendre, Élisa. Je n'ai pas envie de passer pour un nul, dit-il, concentré sur la route où les virages s'enchaînent.

— Désolée. Je me tais !... Waouuuuuuh, dis-je en admirant le panorama.

— Nous sommes arrivés, dit-il en se garant.

La place de village est toute petite mais pleine de charme. Les lampions à l'ancienne lui donnent des airs de décor de cinéma. Elle nous offre une vue imprenable sur toute la vallée. C'est tout simplement époustouflant. Je m'approche de la rambarde, j'ai l'impression d'être Kate Winslet sur la proue du Titanic et m'attends presque à ce que Léo DiCaprio s'accroche à mon dos. J'ai envie de crier « Je suis le maître du monde ! » mais n'en fais rien. La simple pensée m'arrache un sourire. Je sens le souffle de Francesco sur ma nuque. Le moment est hyper romantique. Si j'étais dans un film, je voudrais qu'il m'embrasse tel que Jack embrasse Rose, mais David ne quitte plus mes pensées. Si seulement c'était lui qui était dans mon dos.

47.

Nous restons un moment à admirer les petites maisons en contrebas, les montagnes qui nous entourent, la vallée, la neige sur les sommets et la course des nuages. Enfin plus moi que lui. Francesco est silencieux et me laisse apprécier l'instant présent. Il ne tente rien. J'entends sa respiration calme et régulière. J'essaie de graver chaque détail dans un coin de ma mémoire. Je commence à grelotter et cela ne lui échappe pas. Il me frictionne les épaules.

— Viens, on va rentrer. Tu vas attraper froid et je n'ai pas envie d'avoir ça sur la conscience. Déjà que je te fais manger une glace en plein hiver, est-ce bien raisonnable ?

— Il n'y a pas de saison pour manger des glaces. Mmmm, j'en salive déjà...

— Fais attention à ce que tu dis, quand même. Je suis sensible.

— Ah oui, pardon... dis-je, en souriant.

Nous traversons la rue et entrons dans le commerce, désert. Une télévision accrochée au mur fait l'animation. Personne ne vient dans l'immédiat mais ce n'est pas grave. Cela me laisse tout le temps de contempler les multiples parfums, au moins une vingtaine de goûts : *stracciatella*, *amarena*, banane, pomme, poire, orange, citron vert et citron normal, chocolat de différentes variétés et j'en passe ! Je n'ai jamais vu autant de choix, pour une clientèle si... absente. Qui peut bien manger ces glaces ?

Après quelques minutes, une femme arrive enfin. Enceinte jusqu'aux dents, elle se déplace avec une nonchalance exaspérante pour l'hyperactive que je suis. Je me demande si nous n'avons pas perturbé sa sieste.

— Bonjour ! dis-je, dynamiquement, pour la secouer un peu.

— Ah... Bonjour ! me répond-elle dans ma langue.

— Vous parlez français, c'est bien ! dis-je.

— Un petit peu, dit-elle néanmoins avec un fort accent. J'ai étudié à l'école et y'a beaucoup de touristes français ici, surtout l'été. *Allora*, qu'est-ce qui vous fait plaisir ? hasarde-t-elle.

— Euh, il y a tellement de choix. Bon, je vais choisir trois parfums : chocolat, pour le magnésium, *amarena*, pour les cerises et banane pour les calories. *Por favor !*

— *« Por favor »,* c'est de l'espagnol. En italien, c'est *« per favore »,* rectifie Francesco.

— Très bon choix, *Signorina* ! Avec le cône ou la *coppetta* ?

— Hein ? *Coppetta*-quoi ?

— *Coppetta,* c'est ça, précise Francesco en me montrant toutes les coupes en carton de différentes tailles posées sur le comptoir.

— Avec le cône, bien sûr, tant qu'à faire, autant le faire à fond ! dis-je en pensant aux kilos que je risque de prendre.

Elle fait couler du chocolat fondant au fond du cône. Ce n'était pas au programme mais j'accueille l'initiative avec beaucoup d'enthousiasme. Mmmm...

Francesco, à mes côtés, est absorbé par l'écran de télévision. C'est l'heure du journal. Une dame très âgée, que je n'avais pas remarquée jusque-là, est postée en face de l'écran, assoupie, sourde probablement à en juger le volume sonore.

J'observe avec une certaine admiration la commerçante réaliser ma glace lorsque Francesco se met à hurler :

— Élisa, c'est toi, tu passes à la télé !

— Arrête, Francesco, dis-je sans me retourner, ce n'est pas drôle !

— Mais je te jure ! Il y a un portrait de toi. Très joli, d'ailleurs.

En deux secondes, il dégaine son mobile et se met à filmer la télévision.

— Bordel ! Mais oui ! T'as raison, c'est moi ! Mais qu'est-ce qu'ils disent ?

— Chut ! Laisse-moi écouter !

« Sono tre giorni che i parenti non hanno più nessuna notizia. Sembra che sia stata vista in Belgio. Una ragazza che somiglia ad Elisa è considerata come una santa, permettendo ad un vecchio signore di svegliarsi da un lungo coma di quattordici anni. L'inquesta continua. Questa mattina, ci siamo collegati con Marco Giostra, appunto in Belgio, con la moglie del signore... »

Le visage d'Évelyne apparaît à l'écran. Oh, punaise ! Après le journal belge, la télévision italienne. Je crois rêver. L'interview qui suit, en français, m'est plus accessible.

— Madame, connaissez-vous cette jeune femme ? lui demande le reporter en lui montrant une photo que je suppose de moi.

— Oui, bien sûr, elle se prénomme Élisa, c'est un amour, cette petite. C'est elle qui a permis le réveil de mon mari. Je lui serai éternellement reconnaissante.

— Savez-vous où elle se trouve à présent ?

— Elle devait se rendre en Italie.

— Savez-vous qu'elle est portée disparue depuis trois jours, en France ?

— Non, je l'ignorais.

— Vous a-t-elle parue étrange, malade ou autre ?

— Mais pas du tout… Bon, ça suffit maintenant, laissez-moi tranquille.

— Merci, madame, pour vos précieux indices.

L'image d'Évelyne disparaît. Celle d'une journaliste ultra-siliconée apparaît à l'écran. Cette bimbo serait-elle donc journaliste ? Il n'y a qu'en Italie pour voir cela ! Pardon pour l'aparté.

Je comprends « aéroport, Bruxelles, Rome, Frosinone » et tout en me concentrant sur ce qu'elle dit, je vois une capture photo d'un enregistrement vidéo figée en haut, à droite de l'écran. C'est bien moi, en version noir et blanc, ce qui atténue la vision d'horreur qu'offre mon anorak bleu, visiblement en pleine course avec un gobelet dans chaque main. Il s'agit tout simplement du moment où je courais vers la salle d'embarquement. J'étais en retard et pas à mon avantage. Mais c'est interdit de diffuser ces images ! Je vais porter plainte, non mais oh !

Un numéro de téléphone apparaît à l'écran, puis la journaliste embraye sur un autre fait divers, un carambolage sur l'autoroute A1 qui crée un embouteillage monstre en périphérie de Rome. J'ai envie de dire « On s'en fout ! »

Je suis bouche bée devant l'écran lorsqu'une glace se pointe sous mon nez. C'est la future maman qui est venue jusqu'à moi me porter mon précieux remède contre la déprime. Mais dites, elle a marché, quel exploit !

— Tiens, c'est offert par la maison ! me dit-elle. Vous êtes une star. Vous pouvez me signer un autographe, s'il vous plaît ?

— Mais n'importe quoi ! dis-je, en pleine rébellion.

— Bah *si*, quand même. Bon, si vous voulez pas signer l'autographe, c'est pas grave. Par contre, vous voulez bien toucher mon ventre ? Ça lui portera bonheur, dit-elle en désignant son bébé. Vous êtes peut-être une sainte, comme Bernadette de Lourdes, sauf que vous ne le savez pas encore.

— Non, mais n'importe quoi ! Qu'est-ce qu'il ne faut pas entendre ! Je le fais mais c'est vraiment pour ne pas vous contrarier. Il ne faut jamais contrarier une femme enceinte, hein, Francesco ?

— Hein, quoi ? répond-il, plongé dans son smartphone immense.

— Toi, tu ne dis rien ? Bon, ben, merci pour la glace.

Je commence ma dégustation lorsque la vieille dame que tout le monde pensait endormie se présente devant moi, le bras tendu avec un téléphone dans la main. Elle fait des gestes saccadés m'invitant à répondre.

— Allô ? dis-je en saisissant le téléphone, timide, comme si je m'apprêtais à m'entretenir avec le Président de la République en personne.

— Allô ! J'écoute ! Qui est à l'appareil ? Allô ! hurle un parfait étranger, au bout du fil.

Bonne nouvelle, ce n'est pas le Président. Ouf !

— Euh, bah et vous ? Vous êtes qui ? dis-je, un chouïa énervée d'avoir à me présenter.

Je n'ai rien demandé, moi ! pensé-je.

— C'est vous qui nous appelez et vous nous demandez qui on est ? Il s'agit du numéro vert appel à témoin. Avez-vous été témoin de quelque chose ?

— Ah...

48.

Le message met un certain temps à parvenir jusqu'à mon cerveau. Punaise ! Alors qu'on la pensait en train de roupiller, la vieille a composé le numéro vert qui est apparu à la télé à la fin du reportage, lorsqu'ils parlaient de ma disparition. Oh là là... Elle m'a vendue ! Et je fais quoi, maintenant ?

Je pourrais raccrocher, ni vu, ni connu et faire durer mon escapade idyllique aux côtés de Francesco, en Italie, loin de mes soucis parisiens et... loin aussi de ceux qui m'aiment et qui s'inquiètent. Je pourrais. Mais...

— Allô ! Vous êtes toujours là ? s'enquiert la voix, radoucie.

— Oui, dis-je après quelques secondes. Pardon. Je m'appelle Élisa Drain. D-R-A-I-N.

— Élisa Drain ? Mais... vous êtes recherchée ! dit-il, surpris.

— Je l'ignorais.

— L'avis de recherche date d'aujourd'hui. Il faut soixante-douze heures après une disparition pour pouvoir lancer la procédure. Excusez-moi mais il va falloir que je vous identifie. Je vais vous poser quelques questions. Acceptez-vous d'y répondre ?

— Ai-je le choix ? Allez... Je vous en prie, dis-je, tout en donnant une grosse léchouille à ma glace qui commence à fondre. Hum... vraiment bonne.

— Pardon ?

— Je vous en prie, faites vite ! Ma glace est en train de fondre.

— Date et lieu de naissance ?

— 6 octobre 1993, à Corbeille, en Essonne.

— Cheveux ?

— Blonds.

— Taille ?

— 1m68.

— Adresse ?

— 49bis rue Louis Blanc, dans le 10e arrondissement de Paris.

— OK. Tout correspond, mademoiselle.

— Et maintenant ?

— Vous êtes majeure et libre de vos faits et gestes. Mais si vous me permettez de vous donner mon avis, votre famille est morte d'inquiétude depuis mardi. Il serait bon de leur donner de vos nouvelles. Si vous le souhaitez, un avion peut vous ramener à Paris, dès ce soir. Vous n'aurez aucuns frais.

— Un avion ? Ce soir ? dis-je en regardant Francesco qui me sourit faiblement en me faisant des pouces d'encouragement. Bon… D'accord… Je rentre.

— Très bien, mademoiselle Drain. Bon choix.

J'entends l'opérateur pianoter sur son clavier, laps de temps qui m'est offert pour lécher goulûment ma glace. Mmm, vraiment délicieuse !

— Mademoiselle ? Vous êtes enregistrée sur le vol Air France au départ de Naples à 20 h 20, arrivée à Charles de Gaulle à 22 h 30. Rendez-vous deux heures avant au comptoir Alitalia.

— Mais comment savez-vous où je suis ?

— Mademoiselle, enfin ! Nous sommes en ligne depuis plus de trois minutes. Votre appel a été géolocalisé à Picinisco, dans la Val di Comino, province di

Frosinone, région Lazio, en Italie. Je pourrais même vous donner l'adresse exacte. Comme vous avez mentionné une glace, j'imagine que vous vous trouvez chez Benedetta Palatino.

— Il y a une Benedetta Palatino, ici ? demandé-je, estomaquée.

— Si, io ! répond la vieille dame à l'origine de cette conversation surréaliste, visiblement fière et satisfaite de son petit coup.

— Très bien. J'y serai. Merci.

Je raccroche, épuisée, du chocolat plein les lèvres. Je finis ma dernière bouchée et bien que je n'aie rien demandé, Francesco revient avec une autre glace à la main.

— Tu n'as même pas pu l'apprécier, celle-là. Tiens, en voilà une autre. Fraise et citron, mes parfums préférés.

— Merci. Et toi ? Tu n'en prends pas ?

— Non, je peux en manger toute l'année. Et je fais attention à ma ligne. Je suis encore célibataire. Qui voudra de moi si je grossis ? Bon, si j'ai bien compris, je te dépose à Naples.

J'acquiesce avec un sourire.

— C'est quoi l'expression déjà ? poursuit-il. Toutes les bonnes choses ont une fin ?

— C'est presque ça... soupiré-je, dans un souffle.

Je plonge mes yeux dans les siens et suis prise d'une subite envie de le serrer dans mes bras. Et encore, je suis soft parce que si j'écoutais les battements de mon cœur, je ferais bien plus que cela.

Je suis fatiguée. J'ai envie de me poser un peu, de dormir et de me réveiller, en réalisant que tout ceci n'est qu'un rêve, pas forcément un mauvais rêve, d'ailleurs. C'est ce genre d'expérience qui vous rend plus fort. J'ignore quelle tournure prendra mon histoire avec David mais de toute évidence, on ne peut pas en rester là. Il faut qu'on parle.

Francesco me regarde manger ma glace avec tendresse, un sourire triste figé sur son visage. Au bout d'un moment, il me dit :

— Voilà ce que je te propose. Il est un peu tôt pour partir maintenant pour Naples. Si tu veux, on rentre chez moi, tu prends une douche, on se pose un peu et après on y va. En partant vers 17 h, on sera largement dans les temps à l'aéroport.

— Chez toi ? Une douche ?

— Ou chez Antonella et Dario, si tu as peur que je te saute dessus. Comme tu préfères.

— Je ne sais pas, je ne sais plus. J'ai l'impression qu'il faut que je rentre chez moi au plus vite.

— Si tu veux, en partant maintenant en voiture, on peut être à Paris vers 4 h du matin.

— Tu te moques de moi ?

— Un peu. Allez, viens... Je te ramène vers ta vie.

Comment fait-il pour deviner chacune de mes pensées ?

Nous nous apprêtons à quitter les lieux lorsque la commerçante apparaît avec un chiot dans les bras.

— Tenez, c'est pour vous ! dit-elle en me tendant l'animal.

— Un chien ? Vous plaisantez, j'espère !

— Il va mourir si vous ne le prenez pas. Regardez comme il est joli !

— Je déteste ces bêtes-là ! dis-je, pourtant hypnotisée par son regard de toutou malheureux.

— S'il vous plaît, il aura une meilleure vie en France.

— Vous êtes sérieuse ? m'exclamé-je en montrant le panorama. Ici, c'est le paradis comparé à Paris.

— Ici, son espérance de vie est quasi nulle, commente Francesco. Prends-le, Élisa. Ce sera un souvenir de ton passage en Italie.

— C'est vrai qu'il est mignon, dis-je, en le prenant dans mes bras. Mais…

Le chien, tout doux, se met à lécher ma main. Il m'a déjà adoptée. Cela fait des années que David en veut un et j'ai toujours dit « non ». Après tout, il n'y a que les imbéciles qui ne changent pas d'avis. Cela lui fera les pieds, tiens !

— Mais qu'est-ce que ça mange, ces bêtes-là ? demandé-je, curieuse.

— *Tutto* ! répond la vieille dame, dont le sourire édenté est particulièrement flippant.

— Il mange tout, sauf pâté ! C'est l'avantage de naître à la campagne, précise la femme enceinte. Son prénom est Bobby, mais si vous voulez le changer, c'est toi qui vois. Ils étaient cinq dans la portée et ils s'appellent tous Bobby.

— Eh bien, comme ça, c'est plus simple. Alors, Bobby, tu piges le français ?

Pour toute réponse, le chien me lèche le menton.

Avec le petit chien dans les bras, nous quittons le glacier sous les sourires béats des propriétaires des lieux. Comme si elles avaient vu la Vierge Marie de leurs propres yeux. Nous n'avons pas payé un centime. Je me demande comment ils peuvent gagner leur vie, dans ce patelin paumé, suspendu sur une montagne. C'est calme, trop calme. Les rues sont désertes. Je ne pourrais pas vivre ici. La campagne n'est pas faite pour moi. La cohue me manque, le stress aussi. Ça y est, cette fois, j'en suis certaine. C'est l'heure de rentrer chez moi, de retrouver ma petite vie, d'en changer peut-être… mais de me prendre en main, quoi qu'il en soit.

49.

Sur la route qui me ramène vers Naples, Francesco me montre la célèbre abbaye de Monte Cassino, celle-là même qu'il a évoquée un peu plus tôt, lorsqu'il a mentionné les monuments à voir dans la zone.

Elle est postée en haut d'une montagne et je ressens une certaine émotion en pensant que mes ancêtres ont vécu la guerre et que certains ont même péri à cause d'elle. Et dire que cette bâtisse a été complètement détruite et reconstruite à l'identique. C'est dingue !

Dans la voiture, Francesco est silencieux. Je culpabilise de lui imposer tous ces kilomètres. Il y a quelques heures, on ne se connaissait pas et pourtant, il me traite comme si j'étais une amie de longue date. J'en suis très touchée et gênée à la fois. En ferais-je autant pour quelqu'un ? Remarque, je suis bien allée en Belgique pour retrouver Franck et le rabibocher avec Céline. C'est peut-être bien moi qui suis à l'origine du réveil de Maurice... Donc, je suis quelqu'un de bien.

Contrairement à tout à l'heure, il roule tout doucement. Il est largement en dessous des limitations de vitesse. Parfois, il se fait klaxonner et d'autres, malgré les doubles lignes blanches, les automobilistes n'hésitent pas à le doubler. Mais il reste impassible derrière son volant, les yeux rivés sur la route. La musique, du jazz, est douce et lancinante. Je m'endors.

Après une durée indéterminée, un bercement d'épaule me secoue avec délicatesse. J'ouvre les yeux et peine à réaliser où je suis. La moue de Francesco m'indique que nous sommes arrivés à destination, l'aéroport s'étend devant nous. Quoi, déjà ? Mince. Je m'en veux de m'être endormie. La musique lancinante a eu raison de moi.

— Bien dormi ? me demande-t-il.

— Oui, je suis désolée. Je suis tombée comme une masse. C'était quoi, cette musique ? C'est pire que des berceuses, dis-je, pour le taquiner.

— C'est ma playlist. Pino Daniele, c'est mon chanteur préféré. C'est ce que j'écoute quand je suis d'humeur romantique. Tiens, je te l'offre, dit-il en me donnant sa clé USB. Comme ça, tu pourras penser à moi de temps en temps.

— Tu es sûr ? dis-je, touchée.

— Oui, oui. Je m'en ferai une autre. Ne t'inquiète pas.

— Merci, dis-je en la serrant contre mon cœur. Bon, ben, je crois que je vais y aller.

— Tu veux que je t'accompagne ?

— Non, tu as assez perdu de temps comme ça. Je vais me débrouiller toute seule. Merci mille fois, Francesco.

— Est-ce que tu pourrais m'accorder une dernière faveur, s'il te plaît ? J'ai envie de te serrer dans mes bras, dit-il, penaud.

— J'allais te demander la même chose !

Nous sortons de la voiture, stationnée sur un arrêt minute. Nous n'avons que peu de temps. Une lignée de militaires nous observe. Un peu gêné, il m'attire vers lui. Je m'abandonne dans ses bras musclés, ma tête posée dans le creux de son épaule.

J'ignore combien de temps dure notre étreinte. Le son strident d'un coup de sifflet nous ramène sur Terre.

L'un des militaires, fier de lui et sous les regards amusés de ses petits copains, nous fait signe de circuler. Francesco marmonne un « *E vaffanculo !* » à son intention, ce qui n'est pas compliqué à comprendre.

— Cette fois, ça y est ! Je te souhaite tout le bonheur du monde, Élisa.

— Moi aussi, je te souhaite le meilleur. Tu es quelqu'un de bien. Vraiment. Ne doute jamais de ça !

Ému, il plonge ses yeux brillants dans les miens, m'attrape le visage à deux mains, prend une grande inspiration et se penche fougueusement pour m'embrasser… le front. Je suis un peu déçue, je l'avoue. J'espérais que ses lèvres descendent jusqu'aux miennes. Je m'auto-insulte intérieurement en pensant que ce serait bien, de temps en temps, de savoir ce dont j'ai envie.

Prise d'une subite pulsion, pleine de reconnaissance vis-à-vis de lui, je me hisse pour déposer un bisou sur sa bouche, petit et chaste, qui dure une demi-seconde, histoire de ne pas trop culpabiliser par la suite.

— Au revoir et encore merci, Francesco, dis-je en saisissant mon sac, les yeux humides.

— Attends, Élisa…

— Quoi encore ? Il faut vraiment que j'y aille… Ne rends pas les choses plus compliquées qu'elles ne le sont déjà…

— C'est juste que… tu as oublié Bobby.

— Oh, punaise ! Le chien ! Bah, ça commence bien !

Francesco attrape le petit chien, lui aussi endormi, sur la banquette arrière et le dépose dans mes bras. Il lui fait une caresse sur la tête et de nouveau, plonge ses yeux malheureux dans les miens.

— Ciao, Élisa. Bon voyage.

— Merci. Pour tout.

Je me retourne, vise un point fixe et lointain, mes yeux se vidant d'un trop-plein de larmes longtemps contenues. Les militaires me sifflent sur leur passage et bien que ce ne soit pas du tout mon genre de faire ça, je lève un majestueux majeur que je leur adresse sans même les regarder.

Je m'en veux instantanément et m'attends à passer les quelques heures d'avance en détention provisoire pour outrage à agents, mais rien. Personne ne me suit. Personne n'interrompt ma course folle vers le comptoir Alitalia.

— Mesdames et messieurs, entonne la voix du chef de cabine, notre avion se posera dans quelques minutes à l'aéroport de Paris-Charles-de-Gaulle. Nous vous prions d'attacher vos ceintures, de ranger la tablette face à vous et d'éteindre vos appareils électroniques. La température à Paris est actuellement de deux degrés mais le temps est sec. Nous espérons que vous avez fait un bon vol à bord de notre compagnie. À très bientôt. Bonne soirée.

Ah, ça, oui ! J'ai fait un bon vol, pensé-je, pendant que le speaker s'adonne à réaliser la version italienne de son petit discours. Bobby, sur mes genoux, tremble comme une feuille. Sa présence à bord n'a été acceptée que parce qu'il s'agit d'un petit gabarit. J'ai bien cru que l'hôtesse au sol allait me chercher des noises mais bizarrement, lorsque je lui ai dit qui j'étais, elle n'a plus bronché. Même les canettes de Fanta ont passé la douane sans encombre. Une fois en vol, après avoir partagé la pizza (délicieuse bien que froide) avec mon chien et découvert le goût merveilleux du Fanta italien, j'ai dormi comme une marmotte. Et à en juger par le regard de ma voisine et son petit sourire moqueur, soit j'ai bavé pendant mon sommeil, soit j'ai ronflé ou bien, dernière option, j'ai encore raconté des conneries. Je me fiche pas mal de ce qu'elle peut penser. Une boule est en train de se former dans le creux de mon ventre. Je commence à stresser. Je prends possession des accoudoirs que je ne lâche plus, Bobby étant bien calé entre mes cuisses.

Lorsque les roues touchent le tarmac, un soulagement m'envahit. Je ressens un besoin d'extérioriser mon énergie et la seule façon que je trouve est de me mettre à taper frénétiquement dans mes mains pour remercier le commandant de bord d'avoir si bien piloté. Bobby se met à aboyer. Tout le monde nous regarde.

— Bah quoi ? dis-je à l'assistance. On a fait un bon vol, non ?

Les autres passagers me regardent avec dédain. Bienvenue en France, pensé-je.

Nous sortons de l'avion rapidement pour nous agglutiner les uns aux autres dans la navette qui nous transporte vers l'aérogare. L'anxiété va grandissant. Que va-t-il se passer ? Quelqu'un est-il venu me chercher ? David ? La police ? Quelqu'un brandira-t-il mon nom sur une pancarte ?

Bobby doit sentir mon stress car il ne cesse de lécher mes mains. Son petit corps chaud contre moi me réconforte. J'ai bien fait de l'embarquer, dis donc. Qui eût cru que j'adopterais un chien ?

Enfin dans le terminal, je suis intriguée par l'ambiance sonore. Il s'agit d'une version instrumentale de la chanson Élisa de Gainsbourg. Quelle coïncidence ! pensé-je. Cette musique ne m'aura pas quittée de tout mon périple. Je souris en regardant les haut-parleurs quand ces derniers se mettent à crier :

— Mademoiselle Élisa Drain est priée de se rendre immédiatement à l'accueil principal, premier niveau, en face de la porte F. Je répète. Élisa Drain est priée de se rendre immédiatement à l'accueil principal, premier niveau, porte F. Merci de votre attention.

Mais c'est la honte ! Ils n'ont pas bientôt fini de me ridiculiser avec leur message à la noix. On dirait qu'ils font une annonce pour une enfant perdue dans un hypermarché. Bon... allons-y ! Je ne remarque même pas que Bobby vient de soulager sa vessie sur une poubelle et pataugе dans son pipi.

Ce terminal est tellement grand que je suis obligée de demander mon chemin à des militaires en patrouille. Ils m'indiquent le chemin, non sans ricaner. Allez savoir pourquoi. Lorsqu'enfin j'aperçois ma destination, un énorme bouquet de roses rouges attire mon attention. Je reconnais la tête brune qui dépasse derrière.

— Oh le goujat ! C'est lui, c'est David, chuchoté-je à l'attention de mon chien, tenu en laisse, qui court derrière moi. Comment ose-t-il se pointer ici avec des roses. Rouges, en plus ! Mes préférées !

J'ai envie de prendre mes jambes à mon cou mais j'en ai assez de courir. De toute façon, je ne vais pas pouvoir repousser l'affrontement très longtemps. Oh, et puis, il est canon quand même ! Il a l'air très très très inquiet. Il peut, je vous le dis !

Je m'approche, sûre de moi. Même si j'ai disparu quelques jours, c'est de sa faute, non ? Il l'a cherché, quand même. J'arrive à sa hauteur. Nos regards se toisent. Il bredouille un minable :

— Salut...

— Très jolies fleurs, dis-je. Tu attends quelqu'un ?

— Élisa, je...

— Je ne sais pas ce que tu as à dire pour ta défense. Vraiment, je ne vois pas !

— Élisa, il va falloir que tu m'écoutes attentivement. Tu me connais, je ne suis pas fait pour les déclarations. Lundi soir... quand nous sommes sortis avec les collègues, je leur ai fait une confidence.

— Ah oui, une confidence ? Tiens donc ! Et quel genre ?

— Du genre, que j'ai trouvé la femme de ma vie et que je veux l'épouser.

— Punaise, t'es vraiment gonflé ! hurlé-je de plus en plus fort. Et tu oses venir me dire ça ! Tu ne pouvais pas me le dire avant. C'est qui, cette nana ? Je vais lui exploser la tête ! C'est horrible, ce que j'ai vécu cette nuit-là, te voir débouler, ivre et couvert de ses marques à elle ! Horrible, tu entends !

Je ne me rends pas compte qu'un petit attroupement s'est formé autour de nous. Bobby aboie à mes côtés pour me soutenir.

— Élisa, calme-toi.

— Comment pourrais-je être calme, David ?

— Cette nana... c'est toi. Tu es la femme de ma vie. Je comptais te faire ma demande à la Saint-Valentin mais ces idiots bêtes...

— Quoi ? Demande ? Saint-Valentin ? Quels idiots ? Mais alors, toutes ces traces de rouge à lèvres sur ton corps...

— Ils m'ont embarqué dans un bar à strip-tease.

— Contre ta volonté, je suppose, dis-je ironiquement, en faisant volte-face.

— Mais oui ! Je ne voulais pas y aller mais tu sais ce que c'est, tu prends un verre, puis deux, c'est l'euphorie totale et tu te laisses entraîner… Ils m'ont fait une sorte d'enterrement de vie de garçon avant l'heure.

— Mais alors… je ne comprends pas. Tu m'as pourtant dit de dégager ! Ce sont tes mots, David. Tu m'as demandé de partir, en pleine nuit ! Je me suis retrouvée à la rue !

— Mais mes paroles ne t'étaient pas adressées. J'étais saoul, je ne me rappelle même plus comment je suis rentré à la maison. Mes mots, comme tu dis, étaient sans doute adressés aux professionnelles du club… Jamais je ne t'aurais chassée. Jamais !

— Mouais…

— Il faut que tu me fasses confiance.

À l'évocation de ce mot, la robe de mes rêves ressurgit de ma mémoire.

— Je m'excuse si je t'ai fait souffrir. Il faut que tu me croies, Élisa. Je te le jure sur la tête de nos futurs enfants, dit-il, les larmes aux yeux.

Sa tirade me fait sourire. Ils ont bon dos, les enfants que nous n'avons pas.

— Admettons… Il va me falloir du temps…

— Tiens, c'est pour toi, dit-il, en me tendant l'énorme bouquet, et puis, ça aussi… dit-il, en se mettant à genoux, un écrin rouge dans la main droite.

Je prends conscience du monde qui nous entoure. Surpris et intrigués par ce qui se passe, ils ne mettent pas longtemps à saisir.

— C'est une demande en mariage ? demande un policier.

— David, relève-toi ! Tout le monde te regarde.

— Je m'en fous ! Je t'aime, Élisa, hurle-t-il. Depuis le premier jour, dit-il, plus discrètement. Je veux qu'on se marie. Acceptes-tu de devenir ma femme ?

— Euh… C'est-à-dire que… bredouillé-je, en regardant autour de moi.

— Allez ! m'encourage une parfaite inconnue.

— Dites oui ! hurle une autre.

— Il est trop chou ! Faut pas le laisser s'échapper, crie une jeune femme.

— Bon, ben… je crois que je n'ai pas trop le choix, dis-je.

— Alors, c'est oui ? demande-t-il, inquiet.

— Oui, David ! Bien sûr que c'est oui !

Un tonnerre d'applaudissements et de « Félicitations ! » retentit dans l'aérogare. Il passe l'anneau à mon annulaire. C'est un magnifique solitaire. Il se relève, me prend dans ses bras et m'embrasse passionnément. Je m'abandonne complètement, ravie d'avoir retrouvé mon homme, mon futur mari.

— Tu es trop belle, murmure-t-il.

— Euh, n'exagère pas, tout de même. T'as vu la tronche que j'ai !

— Moi, je te trouve trop belle. Tu m'as manqué. J'ai cru que j'allais devenir fou. Tu ne me refais plus jamais ça, tu entends ? dit-il en me regardant sévèrement. Partir sur un coup de tête… Pardon, je suis sur les nerfs, ça fait trois jours que je ne dors plus. T'imagines même pas mon calvaire. En plus, tu pars sans ton téléphone…

— Bon, si c'est pour m'engueuler, ça ne va pas le faire.

— Désolé, mais mets-toi à ma place.

— Et à la mienne, qui s'y met ?

— Oui, pardon, dit-il, soudainement muet.

— On rentre à la maison ? Regarde, je me suis fait un copain, dis-je en tirant la laisse au bout de laquelle Bobby sautille comme un petit fou.

— Ah, super, dit-il, sans enthousiasme.

— Que se passe-t-il ? Tu n'es pas content, David ? Tu as toujours désiré avoir un chien...

— Si, si, il est super mignon, dit-il en prenant le chiot dans ses bras. Mais j'ai quelque chose à te demander et je ne sais pas comment aborder le sujet.

— Quoi encore ? dis-je, agacée.

— Bon... Sois honnête avec moi. Tu n'es pas partie pour quelqu'un, hein ?

— Quoi ? dis-je, exaspérée. Tu viens de me demander en mariage et je viens de te dire oui ! Tu ne crois quand même pas que...

— J'ai regardé tes mails et ce midi tu as reçu des photos d'un gars. Vous étiez tous les deux très proches sur la photo.

Les photos avec Francesco. Ce dernier était momentanément sorti de mes pensées. Un petit pincement au cœur me prend au dépourvu.

— Élisa ? Tu es toujours là ? dit-il en secouant sa main devant mes yeux. Tu es sûre qu'il ne s'est rien passé avec ce gars ?

Je comprends l'expression qui dit qu'il y a des vérités qui ne sont pas bonnes à entendre. Francesco est un mirage, comme tout ce qui m'est arrivé durant ces trois jours. Je ne le reverrai jamais. Donc, autant garder cela pour moi.

— David ! Je te jure sur la tête du chien (pas bête la guêpe) qu'il ne s'est rien passé avec ce gars. C'était une rencontre fortuite, comme toutes celles que j'ai faites durant mon escapade. Lorsque je t'aurai raconté tout ce qu'il m'est arrivé, tu n'en croiras pas tes oreilles. Allez, viens, j'ai envie de rentrer à la maison. On a des choses à faire, si tu vois ce que je veux dire, dis-je en lui malaxant la fesse droite.

— Hum ! C'est une proposition qui ne se refuse pas ! Ah, j'allais oublier...

— Quoi, encore ?

— Tu as eu le job ! Félicitations, mon amour !

— Quel job ? De quoi tu parles ?

— Je te rappelle que tu as passé un entretien lundi, quand même !

— Lundi ? Attends, ça me paraît déjà tellement loin. Lundi... Oui ! Paul Granger, société de trading sur les marchés financiers. Ils recrutent une assistante de direction. Oui ! Je m'en souviens. Je suis prise ?

— Si je te le dis ! Comme j'étais mort d'inquiétude, j'ai décroché tous tes appels. Désolé. D'ailleurs, tu dois rappeler ton père, ta mère, Debbie, Sarah et même une certaine Céline de Lille. Tu connais une Céline à Lille, toi ? Bref... enchaîne-t-il sans attendre ma réponse à sa question. Du coup, j'ai longtemps discuté avec ton futur chef. Comment il s'appelle déjà ? Ah, oui, Paul ! Eh bien, il m'a raconté qu'il se marie avec son ex-assistante, une certaine Julie. C'est pour ça qu'il cherche quelqu'un rapidement.

— Il t'a raconté tout ça dans les moindres détails ? Mais on s'en fiche, non ?

— Ouais, une vraie pipelette, le gars. Ça m'a l'air d'être un sacré tchatcheur, note-t-il, inquisiteur.

— C'est vrai qu'il est hyper mignon... mais pas autant que toi, mon chéri. Et puis, il t'a dit qu'il allait se marier, non ? Alors, tu n'as rien à craindre. Et puis, nous aussi, on va se marier. Allez, viens, j'ai trop envie de toi. Il faut que nous fêtions tout ça !

Et voilà, nous repartons à trois, main dans la main, ou plutôt avec le chien au bout d'un bras. Dans le taxi qui nous ramène chez nous, je lui raconte toute mon aventure : comment j'ai atterri à la gare, acheté un billet, monté dans le mauvais train, rencontré Céline et Loris qui m'a confié la mission de retrouver son père à Bruxelles, la nuit passée (sur le canapé) chez le sosie de Richard Gere, ma rencontre avec Évelyne, le réveil inespéré de son mari, le message de mamie qui m'a expédiée en Italie... Bref, rien que vous ne sachiez déjà, je lui ai tout raconté dans les moindres détails, enfin presque.

Épilogue

C'est le grand jour. Aujourd'hui, David et moi, on se marie.

Devant mon miroir, tout en peaufinant mon maquillage, je fais le bilan de ces derniers mois.

Je n'ai pas été une catherinette très longtemps puisque j'ai fêté mes vingt-cinq ans en octobre dernier. Et puis, cette histoire de catherinette, c'est dépassé, de nos jours ! En plus, je n'étais pas vraiment célibataire, de toute façon.

Avec David, ça se passe très bien. Je ne serais pas là, sinon. Ma robe, *Confiance*, me va à ravir. Elle a subi quelques modifications depuis notre rencontre car David l'avait vue dans le dossier photos de mon téléphone portable lorsque j'étais en cavale. Bref, j'ai perdu quelques kilos mais c'est normal, je ne mange plus, à cause des nausées. Je ne peux rien vous cacher. Il y a une petite graine dans mon ventre. Ce n'est que le début de ma grossesse. Bébé doit arriver pour la prochaine Saint-Valentin. Comme vous le voyez, la famille s'agrandit. Bobby est en pleine forme. Au début, il nous a retourné tout l'appart. J'aurais dû m'en douter. Il a mal vécu le fait d'être enfermé, quasi H24, dans cinquante mètres carrés. Du coup, pour cela et bien d'autres raisons, nous avons décidé d'acheter une maison, en banlieue, plus précisément en Seine-et-Marne. Ce n'est pas un château, mais nous avons quatre chambres et surtout un jardin de cinq cents mètres carrés sans vis-à-vis. C'est un peu galère pour aller au travail mais la qualité de vie, ça n'a pas de prix ! Bobby est heureux et nos futurs enfants le seront aussi. Concernant le travail, ça se passe très bien. Paul Granger est adorable. Il est plus que mon patron, je le considère presque comme le grand frère que je n'ai pas eu. D'ailleurs, ils seront là aujourd'hui. Dès ma prise de poste, j'ai fait la connaissance de Julie, son épouse. Elle vient régulièrement déjeuner avec son mari. Je la soupçonne de le surveiller, ou plutôt de garder un œil sur la poignée de pimbêches qui rôdent autour de lui, prêtes à tout pour grimper. Julie est enceinte aussi ; c'est pour bientôt. Elle a un bide énorme. Paul aussi a pris du poids, il est en pleine couvade ! Je vais m'assurer que David ne remplisse pas trop ses assiettes. Il est hors de question qu'il grossisse, mon homme. Il est trop canon tel qu'il est ! Je l'aime trop !

Parmi les invités, il y a aussi Céline, Franck et Loris. Nous échangeons énormément par mail et lorsqu'elle vient à Paris pour le petit, nous déjeunons ensemble. Il semblerait que la maladie de Loris ne se développe pas, ce qui est une excellente chose. L'autre grande nouvelle, c'est l'arrivée d'Élisa, le mois dernier. Eh oui, après leurs retrouvailles (grâce à moi quand même), Céline est tombée enceinte et très bizarrement, ils lui ont donné mon prénom. Pour ne rien gâcher à mon plaisir, je suis sa marraine. Le baptême aura lieu le mois prochain, à Lille. Elle me donne régulièrement des nouvelles de Dédé et Caroline, dont l'état s'est nettement amélioré depuis que Franck a quitté leur domicile. Marlène fréquente quelqu'un, cela semble fonctionner entre eux et les jumelles sont d'éternelles chipies. Céline et Franck sont restés très proches de ma chère Évelyne et de Maurice qui a fini par comprendre, sans que personne le lui dise, que Franck n'était pas « son » Georges. Il remarche depuis quelques mois et peut de nouveau entretenir son jardin, pour la grande joie de son épouse. Évidemment, ces deux-là ne manquent pas à l'appel, aujourd'hui. Évelyne est devenue ma mamie adoptive. Je n'en oublie pas moins mamie Jeanne qui sera éternellement dans mon cœur. Depuis mon séjour en Italie, elle vient me rendre visite de temps à autre dans mes rêves et elle approuve parfaitement les liens qui se sont créés avec le vieux couple. D'ailleurs, notre voyage de noces aura lieu en Italie, avec une petite étape à Roselli. Je veux que David voie d'où viennent mes ancêtres, et puis j'ai envie de lui faire découvrir ce superbe paysage. Francesco, si j'ai des nouvelles ? Euh... Joker ! Bon... Oui, j'en ai eu, en fait. Il y a trois jours exactement, j'ai reçu ce courrier électronique :

De : Francesco [fran.ricci@gmail.com]
à : Élisa [elisad94@gmail.com]

Chère Élisa,
Je faisais un peu de ménage dans ma boîte mail lorsque je suis retombé, par hasard, sur ces photos que nous avions prises à la pizzeria. C'était l'année dernière déjà. Qu'est-ce que tu deviens ?
Il m'arrive de penser à toi, même si nous n'avons partagé que quelques heures. Je me demande souvent ce qu'aurait pu être notre vie si nous avions pu faire un petit bout de chemin tous les deux. Voilà,

c'était juste un petit coucou. J'espère que tu vas bien. Embrasse Bobby pour moi.

Affectueusement,
Francesco.

Vous vous demandez ce que j'ai fait ? Si je lui ai répondu ? Eh bien, dans un mouvement de panique, de peur d'être surprise par David, j'ai supprimé le message. C'était un peu radical, certes, d'autant que je n'ai rien à me reprocher. Simplement, le fait qu'il m'écrive inopinément, trois jours avant le jour J, m'a un peu déstabilisée. Je lui répondrai plus tard… une autre fois… peut-être… On verra.

Quelqu'un frappe à la porte de ma chambre.

— C'est qui ? demandé-je.

— C'est maman, chérie. C'est bientôt l'heure. Tu es prête ? Je peux entrer ?

— Bien sûr M'man. Viens !

Elle entre, radieuse, dans une robe en satin vieux rose, les cheveux relevés en chignon, avec quelques mèches qui retombent sur ses tempes. Discrètement maquillée, simple et sublimée, elle ressemble à Julia Roberts. Elle dépose un baiser sur mon front.

— Tu es très belle, Élisa.

— Et toi ! Waouh, maman, comme tu es magnifique ! Tu as rajeuni de vingt ans.

— On est bien obligées, si l'on veut plaire aux hommes.

— Papa va être vert de jalousie, tu sais ?

— Oh, je n'arriverai jamais à la cheville de sa pét… Elle s'appelle comment, déjà ?

— C'est Manon. Tu sais, depuis que je revois papa, je suis bien obligée de constater que cette nana est adorable et sincère. Papa a l'air épanoui depuis qu'il est avec elle. Ça me fait mal de te dire ça, mais lui et toi n'avez jamais vraiment été heureux, je me trompe ?

— Je ne sais plus, ma fille, je ne veux plus y penser ! Il n'est plus question de nous de toute façon. Je ne veux plus le récupérer. C'est fini. Aujourd'hui, j'ai de nouveau envie d'être heureuse, d'aller de l'avant.

— Je suis ravie de te l'entendre dire et puis, belle comme tu es, tu vas tous les faire craquer. Tu sais ce qu'on dit : c'est souvent dans les mariages qu'on rencontre l'amour.

En bonne entremetteuse, une petite idée traverse mon esprit. Comment n'y ai-je pas pensé plus tôt ?

— Je n'aime pas trop quand tu fais cette tête. À quoi tu penses, ma chérie ?

— Je vais te présenter le prince charmant, dis-je en pensant à Richard-Manu, également de la partie et toujours célibataire. Ça te dirait de rencontrer Richard Gere ? Vous feriez un super beau couple. Je t'assure.

— Arrête tes bêtises, tu veux !

— Non, je te jure, il est génial ce mec. Il est un peu plus jeune que toi mais ça, on s'en fout, non ? Tu es une très belle femme pour ton âge.

— Merci pour la remarque ! Je ne suis pas encore une vieille peau, dit-elle, en tournoyant sur elle-même. Et il se prénomme comment, ce Richard Gere ? demande-t-elle, intriguée.

— Il s'appelle Emmanuel.

Ma mère explose de rire. Je ne comprends pas de suite pourquoi. Lorsqu'elle reprend son souffle, les larmes aux yeux, elle me dit :

— Tu me fais une blague, c'est ça ?

— Euh… bah non…

— Tu as oublié un petit détail, non ?

— Euh… bah, je ne vois pas… Un détail ? Quel détail ?

— Mon prénom, ma fille ! Mon prénom…

— Brigitte ? Eh ben ? Aaaaaaah… Brigitte et Emmanuel ! Comme le couple présidentiel ! Je n'avais pas percuté. Je vois déjà le tableau. Eh bien, c'est à la mode ! Ça va marcher, j'en suis sûre ! C'est un signe. J'ai un bon feeling. Tu sais, depuis mon voyage l'année dernière, j'ai adopté une nouvelle philosophie. Même deux. La première, c'est : « Quand on veut, on peut ! »

— C'est tellement cliché, ma fille ! J'espère que la seconde est mieux. Alors, qu'est-ce que c'est ? Dis-moi.

— « Tout peut arriver… ou presque ! »

FIN

Et pour finir...

Waouh...

Comme à chaque naissance, je suis dans tous mes états. Heureuse que l'histoire touche à sa fin. Triste de quitter toute cette clique à laquelle je me suis attachée pendant ces neuf derniers mois. Et aussi un peu anxieuse de savoir si, oui ou non, vous avez passé un bon moment.

Allez, courage, c'est la dernière ligne droite, je me lance !

Tout d'abord, merci à Élisa. Cette histoire n'est pas sortie de nulle part. Les premières bribes sont nées d'une conversation téléphonique avec Élisa, ma meilleure amie depuis le lycée. Merci infiniment, ma poule ! Si tu as une idée pour le prochain, je t'en prie, n'hésite pas, tout peut déboucher sur un roman, tu me connais !

En plus d'Élisa, merci à Claire (Casti de Rocco) et à Corinne (ma partenaire sportive et psy du dimanche matin lors de nos footings) de m'avoir relue et encouragée pendant la création. Chaque jour, j'ai attendu vos commentaires qui m'ont donné des ailes ! Merci beaucoup, les filles ! Pour tout !

À mon mari qui est à l'origine de « Brigitte et Emmanuel », à l'origine aussi du petit chien qui n'était pas prévu... Merci d'être une source d'inspiration au quotidien. Merci de me supporter et de m'encourager. Ce n'est pas par hasard si j'ai choisi le 25 octobre comme date de publication. C'est aussi notre anniversaire de rencontre. C'était il y a vingt ans déjà ! Un anniversaire au poil ! Maou !

Merci à mes enfants que j'aime à la folie. Merci à mes parents, à ma famille et à ma belle-famille. Vous rendre fiers est mon plus grand bonheur.

Merci à tous ceux qui ont apporté une petite pierre à l'édifice. Vous êtes nombreux et je risque d'oublier d'en citer certains. Merci à Laure (Manel) pour ses encouragements, à ma correctrice Florence (Clerfeuille) pour sa vigilance, à Lena (Walker) pour la photo avec le chien, aux auteurs indépendants (ou pas, ou plus) pour leurs conseils et partages, plus particulièrement à Cyril Godefroy et à Céline Theeuws qui m'ont aidée à réaliser cette couverture, ainsi qu'à l'équipe KDP grâce à qui toute cette aventure a pu voir le jour, mais surtout...

Merci à vous, mes loulou(te)s ! Merci mille fois ! Merci de me suivre. Merci pour vos messages en tout genre, pour vos encouragements, vos petits mots après chaque roman... Je vous en serai éternellement reconnaissante. Vous avez changé ma vie !

Alors, à vous qui tenez ce livre entre vos mains et sans vouloir vous commander, voici ce que vous pourriez faire :

1/ Respirer ! J'espère que le sourire ne quitte pas votre joli minois parce que, comme moi, vous êtes un peu ému(e).

2/ Foncer sur Amazon pour aller mettre des étoiles, le plus possible, j'espère...

3/ En parler à vos copains, copines, collègues, parents, votre famille... Bref, à qui bon vous semble. Surtout, criez-le sur tous les toits !

Si j'en suis là aujourd'hui, c'est grâce à vous, mes loulou(te)s ! Alors pour la millième fois, MERCI !

Je vous donne rendez-vous très bientôt, avec un autre bébé, j'espère...

Et si le cœur vous dit de participer avec moi à un projet solidaire, envoyez-moi un petit mail à sonia.dagotor@gmail.com, je vous dirai ce qu'il en est.

Je vous surkiffe et vous embrasse fort !

Sonia Dagotoooooooooooor

On reste en contact :
www.soniadagotor.com
www.facebook.com/soniadagotor
Insta et Twitter @SoniaDagotor
sonia.dagotor@gmail.com

Si *Tout peut arriver (ou presque)* est le premier livre que vous lisez de moi, retrouvez mes autres romans :

Mes premiers bébés, les triplés : *Épouse, mère et working girl*

Résumé :
Découvrez le quotidien de Marie, une maman trentenaire qui travaille et qui court tout le temps... un peu comme toutes les femmes d'aujourd'hui d'ailleurs. Parfois heureuse, parfois déprimée, vous plongerez dans son univers comme si vous y étiez. Elle pourrait être vous, votre sœur, votre collègue ou votre meilleure amie. Réaliste et sensible, c'est un livre qui rassure, qui détend, un feel good book dans lequel chacun, homme ou femme, de toute génération confondue, pourra s'y retrouver.

Les tomes séparés existent également en version papier, en vente sur AMAZON.

****

Mon bébé 4 : *Un anniversaire au poil !* Plume Francophone de Bronze 2016. Version papier éditée par City Éditions.

Résumé :
Julie, bientôt 30 ans, se retrouve seule le soir de son anniversaire, avec pour compagnie une bouteille de vin bon marché et son téléphone portable. Elle n'a rien

d'autre à faire que de consulter son répertoire de contacts et de se demander pourquoi ça n'a pas marché avec les hommes qui ont croisé son chemin. Arrive minuit une, l'heure exacte de sa naissance. Elle saisit un cupcake qui traîne dans son placard, plante une bougie dessus et fait le vœu de comprendre les hommes. Le lendemain, au réveil, c'est une drôle d'aventure qui l'attend...

Et maintenant, je vous laisse vraiment ! Le prochain m’attend ! Bonne continuation à vous ! À très bientôt ! Bises !

Sonia

35000353R00172

Printed in Poland
by Amazon Fulfillment
Poland Sp. z o.o., Wrocław